Die Übermacht des Üblichen

«Bellevue»

Gabriele Treige, 1954 in Berlin geboren; zweiter Bildungsweg, Germanistikstudium, freiberufliche Tätigkeiten; Veröffentlichungen in Anthologien und Arbeiten fürs Radio.

Gabriele Treige

Die Übermacht des Üblichen

Die Deutsche Bibliothek verzeichnet diese Publikation
in der Deutschen Nationalbibliografie.
Detaillierte bibliografische Daten sind im Internet abrufbar unter
http://dnb.d-nb.de

Besuchen Sie uns auch im Internet:
www.marta-press.de

1. Auflage Mai 2020
© 2020 Marta Press UG (haftungsbeschränkt), Hamburg, Germany,
www.marta-press.de
Alle Rechte vorbehalten.
Kein Teil des Werkes darf in irgendeiner Form (durch Fotografie, Mikrofilm
oder andere Verfahren) ohne schriftliche Genehmigung des Verlages
reproduziert oder unter Verwendung elektronischer Systeme verarbeitet,
vervielfältigt oder verbreitet werden.
© Umschlaggestaltung: Andreas Imhof, Hamburg
unter Verwendung eines Fotos von © Klaus Eppele, Karlsruhe.
Printed in Germany.
ISBN 978-3-944442-92-1

Für N.

Der Stein schweigt nicht,
weil er leer ist,
sondern weil das Wort,
das er verschweigt,
so unaussprechlich
gewaltig ist.

Franz Werfel

Den Nachbarn hat, genau wie mich, die Sonne auf den Balkon gelockt. Durch die steinerne Wand zwischen uns höre ich ihn hantieren, den Sessel, auf der Suche nach dem besten Platz, von schwerfälligen, rasselnden Atemgeräuschen begleitet, über den Boden schieben, Gegenstände verrücken und dann die Utensilien sommergenießenden Müßiggangs, eine Tasse Kaffee, ein Bier oder ein sonstiges Getränk, Aschenbecher und Zigaretten, Buch oder Zeitung aus dem Wohnungsinneren holen und sich schließlich laut ächzend in das Sitzmöbel sinken lassen. Obwohl wir nebeneinander leben, unsere Balkone wie auch unsere Zimmer Wand an Wand liegen, bekommen wir einander nur selten zu Gesicht. Wenn ich das Haus verlasse und er gerade aus dem Fenster schaut, erschreckt mich seine massige, den gesamten Rahmen ausfüllende Erscheinung, die Spuren der Zeit in seinem Gesicht, wie sie es aufgeschwemmt und ihm eine talgigblasse Farbe gegeben, seine ehemals schwarzen Haare gelblichweiß gemacht hat, so dass ich nur einen kurzen Gruß nicke und eiligen Schrittes an ihm vorbeilaufe. Vom anderen Nachbarn, der gelegentlich für ihn einkauft, habe ich erfahren, dass er sehr krank ist, bereits zwei Lungenoperationen hinter sich hat und mehrmals in der Woche zur Blutwäsche muss. Seit ich das weiß, bemühe ich mich, die Geräusche, die aus seiner Wohnung kommen, mit Nachsicht zu ertragen. Mir zu sagen, dass er kaum noch hinauskommt, wenn am frühen Nachmittag die in Minutenfolge von Lachsalven unterbrochenen amerikanischen Serien zu mir herüberdringen, und wahrscheinlich darüber hinaus schwerhörig ist und deshalb den Ton so laut dreht, leide mit ihm, wenn er einen seiner Hustenanfälle bekommt, die sich anhören, als würge er seine Eingeweide aus sich heraus. Im Augenblick des Vorbeilaufens schäme ich mich für die Unpersönlichkeit unseres Kontaktes angesichts der vielen Jahre, die wir schon nebeneinander wohnen, als trüge ich die Alleinverantwortung mit meiner Unnahbarkeit. Manchmal stößt er bei seinen Balkonaktivitäten einen lauten Fluch aus, löst sich aus den Tiefen seines schweratmenden Brustkorbes ein wütendes „Mist" oder „Scheiße" und ich fahre erschrocken zusammen, als sei ich die Ursache seines Missgeschicks oder hätte ihn von dem, was wir Wand an Wand voneinander mitbekommen, etwas zu diesem Ausbruch provoziert.

Vor acht Monaten hatte sie mich hinausgeworfen. Mir mitgeteilt, dass sie nichts mehr für mich tun könne und wir uns fortan nicht mehr treffen würden. „Dies ist heute die letzte Stunde", hatte sie an einem verregneten dreiundzwanzigsten November gesagt und eine undurchdringbare, sich gegen meine Fassungslosigkeit verschließende Miene aufgesetzt. Hatte, wissend, dass nur noch diese eine Stunde mit mir zu überstehen sei, all meine Bemühungen, mir die Situation begreifbar zu machen, an sich abprallen lassen.

Der Gedanke, alles aufzuschreiben, war kurze Zeit danach entstanden. Dass ich, um das Geschehene zu bewältigen, ihm meine Worte geben, es vor dem Verschwinden retten musste, vor dem Nichtgewesensein und den langläufigen Interpretationen anderer, dass ich mich mit Hilfe eigener Worte meiner Existenz vergewissern, gegen das Verstummen anschreiben musste und gegen das Ertrinken im Meer fremder Worte. Dass es schwer sein würde, sich dem Erinnerungsprozess auszusetzen, hatte ich von Anfang an gewusst, die Trauer auszuhalten und die Wut; schwer, der Angst zu begegnen, dass sich mir die Sprache verweigern und damit den letzten Versuch, mich meiner selbst zu vergewissern, zunichtemachen könnte.

Es wäre keine Geschichte, die ich zu erzählen hätte. Eine Geschichte hatte einen Anfang und ein Ende und dazwischen geschah etwas. Ich würde von keinem Geschehen zu berichten haben und vielleicht am Ende, wenn alles gesagt wäre, wieder am Anfang angekommen sein. Mein Schreiben würde vielmehr eine Übersetzungsarbeit sein, die Transformation von etwas Unsichtbarem und damit Nichtexistentem in etwas Gestaltannehmendes; eine Arbeit, bei der es, wie bei der Übertragung von einer Sprache in eine andere, auf jedes Wort ankäme, die Worte Bausteine eines Hauses aus Sprache wären, das ein falsch gewähltes zum Einsturz brächte. Doch was wäre, wenn die richtigen Worte sich selbst mit noch so großem Aufwand an Zeit und Mühe nicht finden ließen? Würde ich dann am Ungesagten ersticken, an der Unfähigkeit, mich sichtbar zu machen, zugrunde gehen?

„So lange der Schmerz dich nicht der Sprache beraubt, ihn zu beschreiben, ist er aushaltbar", hatte ich vor langer Zeit irgendwo gelesen und mir diesen Satz über den Schreibtisch gehängt. Gedacht, dass ich so leben wollte, in der tröstlichen Gewissheit, dass es etwas gab, das mir niemand nehmen könne und das mich im Ernstfall retten würde: den Dingen meine eigene Stimme zu geben. Aber schon während ich den Papierfetzen mit einer Stecknadel an die Wand heftete, waren mir Zweifel gekommen. Was wäre, wenn mich der Schmerz tatsächlich der Sprache beraubt oder wenn ich, schlimmer noch, nie eigene Worte besessen hatte und die Gewissheit, über alles schreiben zu können, nur Illusion, eine Strategie gewesen war, um das Leben zu ertragen? Hatte ich das Schreiben nicht seit jeher mehr als energiezehrende und ein Höchstmaß an Disziplin erfordernde denn als beglückende Tätigkeit empfunden? Am schönsten war das Gefühl, eine Schreibende zu sein, immer in Situationen des Nichtschreibens gewesen, denke ich, die Kraft zu spüren, die es einem als Möglichkeit des Rückzugs im Alltag gab. Ich brauchte dieses Gefühl, wenn ich mir im Zusammensein mit anderen abhanden zu kommen drohte, brauchte es, mir diese Möglichkeit der Selbstbewahrung zu suggerieren, wenn ich vorgab, wie sie zu sein.

Bei den Sonntagsfrühstücken im Wirtshaus Hasenheide brauchte ich es, wenn Martin mir im gemusterten Pullover gegenüber saß, seine Hände mit den langgewachsenen Nägeln mit dem Zerteilen, Aufspießen und Zum-Mund-Führen der Speisen auf seinem reich gefüllten Teller beschäftigt waren und die schlaffe Haut seines Halses zitterte, während er unablässig redete, von Schnäppchenkäufen der vergangenen Woche erzählte, von Restaurantbesuchen und Kurzreisen. Um in das Stimmengewirr des von einer Riesenmarkise überdachten Vorgartens eintauchen zu können, in das enge Beieinander der Restaurantbesucher, in dem ich meine Mitfrühstücker bereits ausmachte, wenn ich mein Rad an den schmiedeeisernen Zaun schloss, Gerts grauen Haarschopf, Marions roten und Martins unauffällige Durchschnittlichkeit, und aus dem heraus sie mir auch schon zuwinkten, mich heranwinkten, als erhofften sie von mir eine Erlösung aus ihrem ziellosen Wortgeplänkel.

Ich inszenierte mich für Zusammenkünfte dieser Art und tat dies zugegebenermaßen nicht ohne ein gewisses Vergnügen; es machte mir Spaß, mich in eine der Öffentlichkeit angepasste Person zu verwandeln. Schon zu Hause, mein geschminktes Gesicht zufrieden im Spiegel betrachtend, spürte ich die Freude auf das Mich-zeigen-Können und genoss es weiterhin, mit diesem erwartungsvollen Gefühl die sonntäglich stillen Straßen zu durchradeln, in denen nur vereinzelte Hundeausführer unterwegs waren, morgendliche Brötchenholer, Kirchgänger und hier und da ein aus der letzten Nacht Übriggebliebener, und dann den Stadtpark mit seinen Morgenläufern und Tai-Chi-Übenden auf den Wiesen.

Gerts Bart kratzte beim obligaten Wangenküsschen und Marion breitete ihre kurzen, stämmigen Arme aus, damit ich mich in sie hineinfallen lassen und auch ihre Wangen mit Küssen bedecken konnte. Weil wir uns schon so lange kannten, bezeichnete sie mich als ihre Freundin, obwohl, wie ich fand, unser Verhältnis nie besonders vertraulich gewesen war. Sie hatte sich ihre Jacke über die kräftigen, von einer hautengen Hose umspannten Schenkel gelegt und schien, sich aus der Unterhaltung der Männer heraushaltend, ganz auf das Arrangement aus Rührei, Fleischbällchen, Wurst, Käse und diversen Beilagen auf ihrem Teller konzentriert, ließ das Messer bedächtig langsam durch Melonen- und Tomatenscheiben gleiten, die Gabel zeitlupenhaft zartrosa Lachs aufwickeln und treffsicher schrump- ligschwarze Oliven durchstoßen. Die Schweigsame und die Vielredner, dachte ich. Es war jedes Mal die gleiche Frühstückssituation. Marions Schweigen hatte etwas Desinteressiertes, ja das Gerede der Männer, Gerts lehrerhaftes Dozieren und Martins banale Alltagsschilderungen sowie die Frotzeleien, mit denen sich beide zu übertreffen suchten, Verachtendes. Sie war der Ansicht, dass die meisten Dinge im Leben unabänderlich waren, und so ertrug sie Gerts Rededrang in fatalistischem Gleichmut. Ich hatte mich über ihre Schicksals- ergebenheit, die für mich Ausdruck festgefahrenen Denkens war, immer geärgert. Als gäbe es einen Kodex allem zugrundeliegender, zu verinnerlichender Regeln. Wie sie, wenn wir zusammen in einem Konzert gesessen hatten, bei jedem Hüsteln genervt die Augen verdreht hatte, war mir dann immer in den Sinn gekommen, und wie sie danach immer gleich nach Hause gewollt, mit dem Menschenstrom dem nächstliegenden U-Bahneingang zugestrebt war, was nicht nur am frühen Aufstehenmüssen am nächsten Tag, sondern zu gleichen Teilen daran gelegen hatte, dass für sie alles, was sie tat, einen im Vorhinein bestimmten, unveränderbaren Verlauf hatte. Sie hatte ihr Leben in Pflicht und Vergnügen unterteilt wie in Tag und Nacht, und diese Zweigeteiltheit hatte sich ihr ins Gesicht gegraben, es zu einer Maske gemacht, die sie sich mit eiliger Routine überzog, bevor sie sich in das Eine oder das Andere hineinbegab, allmorgendlich mit der S-Bahn in ihre Apotheke fuhr und am Abend Konzerte oder Theaterauf- führungen besuchte, mit der sie Flugzeuge bestieg, um die Pyramiden, die Chinesische Mauer oder die Blaue Moschee zu besichtigen, einer Maske von bronzefarbener Glätte, mit einem Kranz steifgebürsteter Wimpern, stahlblauen Lidern und strichdünnen Augenbrauen.

Das Buffet befand sich im Innern des Lokals, einem dunklen, schlauchartigen und, wie der Vorgarten, voll besetztem Raum. Blicke trafen mich, als ich ihn durchschritt, sekundenschnell an mir herabgleitende visuelle Einschätzungen, was ich zwar nicht als angenehm empfand, aber aushalten konnte in meiner Öffentlichkeitspräpariertheit. Mir war, als ob ich mein Leben nur spielte. Ich erwiderte Gerts Blick aus seinen kleinen mausgrauen Augen, während er auf mich einredete, und mir war, als stünde ich auf einer Bühne, wäre Akteurin in einem Stück über den Müßiggang, der die Sinne schärfte, die Geschmackssinne und die des Sehens, der winzige Gesten bedeutungsvoll erscheinen ließ, die Zeit in Augenblicken maß und einem, von alltagsauflösender Leichtigkeit erfasst, das Gefühl gab, dass alles möglich sei.

Marion hatte die Ärmel ihrer Jacke fester über dem Bauch zusammengezogen, sich zurückgelehnt und ihr Gesicht der Sonne dargeboten. Nur wenn die Unterhaltung eine Wendung nahm, die sie ärgerte, mischte sie sich manchmal ein, richtete sich abrupt auf, so dass ihr langer Ohrring wie ein Pendel hin und her schwang, um, von schlussstrichhaften Handbewegungen begleitet, dem Gesagten zu widersprechen. Dass sie schon damals von dieser keinen Widerspruch duldenden Entschiedenheit gewesen war, dachte ich, vor fünf-undzwanzig Jahren, als ihre Haare statt künstlich rot noch natürlich blond gewesen waren und statt als gezähmte Kurzfrisur in wilden Locken ihren Kopf umstanden und wir auf dem Kolleg das Abitur nachgeholt hatten, diese Unbeirrbarkeit in allem gehabt hatte, dieses uneingeschränkte Für-etwas-Sein und etwas anderes genauso uneingeschränkt ablehnen. Sie war damals Mitglied der neu gegründeten Alternativen Liste gewesen und ständig zu Kundgebungen und Demonstrationen gegangen. Das gemeinsame Demonstrieren war damals überhaupt ein wesentlicher Bestandteil des Kollegiatendaseins gewesen, nicht nur gegen politische Ent-scheidungen, sondern auch gegen schulinterne Richtlinien; überall hatte man sich zu Gruppen zusammengefunden, Interessenver-tretungen und Mitbestimmungsgremien gebildet, ganz abgesehen von den zahlreichen Arbeitskreisen, in denen zusammen gelernt und diskutiert worden war.

Ich hatte, abgesehen von einigen den Unterrichtsstoff nachbearbeitenden Zusammenkünften, nie an diesen meinungs-bekundenden Aktivitäten teilgenommen, vielleicht, weil ich keine Meinung zu haben geglaubt hatte oder mir ihrer nicht sicher war, oder weil ich mich den entschlossen agierenden Protestlern nicht zugehörig gefühlt hatte. Mein Halt war in jener Zeit Hans gewesen, der, in existenzialistisches Schwarz gehüllt, dem aktionistischen Eifer seiner Mitschüler eine Attitüde blasierten Überdrusses entgegengesetzt hatte. Gemeinsam waren wir der allgemeinen Aufgeregtheit mit demonstrativer Gleichmut begegnet, hatten mit desinteressierten Gesichtern zwischen lebhaft Diskutierenden gesessen und uns über die Wichtigkeit, die sie dem allgemeinen Schulgeschehen und den Zensuren beimaßen, lustig gemacht, über ihr Punktedurchschnittsermitteln und diese in Zensuren umrechnen und umgekehrt, als befassten sie sich nur mit dem Unterrichtsstoff, um ihn anschließend in Zahlen verwandeln zu können. Hans war in seiner Ablehnungspose überzeugender gewesen als ich in meiner Schüchternheit, die mich immer wieder zweifeln ließ, ob ich wirklich nicht dazugehören wollte oder es nur nicht konnte und deshalb so tat, als wollte ich es nicht. Im Unterschied zu den meisten Mitlernenden am Kolleg, die den späten Schulbesuch als Chance zur Umorientierung und persönlichen Weiterentwicklung begriffen, war er für ihn nur eine lästige Notwendigkeit zum Erreichen eines klaren Zieles: Hans wollte Philosophie studieren. Wollte seinen nihilistischen Vorbildern Nietzsche, Kierkegaard und Cioran, mit deren Schriften er sich seit Jahren beschäftigte, näherkommen können, tiefer in die Mystik Meister Eckhardts eintauchen, einen fundamentalen Einblick in die Geschichte der Welterklärungen bekommen. Wenn er in seinen weiten, auf den Schuhen Falten werfenden Cordhosen und den ihm lässig von den Schultern hängenden Jacketts schlurfend die Flure entlang lief, als einer der letzten das Klassenzimmer betrat, sich auf den erstbesten freien Stuhl fallen ließ, seine abgewetzte Ledertasche auf den Nebensitz warf und, einen Kugelschreiber zwischen den Fingern zwirbelnd, den Unterricht wie eine ihn tödlich langweilende, aber dennoch nicht zu vermeidende Veranstaltung an sich vorüberziehen ließ, hatte dies, besonders bei den Frauen des Kollegs, Aufmerksamkeit erregt. Seine überzeugte Abkehr von allem, was ihnen wichtig war, der weltüberdrüssige Zug in seinem Gesicht hatten sie angezogen, ihn in einen Nebel der Rätselhaftigkeit gehüllt, den zu lichten sie sich herausgefordert fühlten. Und auch Hans war den Frauen zugetan gewesen, hatte etliche Affären am Kolleg gehabt, kurze Liebesabenteuer, die nichts verändert, keine Spuren an ihm hinterlassen hatten, mir jedoch jedes Mal wie ein Verrat, ein zum Feind Übergelaufensein erschienen waren, den wir doch gemeinsam zu bekämpfen hatten.

Wahrscheinlich hatte auch Marion Hans gemocht. Jedenfalls hatte ich das später aus der Art, in der sie mir von diversen Männern vorgeschwärmt hatte, geschlossen. Während der Kollegzeit hatten wir noch nicht viel miteinander zu tun gehabt, sondern waren uns erst später, im Germanistikstudium, bei gemeinsam erarbeiteten Hausarbeiten näher gekommen. Ich kann heute nicht mehr sagen, was es gewesen war, das uns, nachdem erst ich und dann sie das Studium abbrach, weiterhin aneinander gebunden hatte.

Gegen eins löste sich unsere Frühstücksrunde gewöhnlich auf. Pappsatt und mit vom langen Sitzen steifen Gliedern standen wir noch eine Weile vor dem Lokal beieinander und ich hatte nur noch den Wunsch, nach Hause zu fahren, allein zu sein mit der müden Schwere in mir, das trennungsverzögernde Hin und Her der Worte zu beenden, zu erschöpft, um Freude über das geglückte Zusammengewesensein zu empfinden; wollte nur noch die unumgänglichen Umarmungen hinter mich bringen, die nun zum Abschied noch inniger auszufallen hatten als zur Begrüßung und damit eine letzte Prüfung darstellten, bei der noch etwas passieren konnte, was den Erfolg der vergangenen Stunden zunichtemachen könnte, eine Ungeschicklichkeit, wie das Aneinanderstoßen der Nasen beim Wangenküsschen.

Eigentlich ist die Aussicht des Schreibenkönnens mir schon immer Grundlage meiner äußeren Aktivitäten gewesen, hat sie mir erträglich gemacht, ja manchmal schien es mir sogar, als täte ich alles nur, um es irgendwann einmal in Worte zu kleiden.

Wenn ich an Montagvormittagen mein Rad an das Fallrohr des schmucklosen Neubaus kettete, in dem Frau Weber wohnte, gab mir der Gedanke, unsere Begegnung beschreiben zu können, die Kraft dafür, die zwei Stunden bei ihr zu überstehen. Die Montage waren Frau Weber-Tage. Ich drückte auf dem Tableau die Klingel neben ihrem Namen und lehnte mich, um sie sogleich aufstoßen zu können, wenn der Summer ertönte, gegen die Tür. Es dauerte immer eine Weile, bis sie sich aus dem Sessel erhoben und, auf ihren Rollator gestützt, über den Flur zur Wohnungstür bewegt hatte; mitunter musste ich auch zwei- oder dreimal klingeln, weil sie den Fernseher laufen und nichts gehört hatte. An den Namensschildern erkannte man, wie lange die einzelnen Mieter bereits in diesem Haus wohnten: Die der älteren waren in ordentlich schwarzer Druckschrift hinter einem Plastikschutz ins Tableau eingelassen und wiesen nur durch ihre mehr oder weniger ausgeprägte Vergilbung auf unterschiedliche Anbringungsdaten hin, während erst in jüngerer Zeit eingezogene ihre meist fremdländischen Namen einfach mit der Hand auf über die vorigen Namen geklebte Papierstreifen geschrieben hatten. Frau Weber hatte schon mit ihrem vor zehn Jahren gestorbenen Mann in diesem Haus gewohnt und deshalb gehörte ihr Schild zu den am stärksten vergilbten. Etliche Male hatte sie mir schon die Geschichte erzählt, wie ihr Mann bei einem Spaziergang zufällig an dem noch nicht fertig gebauten Haus vorbeigekommen sei und das Schild, dass es noch freie Wohnungen gäbe, gelesen hatte, wie er sich die Telefonnummer des Eigentümers abgeschrieben und ihn am nächsten Tag gleich angerufen hatte, und wie er dann den Schnitt aller Räume auf Millimeterpapier übertragen und erfreut festgestellt hatte, dass ihre Möbel dort genau hineinpassen würden. Obwohl es sich um einen mittlerweile etwas herunter-gekommenen Kastenbau aus den siebziger Jahren handelte, sah sie es nach wie vor als Glücksfall an, in ihm leben zu können und beteuerte immer wieder, wie begeistert alle, die sie besucht hatten, von ihrer Wohnung gewesen waren, wie sehr sie von den breiten Fenstern, der geräumigen Einbauküche und dem großen Balkon geschwärmt hatten. Erst kürzlich, schloss sie ihre Erzählung stets ab, sei ein Bekannter bei ihr gewesen und hätte ihr befohlen, niemals aus ihrer schönen Wohnung auszuziehen, wobei sie beim Zitieren dieses Satzes nie vergaß, gebieterisch mit ihrem knorrigen Zeigefinger zu wackeln.

Ich nahm immer zwei der Steinstufen auf einmal in dem engen Treppenhaus und kam dann etwas atemlos bei ihr im vierten Stock an, wo sie bereits an der spaltbreit geöffneten Tür auf mich wartete, jedes Mal, obwohl ich ihr schon wiederholt von meinen klaustrophobischen Ängsten erzählt hatte, aufs neue darüber verwundert, dass ich nicht wie alle anderen den Fahrstuhl benutzte, dessen mit Sprüchen und Zeichnungen bekritzelter Eiseneingang sich unmittelbar neben ihrer Wohnung befand und der es ihr ermöglichte, weiterhin in ihr zu leben. Sie hielt meine Hand immer ein wenig zu lange in der ihren, so dass ich sie ihr wie einen sich aus dem Netz windenden Fisch entziehen musste, erkundigte sich, deren Kälte wahrnehmend, jedes Mal nach dem Wetter draußen, worauf ich ihr erklärte, dass meine Hände deshalb so kalt seien, weil ich mit dem Rad gekommen war. Dann schob sie sich schwerfällig in Richtung Wohnzimmer zurück, forderte mich auf, in dem zweiten Sessel Platz zu nehmen, während sie sich ächzend in den ihren sinken ließ, dem einzig genutzten und deshalb mit einer tiefen Kuhle versehenen Sitzmöbel, das ich allwöchentlich von Krümeln, zerknüllten Taschentüchern und in seine Ritzen gerutschten Gegenständen befreite.

Sie musste erst einmal erzählen, den Berg der Ereignisse ihrer einsamen Tage abtragen. Wusste dann nicht, wo sie anfangen sollte, als sei zu viel geschehen, so dass es ihr nicht gelänge, die Dinge in eine Reihenfolge zu bringen, hätte sich das Heutige mit dem Gestrigen und Vorgestrigen, alles Geschehene überhaupt in ihrem Kopf zu einem zähen Brei verklumpt, griff mit zittrigen Händen nach den Papieren auf dem Kacheltisch zwischen uns, in die Stapel aus Briefen, Rechnungen, Quittungen, Rezepten und anderen Belegen, die schon, so lange ich zu ihr kam, dort lagen und um die ich mit einem Lappen herumwischte, vergaß in der Bewegung bereits, wonach sie suchte, zog willkürlich etwas hervor und las es mir vor: das Überweisungsformular für den Augenarzt, den Termin bei der Fußpflegerin, die Karte der Enkelin aus Neuseeland, nahm dann, als bemerkte sie ihre Orientierungslosigkeit, den Wochenkalender zur Hand und blätterte dessen Seiten vor und zurück.

„Welchen Tag haben wir heute?", fragte sie mich.

„Montag", antwortete ich, „den dreizehnten Mai."

Während sie redete, überlegte ich, womit die kommenden zwei Stunden zu füllen wären. Es würde wohl wieder auf das Übliche hinauslaufen: Staubsaugen, abstauben, Küche und Bad wischen, Badewanne und Waschbecken putzen sowie die Spüle und den Herd. Nur selten hatte sie besondere Wünsche, meist antwortete sie auf meine Frage, was ich tun solle, mit einem ‚Was Sie für nötig halten' und ich konnte mich nur selten zu anderen als den gewöhnlichen Verrichtungen aufraffen.

Ihre Wohnung glich einem Museum, in dem die meisten Dinge zu funktionslosen Erinnerungsstücken geworden waren, die ich regelmäßig von der Patina der Zeit befreite: die Kristallgläser und Vasen sowie die gerahmten Familienfotos auf der Anrichte, die Puppen auf der Sofalehne, der Musikschrank mit der Kassettensammlung und die Samtkissen mit dem obligaten Knick in der Mitte. Nur die Küche zeigte Lebensspuren, einen Topf auf dem Herd, in dem sie etwas erwärmt hatte, das Frühstücksgeschirr in der Spüle, die Teekanne mit dem Pfefferminzbeutel darin.

Auf den Knien rutschte ich mit dem Aufwischlappen den Boden entlang, schob den Staubsauger über die dicken Teppiche und Läufer, spritzte Scheuermilch in die Badewanne und fuhr in kreisenden

Bewegungen mit dem Schwamm darüber, zog die Betten ab und stopfte die Bezüge in die Waschmaschine. Dass derartige Arbeiten in meiner eigenen Wohnung sehr viel nötiger wären, dachte ich dabei immer, und dass es eigentlich ausreichend wäre, nur alle vierzehn Tage zu ihr zu kommen, wagte jedoch nicht, dies vorzuschlagen, nicht nur, weil mir dann zweimal im Monat die zwanzig Euro, die sie mir zum Abschied mit einer Tafel Schokolade in die Hand drückte, entgehen würden, sondern vor allem, weil ich merkte, wie gut ihr meine Gesellschaft tat.

Nachdem ich eine Weile gearbeitet hatte, begann sie unsere Pause vorzubereiten. Ich hörte ihre schlurfenden Schritte in der Küche, das Geräusch geöffneter Schranktüren, das Klappern von Geschirr, das Knistern aufreißender Kekspackungen, das eindringliche Pfeifen des Wasserkessels, roch den sich in der Wohnung ausbreitenden Kaffeeduft, als sie das sprudelnde Wasser in den pulvergefüllten Filter goss.

„Der Kaffee ist fertig!", rief sie wenig später mit lauter Stimme und wir setzten uns an den Küchentisch, den sie mit dem guten blauweißen Zwiebelmustergeschirr gedeckt hatte, aus der Serie ‚Mara blau', wie ich inzwischen wusste und dass sie sich davon Stück für Stück zusammengekauft hatte. Ich war jedes Mal aufs Neue darüber gerührt, wie viel Mühe sie sich mit unserer Kaffeepause gab. Sogar einen Tropfenfänger hatte sie an die Kanne gehängt, aus der ich uns eingoss, und auf den Untertassen lagen kleine, mit einem Lochmuster ausgestanzte Deckchen aus rotem Glanzpapier, die ihr Mann in der Werkstatt seiner Firma angefertigt hatte. Sie erzählte von früher. Es gab nur noch das Früher in ihrem Leben. Ihre Arbeit als Sekretärin, bei der sie ihrem Chef so unentbehrlich geworden war, dass er sie, als er den Firmensitz nach Wien verlegte, gefragt hatte, ob sie mit ihm dorthin zöge, was sie natürlich ihrer Familie wegen abgelehnt hatte, wie später auch ihr Mann, dem nach dem Tod des Inhabers die Leitung des Betriebes, in dem er eine geschäftsführerähnliche Position inne gehabt hatte, angeboten wurde. Wie sie mit mütterlicher Diplomatie den Berufsweg des Sohnes geebnet hatte, weil sie, was dieser nicht wusste, mit einem Lehrer seiner Schule bekannt gewesen war, und sich später, nachdem er seine eigene Familie gegründet hatte und in eine andere Stadt gezogen war, immer Zeit für die Enkelkinder genommen hatte, immer dorthin gefahren war, worin ihr Mann sie stets unterstützt hatte. ‚Die Kinder brauchen dich', hatte er dann gesagt und versichert, dass er schon alleine zurechtkäme. Die Wochenenden im Segelverein, in dem sie wie eine große Familie gewesen waren, die häufigen Gäste, die sie gehabt und die üppigen Mahlzeiten, die sie dann immer zubereitet, die raffinierten Torten, die sie gebacken hatte, und dass alle stets voll des Lobes gewesen waren. Ihre Kindheit gab es, die Sonntagsausflüge mit der Mutter ins Flughafencafé, wo sie, während diese mit ihren Freundinnen geplaudert, das Abheben und Landen der riesigen rundbauchigen Maschinen beobachtet hatte und das Heranschweben des Zeppelins, wie der Vater sie, um ihr das Schwimmen beizubringen, einfach in den See geworfen und wie sie ihn in Kriegsnächten auf den Dachboden begleitet hatte, wo er als Blockwart für das Ausfindigmachen und Löschen von Bränden zuständig gewesen war. Sie kippte sich eines der portionierten Plastiktöpfchen mit Sahne in den Kaffee, füllte es noch einmal mit einem Teelöffel des Kaffee-Milch-Gemischs, ließ es ebenfalls in die Tasse fließen und rührte dann alles sorgfältig um. Dampf stieg aus ihrer Tasse empor und sie versank immer mehr in ihre Erinnerungen, wiederholte litaneihaft Bekanntes, weil das Unbekannte keinen Platz mehr fand in ihrem Kopf, flüchtete sich auf Vergangenheitsinseln im Meer einer fremd gewordenen Gegenwart. Mit ihrem rechten, noch kontaktfähigen Auge, das linke verlor sich, vom Grauen Star geschädigt, in objektloser Ferne, fing sie jeden meiner Blicke auf und erklärte mir dessen Ziel: Die Porzellanschüssel mit dem Deckelgriff in Form eines Herings sei ein Erbstück der Schwester, die diesen Fisch darin in deliziöser Weise einzulegen verstanden hatte, die Zeichnungen altstädtischer Motive über dem Tisch einem Hobby ihres Mannes entsprungen, das er sich als Ausgleich zum anstrengenden Arbeitsleben gesucht hatte, die Teller mit den Motiven deutscher Weinorte Souvenirs diverser Verkostungen, zu denen sie früher gerne gefahren waren. Ich nickte zu ihren Worten, lachte an den passenden Stellen; manchmal erzählte ich Vergleichbares aus meinem eigenen Leben, doch sie nahm in ihrem unbändigen Mitteilungsdrang kaum auf, was ich sagte. Ich bemühte mich, nicht auf die Flecken auf ihrem Pullover zu sehen und die darunter haltlos herabhängenden Brüste. Ein Gefühl des mit mir Zufriedenseins überkam mich und mir fiel Frau Kroll ein, eine Kollegin in der Baubehörde, in der ich vor dem Kolleg einige Jahre gearbeitet hatte. Allmorgendlich waren wir zur Frühstückspausenzeit gemeinsam die langen Flure zur Kantine entlanggelaufen und hatten dort für eine halbe Stunde zusammengesessen. Sie war im Alter meiner Mutter gewesen, und obwohl sie mit ihren sorgfältig ondulierten

Haaren, ihren makellosen Rock-Bluse-Kombinationen und fast statuenhaften Gesichtszügen eine unnahbare Eleganz ausgestrahlt hatte, war es in unseren Unterhaltungen um so banale Dinge wie Haushaltsführung, Kochrezepte und die Organisation des täglichen Einkaufs gegangen. Auch damals hatte ich diese Zufriedenheit verspürt, einen Stolz darauf, dass wir uns, obwohl uns nichts weiter verbunden hatte und mir die Instabilität meines Lebens angesichts ihres in gesicherten Bahnen verlaufenden Ehefrauendaseins umso deutlicher geworden war, Tag für Tag etwas zu erzählen gewusst hatten, ja dass es mich mit einer wohltuenden Leichtigkeit erfüllt hatte, mit ihr über diese Alltagsdinge zu reden.

„Greifen Sie zu!", forderte Frau Weber mich auf und deutete auf den Teller mit den Schokoladenkeksen, von denen ich schon etliche gegessen hatte. Ich nahm noch einen. Suchte dann nach einer Gelegenheit, um mich aus ihren Erzählungen loszureißen, einer kleinen Pause, in die ich ein „Jetzt muss ich aber weitermachen" werfen konnte. Staubwischen musste ich noch und auch noch die Wäsche aufhängen.

Vor der Schrankwand im Wohnzimmer überfiel mich dann eine tiefe, jede Bewegung lähmende Müdigkeit. Als würde ich fortan zu nichts anderem mehr fähig sein, als vor diesem riesigen Ungetüm zu hocken und mit einem Tuch über seinen hölzernen Körper zu fahren. Man könnte Stunden mit seiner Entstaubung verbringen, dachte ich, mit dem zu einer Spitze gezwirbelten Tuch, in all seine Ritzen und Vertiefungen eindringen, in die Ecken der bleigefassten Scheiben aus dickem grünen Glas, den Verschnörkelungen seiner Zierleisten wie einem Geheimnis auf den Grund zu gehen versuchen und dies ein, zwei Tage später erneut tun, weil sich bereits wieder eine zarte graue Schicht auf ihm gebildet hatte. Die Pflege des Schrankes könnte demnach etwas Lebensfüllendes sein, eine sich ewig wiederholende Abfolge immergleicher gedankenloser Handgriffe, was mir in diesen Augenblicken verheißungsvoll erschien: eingebettet zu sein in die Vorhersagbarkeit einfachster Verrichtungen und nichts mehr überlegen und entscheiden, keine Ungewissheiten mehr ertragen zu müssen. Die Häkel- und Brokatdeckchen auf ihm zusammenraffend, erhob ich mich mühsam aus meiner rundrückigen Sitzposition, um sie auf dem Balkon auszuschütteln. Stützte die Ellbogen auf dessen Brüstung, legte den Kopf in die Hände und ließ meinen Blick über das Häusermeer schweifen, das kein Ende hatte, in der Ferne nur undeutlicher, wie in Nebel gehüllt war und in seiner Weite eine kalte

Anonymität ausstrahlte. Davor, wie eine über der Stadt schwebende Botschaft, ragten die an langen Eisenstäben befestigten Lettern des nahen Kaufhauses aus der Dächerlandschaft heraus.

Durch das Geflecht der kleinen ineinanderlaufenden Straßen, die sich hinter dem Kaufhaus befanden, war ich mit dem Rad zu ihr gefahren. Selbst aus der sicheren Entfernung meines Standortes und obwohl nun alles vorbei war, konnte ich noch immer die Aufgeregtheit, die mich jedes Mal erfasst hatte, nachempfinden, das Gemisch aus Angst und Freude und das Gefühl, mich selbst auszulöschen, das mich auf dem Weg zu ihr immer erfüllt hatte, mich mit allem, was mich ausmachte, in Frage zu stellen. Um meine Fassung wiederzugewinnen und mich auf unsere Zusammenkunft vorzubereiten, hatte ich mehr Zeit für den Weg einkalkuliert, als ich tatsächlich brauchte, so dass ich immer zu früh war und in ihrer Straße noch ein wenig auf und ab gehen musste. Es war eine Straße wie unzählige andere in der Stadt, mit alten vierstöckigen Häusern, breiten Bürgersteigen, Bäumen, die im Sommer Schatten spendeten, und vielen kleinen Läden, Cafés und Restaurants, eine Straße von der Art, wie ich sie unzählige Male durchlaufen hatte, die nur dadurch, dass sie dort wohnte, zu etwas Besonderem geworden war, zu einer Gegend, die sich gegen mich verschworen hatte. Ich hatte nicht in sie hineingehört in meiner Schutzlosigkeit, meiner Dünn-häutigkeit, ja beinahe Hautlosigkeit, Schutzhautlosigkeit, während um mich herum alles ganz normal weiterlief und mich zu verhöhnen schien in meiner inneren Aufgelöstheit, und dieses Nichthineingehören hatte sich nicht nur auf ihre Straße beschränkt, sondern sich wie eine Epidemie auch auf alle umliegenden, ähnlich beschaffenen, ja auf das gesamte sich hinter dem Kaufhaus befindliche Viertel ausgebreitet. Als beträte ich ein für mich verbotenes Gelände, war mir jedes Mal, wenn ich dorthin kam, zumute gewesen, und als würden alle, die dort unterwegs waren, mir dies ansehen, oder als hielten sie mich zwar für eine der ihren, doch ich wusste, dass sie sich irrten, und befürchtete, mich durch irgendeine Unachtsamkeit zu verraten. Der Blick des in der Tür stehenden Inhabers des kleinen Zeitungsladens konnte mich entlarven oder die Paare, die vor dem Café an der Ecke saßen und mich misstrauisch musterten in meinem zögerlichen Auf- und Abgehen.

Ein Teller mit Keksen hatte auf einem Regal im Flur gestanden, eine Wasserkaraffe und zwei Gläser in dem Zimmer, in dem wir saßen. Immer, selbst wenn es noch heller Tag gewesen war, hatte die kleine

Glaskristalllampe auf dem Tisch mit den darauf verstreuten Steinen zwischen uns gebrannt.

Sie hatte die Beine übereinandergeschlagen und eine mir zugewandte Körperhaltung eingenommen. Hatte mich mit ihren von einer schwarzrandigen Brille gerahmten Augen, deren Farbe ich mich anfangs zu enträtseln bemüht und mich, nachdem mir dies nicht eindeutig gelungen war, für ein Gemisch aus Grün und Grau zu halten entschieden hatte, freundlich angeschaut. Dennoch hatte etwas zwischen uns gelegen, gegen das ich immer wieder vergeblich anzukämpfen versucht hatte, etwas unüberwindbar Fremdes. Vielleicht hatte ich geglaubt, ein geringeres Anrecht darauf zu haben, ihr gegenüberzusitzen, als die anderen, die zu ihr kamen, oder weniger gut darlegen zu können, weshalb ich bei ihr war. Das Zimmer, in dem wir saßen, war beengend gewesen mit seinen Bücherregalen, den dicken Teppichen, den Grünpflanzen und Bildern an den Wänden. Ich hatte eine Bemühtheit gespürt, ihm Behaglichkeit einzuhauchen, eine Balance zwischen persönlicher Note und der in diesen Räumen nötigen Neutralität zu finden. Alles in ihm war mir bedeutungsschwer vorgekommen, als enthielte es etwas zu Vermittelndes, eine Botschaft, nichts schien einfach nur abgestellt oder hingelegt, sondern wirkte, als hätte jeder Gegenstand nach ausgiebigem Abwägungsprozess seinen einzig möglichen Platz gefunden. Ich hatte auf ein an der meinem Platz gegenüberliegenden Wand hängendes Gemälde mit einer von blühenden Pflanzen umrankten, sich im azurblauen Himmel verlierenden Treppe geschaut und mir gewünscht, an einem in seiner Absicht weniger durchschaubaren Ort zu sein, einem Ort, wo allgemeine Regeln keine Gültigkeit hatten, einem entgrenzten Ort, ohne zu wissen, wie ein solcher auszusehen hätte, einem Ort, an dem alles möglich wäre.

Ich holte mir einen leeren Kaffeesahnenapf als Aschenbecher aus der Küche und ließ mich für eine Zigarettenlänge auf dem Balkon nieder, den Oberkörper an die Beine und die Arme fest an den Körper gedrückt, um das Verlassenheitsgefühl zu ersticken, das mich, wie so oft nach dem Ende unserer Gespräche, ergriffen hatte, mich unvermittelt gepackt und mir jegliche Tatkraft aus den Gliedern gesaugt hatte. Meine Hände, die eben noch damit beschäftigt gewesen waren, das Laken in die hölzerne Umrandung von Frau Webers Bett zu stopfen oder das Geschirr in die Spüle zu stellen, wurden zu bewegungsunfähigen Anhängseln, wenn es mich überkam, alles in mir stockte, wie einem das sprichwörtliche Blut in den Adern stockte, und gleichzeitig wurde jede Hoffnung, jede Aussicht darauf, dass es einmal anders würde als in jenen Momenten, in orkanartiger Geschwindigkeit weggefegt. Ich hatte kein Mittel gegen diesen Zustand, musste ihn aushalten, darauf warten, dass er vorüberginge. Die Borsten des Rasenteppichs auf Frau Webers Balkon stachen mir in die Beine. Ferner Stadtlärm drang in mein Ohr. Vielleicht ist man ja lebensunfähig, wenn man es nicht schafft, sich einem anderen Menschen nahe zu bringen, dachte ich, vielleicht ist von einem anderen als die, die man ist, erkannt zu werden, wie die frühe Mutterliebe, eine Voraussetzung dafür, einen Platz in der Welt zu finden. Und dass dann all meine Anstrengungen vergeblich wären.

Karla ist wie immer zu spät. Kommt, auf ihrem zu großen Herrenrad wie ein Rennfahrer nach vorn gebeugt, angefahren, als ich bereits befürchte, bei einem anderen Inder als dem, bei dem wir verabredet sind, zu sitzen, schwingt im Langsamerwerden ein Bein über die Querstange und rollt, mit beiden Füßen auf der Pedale stehend, einer Laterne entgegen. Sie schlingt eine schwere Kette um den Mast und kommt dann mit schuldbewusstem Gesicht und hochgezogenen Schultern in ihrem kindlich wirkenden Gang mit nach innen gedrehten Füßen auf mich zugelaufen. Wie so oft, wirkt sie verstört. Als ließe sie das Aufeinandertreffen ihrer inneren mit der äußeren Welt erzittern, löse ein Erschrecken in ihr aus, das ihrem Gesicht den Ausdruck eines gehetzten Tieres gibt. Als sei sie auf der Flucht, denke ich und daran, dass sie mir einmal verraten hatte, stets alles Lebensnotwendige bei sich zu tragen, Waschzeug, Zahnbürste, Wechselwäsche und wärmere beziehungsweise leichtere Kleidung, um von überall jederzeit weggehen zu können. Ich hatte dies für einen ihrer diversen Spleens gehalten, eine ihrer trotzig, als seien sie die einzige Art, sich als die zu fühlen, die sie war, hervorgekehrten Eigenheiten, wie der, Kaffee nur aus überdimensional großen Tassen zu trinken oder keinen anderen Stoff als Seide auf ihrer Haut ertragen zu können.

Sie legt ihren Rucksack, ein vom täglichen Gebrauch verblichenes, in die Breite fließendes Stoffgebilde, auf den Tisch und beginnt, kaum dass sie sich gesetzt hat, in ihm herumzuwühlen, zu kontrollieren, ob sie auch wirklich alles Nötige dabei hat, zieht einen Fettstift aus ihm hervor und fährt sich damit über die Lippen, wirft eine Handvoll Ingwerbonbons, als begänne sie ein Würfelspiel, in die Mitte. Es geht ihr wieder einmal nicht gut. Letzte Nacht habe sie kaum geschlafen, erzählt sie, und heute bereits, ohne irgendeine Linderung zu verspüren, drei Aspirin gegen das teuflische Stechen in ihrem Kopf geschluckt. Außerdem habe sie furchtbar viel zu tun, ein ganzes Bündel von Unerledigtem schleppe sie mit sich herum und hätte eigentlich gar keine Zeit für unser Treffen.

Nach dieser aus ihr hervorgesprudelten Beschreibung ihrer augenblicklichen Verfassung wissen wir beide nicht recht, was wir sagen sollen. Anders als am Telefon, wo Karla in ihrem Mitteilungs-drang oft nicht zu bremsen ist, dauert es, wenn wir uns sehen, immer eine ganze Weile, bis ein Gespräch zwischen uns in Gang kommt, was sie, im Gegensatz zu mir, jedoch nicht als unangenehm zu empfinden scheint, jedenfalls bedient sie sich in solchen Situationen nie der üblichen Floskeln, wie der, zu fragen, wie es mir ginge oder was ich gerade so tue, und antwortet nur einsilbrig auf diesbezügliche Fragen von mir. Wie ein Kind, das ausschließlich seinen inneren Impulsen folgt, entzieht sie sich trotzig allen gesellschaftlichen Kommunika-tionsregeln, als könne sie sich nur so ihre Authentizität bewahren oder als müsse sie nachholen, was ihr in ihrer Kindheit, über die sie häufig sprach, verwehrt gewesen war, müsse lebenslang ihren einst unter-drückten Eigensinn zur Schau stellen.

Ein hemdsärmliger Inder bringt in braune Lederhüllen ge-schlagene Speisekarten, in die wir uns einige Minuten lang voreinander flüchten können.

Dann, nachdem wir unsere Bestellungen aufgegeben haben, beginnt sie zu reden. Dass der Typ über ihr in der letzten Nacht wieder die Bässe aufgedreht habe, berichtet sie, und, als sie mit dem Besenstiel an die Decke geklopft, die Musik noch lauter gestellt habe, so dass sie sich schließlich Ohropax in die Ohren gestopft, die Decke über den Kopf gezogen habe und erst gegen Morgen eingeschlafen wäre.

„Oje, du Arme", sage ich und versuche, meine Stimme mitleidvoll klingen zu lassen, was mir nur unzureichend gelingt, weil ich derartige Geschichten von ihr kenne, ihren Kampf gegen laute Mitbewohner, bei dem sie Lärmprotokolle schreibt und an die Hausverwaltung schickt und auch schon etliche Male die Polizei gerufen hat. Schon damals, als wir noch bei der Kleinanzeigenzeitung gearbeitet hatten, hatte sie ständig über eine alte Nachbarin geklagt, die in unzumutbarer Lautstärke Radio hörte, eine Frau Fiedler, weiß ich noch, weil dieser Name für mich unauslöschlich mit meinem ersten Eindruck von Karla verbunden ist. Frau Fiedler ist inzwischen tot, doch es sind neue Störenfriede nachgewachsen, junge Leute, die irgendwelchen obskuren Tätigkeiten nachgehen, ihre Kippen im Treppenhaus austreten und sie, wenn sie sie zurechtweist, als „neurotische Alte" beschimpfen.

Dass sie nie in ihrem Leben etwas zu Ende bringt, denke ich, nie etwas richtig abschließt, so dass sie es loslassen und Platz für Neues schaffen kann, sondern alles nur in einer vorläufigen, für den Augenblick notwendigen Weise regelt, provisorisch flickt sozusagen, wie sie ihr Rad, wenn sie irgendwohin musste, so reparierte, dass es die unumgängliche Fahrt überstand. Ihr Leben ist wie ein Stapel unbeantworteter Post, ständig von neu dazukommender überdeckt, ein Kessel mit vor sich hin brodelnden, nicht bewältigten Dingen, die von Zeit zu Zeit aufkochten. Als ich sie kennenlernte, hatte sie noch an ihrer Doktorarbeit geschrieben, Versuchsreihen mit Fruchtfliegen ausgewertet, bald darauf jedoch vor dem angesammelten Papierwust resigniert.

„Irgendwann erledigt sich alles von selbst", hatte ich hin und wieder zu ihr gesagt, wenn mein Eindruck, dass sie sich, obwohl sie nur ein knappes Jahr jünger war als ich, wie eine Zwanzigjährige verhielt, wieder einmal stärker als das Verständnis für ihre Probleme gewesen war, aber meine Hinweise auf die Begrenztheit unseres irdischen Daseins waren jedes Mal an ihr abgeprallt.

Auch ihren Freund Klaus schleppt sie als etwas Ungeklärtes mit sich herum, ärgert sich regelmäßig darüber, dass er kommt und geht, wie es ihm passt, ihre kleine Wohnung mit seinen Sachen vollstopft, so dass sie sich in ihren eigenen vier Wänden fremd und eingeengt fühlt.

„Vorgestern ist er erst nachts um zwei, als ich gerade eingeschlafen war, gekommen", berichtet sie, „und hat dann einfach den Fernseher eingeschaltet".

„Wirf ihn raus", sage ich. Meine Reaktionen auf Karlas Erzählungen sind im Laufe der Zeit immer ehrlicher und unverblümter geworden, was sie mir jedoch nicht weiter übel zu nehmen schien. Vielleicht ist sie derartige Ratschläge auch von anderen gewohnt, denke ich.

„Er kann doch nirgendwo anders hin", verteidigt sie sich, „seine Exfrau lässt ihn nicht mehr in die gemeinsame Wohnung, und sein Apartment im Studentenheim hat er mit seinen ganzen Büchern so vollgestellt, dass er darin keinen Platz mehr zum Schlafen findet."

Ich mag es nicht, wenn sie von ihrem Freund spricht. Nicht so sehr wegen des merkwürdigen Verhältnisses, das sie zu ihm hat und das auf Außenstehende wie eine Zweckgemeinschaft wirkt, sondern wegen des Stolzes, der in ihrer Stimme mitschwingt, wenn sie sich über ihn beklagt, und ihren Worten etwas Unaufrichtiges gibt. Klaus hat eine Professur an dem biotechnischen Institut, an dem sie promovieren wollte, und hat sich trotz seiner akademischen Karriere eine Anspruchslosigkeit gegenüber äußeren Dingen bewahrt, die ihn von seinen Kollegen abhebt. Dass sie ihm, wenn er zu Kongressen in ferne Länder flog, die einzige Jeans, die zu tragen in Frage kam, zuvor erst noch flicken musste, hat sie des Öfteren geschimpft, oder dass er nie Geld besaß, weil er seine sechs Kinder großzügig unterstützte, doch ich hatte stets herausgehört, dass ihr gerade das, worüber sie sich beklagte, an ihm gefiel.

Sie redet nun immer weiter. Wie ein altes Auto, dessen Motor eine Weile braucht, bis er anspringt, dann aber unermüdlich vor sich hin tuckert, denke ich. Bis in die Nachmittagsstunden hinein hatte sie den versäumten Nachtschlaf heute nachgeholt, sich wieder einmal ‚totgestellt', wie sie ihre Schlafsucht stets nannte, und sei dann irgendwann vom Klingeln des Telefons geweckt worden. Mary sei dran gewesen und hatte ihr erzählt, dass ihr Mann sie betrüge. Weil sie aber noch gar nicht richtig wach gewesen sei, habe sie sie auf später vertröstet, was vielleicht, in Anbetracht des aufgelösten Zustandes, in dem Mary sich befunden hatte, falsch gewesen sei. Sie beginnt, mir von Marys Ehe zu berichten, der Hassliebe, die sie mit ihrem Mann verband, dass sie nicht los käme von ihm, was mit ihrem Vater zu tun habe, der meist nicht da gewesen war, so dass sie ihn in allen späteren Beziehungen gesucht habe, und mit der dominanten Mutter, von der sie sich durch die Vaterbeziehung abzugrenzen gehofft hatte. Ich kannte Mary bereits, wie auch alle anderen Kindheitsfreundinnen von Karla und deren Geschichten, die, wie alle aus dem Dorf, in dem Karla aufgewachsen ist, von innerfamiliären Dramen bestimmte gewesen waren. Kannte Jule, die Schulsekretärin, die in der Freizeit mit ihrem Motorrad durch die Gegend fuhr, Ulla, die Gynäkologin geworden und in die nächstgrößere Kreisstadt gezogen war, Hilde, die den elterlichen Hof übernommen und zum Entsetzen der Alteingesessenen ökologische Anbauformen eingeführt hatte, und Moni, die in einer Scheune einen Antiquitätenhandel betrieb. Wieder und wieder hatte sie deren Lebensläufe vor mir ausgerollt, auf eine unangenehm vertrauliche Weise, als seien sie auch meine Freundinnen, oder als müsse ich mich aufgrund meines Geschlechts mit ihnen identifizieren, sei alles Frauengelebte zu einem Einheitsbrei zu vermengen.

„Meinst du, ich hätte sofort mit ihr reden sollen?" Ihre Augen flackern nervös, als sie mich anschaut, ja ihr ganzes Gesicht ist in angstvolle Erregung geraten, als hinge ihre weitere Freundschaft zu Mary von meiner Antwort ab.

„Ich wäre gar nicht erst ans Telefon gegangen", sage ich. Und füge hinzu, dass man schließlich nicht jederzeit verfügbar sein müsse, ein Recht auf Rückzug hätte und dies dem anderen auch sagen könne, ja dass es ihm gegenüber letztendlich ehrlicher wäre, als eine Aufmerksamkeit vorzutäuschen, die man gerade nicht aufbringen konnte. Wie ich sie vor Jahren einmal mit einem Anruf aus der Badewanne geholt hatte, kommt mir in den Sinn, und sie meinen Vorschlag, mich später noch einmal zu melden, abgelehnt hatte, woraufhin wir eine Weile miteinander gesprochen und ich sie die ganze Zeit über nackt und frierend oder nur notdürftig in ein Handtuch gehüllt, mit Wasserlachen zu den Füßen in ihrer Küche stehen gesehen hatte. Dass ihr ständiges Bereitsein für andere gar nicht so selbstlos ist, wie sie es immer darzustellen versucht, denke ich, sondern eher einem permanenten Ablenkungsbedürfnis entspringt, einem Redezwang und ihrer Sucht, sich in anderen wiederzufinden.

Der Inder bringt unser Essen, das völlig gleich aussieht, obwohl wir unterschiedliche Gerichte bestellt haben, und wahrscheinlich auch gleich schmeckt in seiner rötlichbraunen Einheitssoße, dazu eine Schüssel klebrigen Reis, und wir beginnen zu essen, genusslos, Karla wegen ihrer gestörten Einstellung zur Nahrungsaufnahme, die sie manchmal heißhungrig alles Mögliche in sich hineinstopfen und dann, voller Angst, zu dick zu sein, tagelang gar nichts zu sich nehmen lässt, und ich, weil ich, wie so häufig in meinem Leben, das Gefühl habe, mit der falschen Person am falschen Ort zu sein.

Eine Windböe fegt durch die Kübelpflanzen, die den Vorgarten von der Straße abtrennen, und verfängt sich knatternd im Stoff der großen weißen Schirme. Am Tisch schräg gegenüber sind zwei Frauen in ein Gespräch vertieft, sitzen sich mit aufgestützten Ellbogen, das Kinn in den Handteller gelegt, gegenüber und schauen sich, während sie von sparsamen Gesten begleitete Worte wechseln, unablässig in die Augen. Manchmal schweigen sie eine Weile, als müssten sie das

Gesagte in sich nachwirken lassen. Ihr alles um sich herum außer Acht lassendes Aufeinanderbezogensein lässt mich immer wieder zu ihnen hingucken. Als brächten sie die zwischen ihnen hin und her fliegenden Worte zum Blühen, erscheint es mir, und ließen sie zu Sträußen stimmiger Sätze werden. Einen Augenblick lang befürchte ich, dass sie zu uns hersehen und unsere Beziehungslosigkeit bemerken könnten, ihre Blicke, in einer Pause des Nachdenkens in sinnierender Absichtslosigkeit über die Tische wandern lassend, erkennen könnten, wie wir aneinander vorbeiredeten.

Karla hat nun ihre Lieblingsposition eingenommen, die Füße unter den kräftigen Oberschenkeln verborgen, den schwarzen Stretchrock bis über die Knie gezogen, sitzt sie im Schneidersitz auf dem Plastikstuhl. Ihre linke Hand umklammert ein im Verhältnis zu ihrem kurzen Oberkörper überdimensional groß wirkendes Weizenbierglas und in der rechten hält sie eine fast bis auf den Filter verglühte Zigarette.

„In den vergangenen Nächten habe ich wieder mit den Zähnen gemahlt", erzählt sie, „und bin beim Aufwachen dann ganz zerschlagen gewesen, wie zermatscht, der ganze Körper hat mir wehgetan."

Jetzt ist sie wieder in ihrem Element, denke ich und weiß nicht, ob ich mich darüber freuen soll, dass ihr störrisches Schweigen ein Ende hat, oder ob ich mich vor dem, was ich nun zu hören bekäme, fürchten soll. Sie würde sich in den verschiedenen Regionen ihres Körpers verlieren, mir schildern, wie sie ständig mit misstrauisch hochgezogenen Schultern herumliefe, weswegen ihr immer der Nacken schmerze, würde über ihre vom Überdruss permanent verstopfte Nase sprechen, über den Schwindel und das Ohrensausen, und mich dann in ihren Vergangenheitssumpf hineinziehen, der ihr in den Körper gekrochen war, in die Geschichte ihrer alkohol- und tablettenabhängigen Mutter und des fassadenhaft aufrechterhaltenen Familienfriedens, würde sich in Grübeleien darüber ergehen, weshalb sie Klaus' Verhalten, obwohl es sie einschränkte, hinnahm und was sie generell davon abhielt, zu tun, was sie wollte, beziehungsweise, was dies eigentlich war. Zum Schluss würde sie wieder einmal zu der Erkenntnis gelangen, dass all ihren Problemen ihre Kindheitserlebnisse zugrunde lagen, die damals erfahrene Fremdbestimmtheit. Nur unsere physische Erschöpfung hatte solchen Gesprächen bisher ein Ende gesetzt und wir waren jedes Mal in einem Zustand der Ratlosigkeit auseinandergegangen.

Sie schüttelt eine Zigarette aus der Packung, hält sie mir hin und nimmt sich dann selbst eine. Wir rauchen unser Nichtzueinanderfinden weg, denke ich, unsere Verständnislosigkeit füreinander und die Enttäuschung darüber. Bedächtig, als nähme uns unser Miteinanderreden völlig in Beschlag, ziehen wir an den zwischen Zeige- und Mittelfinger geklemmten Tabakstäbchen, verfolgen, als hingen wir tiefsinnigen Gedanken nach, deren sich in der Höhe kräuselnde weiße Fäden.

Auch auf dem Weg zur Ladenwohnung hatte ich immer geraucht. Mir, die Zeit bis zu unserem verabredeten Zusammentreffen überbrückend, auf der Straße eine angesteckt und dann, bevor ich den Klingelknopf drückte, schnell ein Pfefferminzbonbon in den Mund geschoben. Dennoch hatte sie meinen Tabakatem manchmal gerochen und eine Bemerkung darüber gemacht, etwa die, dass sie seit mehr als zehn Jahren nicht mehr rauchen würde. Und danach, auf dem Heimweg, bemüht, unserem Gespräch einen für mich erträglichen Sinn zu geben, hatte ich erst recht dem hemmungslosen Zigarettenkonsum gefrönt.

Der Wind ist stärker geworden. Zaust das Immergrün in den Kübeln und lässt Papier und anderen Unrat auf dem Gehsteig einen kreisenden Tanz vollführen. Mittlerweile sind wir die Einzigen, die noch draußen sitzen, alle anderen Gäste des Restaurants haben sich in den in dunklem Rot gestrichenen und mit Buddhafiguren dekorierten Innenraum geflüchtet; auch die beiden Frauen von schräg gegenüber sind verschwunden. Karla zieht ein schlauchartiges Stoffgebilde aus ihrem Rucksack, zwängt es sich über den Kopf und beginnt, es Stück für Stück, wie man Wurst in eine Haut zwängt, ihren Oberkörper hinab zu rollen. Ich habe nichts zum Überziehen dabei und friere ein wenig. Dennoch bleiben wir sitzen, winken sogar den Inder noch einmal heran und bestellen eine weitere Runde Getränke: noch ein Weizenbier für sie und einen Weißwein für mich, zu müde für einen Ortswechsel, zu erschöpft von der Schwere des Unabänderlichen. Dass ich mich immer mit dem Zweitrangigen begnügt habe, denke ich, mit dem weniger Behaglichen, als stünde mir, was andere ganz selbstverständlich in Anspruch nahmen, nicht zu. Stets hatte ich mich lieber auf eine harte Bank abseits der Menge gesetzt als auf eine gepolsterte inmitten des Geschehens, mich in den hinteren Reihen mit der schlechteren Sicht versteckt, als, für alle sichtbar, in die vorderste Front zu drängeln.

Karla nestelt das Gummi aus ihrem herabgerutschten Dutt, schüttelt sich die Haare über den Rücken, greift sie dann mit einer Hand, zwirbelt sie mit der anderen schneckenhaft zusammen und wickelt es mit routinierter Beiläufigkeit erneut darum. Danach versenkt sie ihren Blick in die inzwischen angetrockneten Reste in den Silberschalen, aus denen wir gegessen haben, als suche sie in dem Muster, das unsere Gabeln im Zusammengekratzten hinterlassen haben, nach etwas Erhellendem. Vielleicht kennt auch sie die Beklemmung, die einen in Menschenmengen überfallen kann, denke ich, und sitzt deshalb lieber hier draußen, als im vollen Lokalinneren.

Durch die Toreinfahrt des Hauses gegenüber gehen unablässig Menschen ein und aus, schnellen, zielstrebigen Schrittes zumeist, viele in farbenfroher, unkonventioneller Kleidung. Im Hinterhof befindet sich ein stadtbekanntes spirituelles Zentrum, in dem man Yogakurse besuchen, meditieren und andere Körper und Geist erbauende Dinge tun kann, und ich schwanke ein wenig zwischen einem Gefühl des Neides auf die, die dort Anleitungen für ein besseres Leben finden, und der Verachtung, weil sie ihnen so leichtgläubig verfallen sind.

Ohne dass wir es bemerkt haben, von einer Minute zur anderen fast, ist es dunkel geworden, hat der lichte blaue Sommerhimmel sich schwarzgrau verfärbt und die Stadt in Novemberstimmung getaucht. Gleich darauf regnet es, in einzelnen dicken Tropfen zuerst, als versuchte er noch, die Wassermassen in sich zu halten, doch dann erliegt er ihrem Druck und es stürzt wie aus Eimern herab. In Sekundenschnelle hat sich das Pflaster in eine glänzende Fläche verwandelt, in der sich die Lichter der Geschäfte spiegeln, und in seinen Unebenheiten sind zahllose Pfützen entstanden. Diejenigen, die eben noch die Straße entlanggelaufen sind, haben sich in Läden und Hauseingänge geflüchtet. Donnergrollen, das wie herabstürzende Steinmassen klingt, ist zu hören und der Wind peitscht mir den Regen in den Rücken.

„Komm zu mir herüber", sagt Karla, auf deren Seite das Stoffdach des Schirmes weiter reicht, und ich setze mich neben sie. Im ersten Augenblick erschrecke ich über unsere plötzliche Nähe, ihr großporiges Gesicht mit den scharfen, von den Nasenflügeln zu den Mundwinkeln herablaufenden Falten, dem breiten Mund mit den schiefen, vorstehenden Zähnen, ihren buschigen, in der Mitte in einzelnen Härchen zusammenlaufenden Augenbrauen so deutlich vor mir zu sehen, ihre grauen Schläfenhaare, die sich von den hennarot gefärbten abheben, die bereits an Straffheit verlierende Haut ihrer Oberarme, die Fröstelpickel auf ihrem Dekolleté. Gänsehaut, denke ich und habe die tote Weißhäutigkeit gerupften Federviehs vor Augen. Ihre Brüste liegen unter dem engen Pullover als seichte Erhebungen auf der Rippenlandschaft ihres Oberkörpers. Sie hält die x-te Zigarette in der zusammengekrallten Hand. Fühllos für die Signale unserer Körper oder auch nur zu lethargisch zum Aufstehen kleben wir an unseren Stühlen fest und starren auf das Straßengeschehen vor uns wie auf eine Kinoleinwand. Der Donner ist nun direkt über uns, das Drohgebrüll eines himmlischen Ungeheuers, unmittelbar gefolgt von einem Zickzack aus Licht und gleißender Helle, als würde die Stadt für Sekunden zu einem von Milliarden Volt erleuchteten Zimmer.

Als es wieder heller zu werden, die Sonne zaghaft ihre Strahlen durch die Wolken zu schieben beginnt, winken wir den Inder herbei, bezahlen und treten auf die Straße hinaus, wo wir von einer Minute zur nächsten durchnässt werden. Wir breiten unsere Arme aus und bieten unsere Gesichter dem Regen dar, als habe er die Kraft, uns von allem reinzuwaschen.

In den ersten Wochen, nachdem sie mich hinausgeworfen hatte, habe ich mich mit niemandem getroffen. Ich hätte die Distanz, die ich anderen Menschen gegenüber empfand, nicht ausgehalten in dem Wissen, dass es nun niemanden mehr gab, bei dem sie zu überwinden wäre, hätte nicht, wie ich es gewöhnlich tat, vorgeben können, wie alle anderen zu sein, ohne Aussicht auf jemanden, bei dem ich es nicht müsste. Auch jetzt habe ich nur selten das Bedürfnis nach Gesellschaft. Ich bin selbstgenügsamer geworden. Mir selbst genügend. Und auf mich selbst beharrend. Undurchlässig geworden für fremde Meinungen und Vorstellungen davon, was richtig und falsch, wichtig und unwichtig ist, der Selbstverleugnungen überdrüssig. Dass mich niemand mehr verletzen könne, denke ich manchmal, nichts Äußeres mehr in mich eindringen könne, ich unverwundbar geworden sei, wie mit dem legendärem Drachenblut gebadet.

Alles ist nur ein Spiel. Was kann mir noch geschehen in meiner illusionslosen Abgeklärtheit? Einmal in der Woche habe ich mir, als Medikation gegen Vereinsamung und um den Kontakt zu den Menschen, die ich seit Jahrzehnten kenne, nicht zu verlieren, Geselligkeit verordnet. In Gesines lichtdurchfluteter Küche auf der weißen Bank am Fenster zu sitzen etwa, Eisenkrauttee zu trinken, während sie den Salat für das Abendessen zupft und dabei unablässig redet, die Worte wie Bälle aus ihrem Mund hüpfen, hier- und dorthin springen und sich manchmal im Abseits verlieren, in unvollendeten Gedanken davon rollen. Der Eisenkrauttee ist gut, von genau richtiger Stärke, so wie bei Gesine alles genau richtig ist, sie alles auf die praktischste, den größtmöglichen Nutzen versprechende Weise tut und allem, womit sie sich umgibt, die optimale Wirkung abgewinnt. Ich bin gern bei Gesine. Mag ihre Wohnung, den Einfallsreichtum, mit dem sie jeden Winkel darin auszufüllen, den Räumen ihre ganz persönliche Note zu geben, Bilder, Fotos und Pflanzen dekorativ zu arrangieren versteht. Jedes Mal, wenn ich sie besuchte, erschien es mir, als hätte sie, ohne dass ich sagen konnte, was es war, etwas in ihrer Wohnung verändert, als sähe sie deren Einrichtung als etwas nie fertig Werdendes an oder als etwas den eigenen Veränderungen stetig Anzupassendes. Früher hatte ich geglaubt, dass sie alles besser machte als ich, dass sie besser zu leben verstünde, und ihren Pragmatismus, ihr allzeitiges Wissen, was zu tun sei, als Beweis dafür angesehen. Schon damals hatte sie ihre im Unbestimmbaren verebbenden Endlossätze gesponnen und zu jedem Thema etwas zu sagen gewusst. Hatte am Kolleg zu jenen gehört, die überall mitmischten und sich in allen möglichen Gruppierungen organisierten. Sie war zu jener Zeit korpulenter gewesen als heute, was durch die damals modischen Latzhosen, die sie oft getragen hatte, noch betont worden war, und hatte ihre aschblonden Haare zu Zöpfen geflochten. Inzwischen ist ihre Kleidung konventioneller geworden, trägt sie wadenlange Röcke mit weiten Pullovern oder Blusen darüber, und ihre Haare sind ohrläppchenkurz geschnitten. Nur ihr Gesicht ist noch von der gleichen, von jeglicher Kosmetik unberührten Blässe wie damals, auf eine beinahe obszöne Weise nackt wirkend mit den blauen, von hellen Wimpern gerahmten Augen und dem schmallippigen Mund, als sei jeder Verschönerungseingriff ein Verrat ihrer um Authentizität und Natürlichkeit bemühten Lebensweise. Einzig die Fußnägel lackiert sie sich mittlerweile in dunklem Rot, und wenn sie barfuß über den Parkettboden ihrer Wohnung läuft, springen sie mir als leuchtende Tupfer ins Auge.

Später wechseln wir ins zur Straße hinausgehende Zimmer, von dem aus man über ein Häusermeer in den Himmel blickt, und ich bekomme ein Glas kühlen Weißwein. Unten verläuft der die Stadt durchziehende Kanal, Restaurantschiffe ankern an seinem Ufer und auf den schmalen, abfallenden Wiesenstücken liegen die Sonnenhungrigen. Sie hat, um die Aussicht besser genießen zu können, ein Podest vor das Fenster gebaut, auf dem wir in Korbstühlen beieinander sitzen. Wie bemüht sie ist, es mir an nichts fehlen zu lassen, denke ich, mitten im Gespräch aufspringt, um mir etwas zu zeigen, das unsere Unterhaltung gestreift hat, ein Buch herbeiholt, Fotos, oder eine Musik spielt, von der sie glaubt, dass sie mir gefallen könnte. Manchmal schaute ihre nebenan wohnende Tochter Josefa herein, eine zierliche junge Frau mit üppiger Lockenmähne, und begrüßte mich in solch überschwänglicher Herzlichkeit, als seien wir enge Freundinnen. Jedes Mal, wenn ich sie sehe, kommt mir eine Situation vor vielen Jahren in den Sinn, als Gesine gerade ihren Vater kennengelernt und erklärt hatte, sich nun mit dem Thema Verhütung beschäftigen zu müssen. Wir hatten, im Aufbruch zu einer gemeinsamen Unternehmung, im Flur meiner Wohnung gestanden, als sie dies gesagt hatte, und ich sehe noch immer meine damals etwa siebenjährige Tochter in ihrer weißblaugestreiften Hose vor mir, die in jenem Augenblick auf dem Boden gesessen und sich die Schuhe zugebunden hatte. Vielleicht hatte ich die Selbstverständlichkeit in ihrer Stimme als befremdend empfunden und sich mir diese Szene deshalb über Jahrzehnte hinweg eingegraben, das fraglose Sichaneinanderfügen der Dinge. Josefas Vater hatte Detlev geheißen und sie hatte seinen Namen mit einem gedehnten „e" als „Deedlev" ausgesprochen. Es war keine dauerhafte Verbindung gewesen und Detlev hatte sich danach seinen Vaterpflichten weitgehend entzogen. Dennoch ist aus Josefa eine strebsame Jurastudentin geworden. Ihren jetzigen Partner hatte sie vor zwei Jahren geheiratet, in aller Stille und ohne danach ihre eigene Wohnung aufzugeben. Sein Name kam in harter Verdeutschung aus ihrem Mund, „Rotscha" sagte sie, und ich forme tonlos und leicht belustigt die Namen der beiden Männer ihres Lebens nach: Deedlev und Rotscha.

Wenn ich ehrlich war, erschöpften mich die Besuche bei Gesine. Wie ein Hund sich das Wasser aus dem Fell, musste ich die Nachwirkungen unseres Zusammenseins danach abschütteln, die Verkrampfungen, die es hinterlassen hatte, unsere gekünstelte Harmonie und das Gefühl von Selbstbezogenheit, das mich angesichts ihres hilfsbereiten, an allem teilnehmenden Wesens stets befiel. Musste mich von ihrem Redeschwall erholen, von ihren abrupten Themenwechseln und ihrer nichts im Ungefähren lassenden Art zu argumentieren. Wie sie selbst das nicht zu Erklärende, es als solches abstempelnd, zu etwas Abgeschlossenem und damit keiner weiteren Aufmerksamkeit mehr Bedürfendem werden ließ, alles Widersprüchliche zu etwas Gesetzmäßigem und in ihr Weltbild Passendem ebnete. Dass Gesine, obwohl sie wahrscheinlich überzeugt war, dies zu tun, nicht wirklich zu den Menschen gehörte, die sich für andere interessierten, hatte ich dann immer gedacht, sondern vielmehr zu jenen, die sich im Vorhinein eine Meinung vom anderen bildeten, die sie bei jedem Zusammensein mit ihm zu bestätigen suchten, ohne dabei zu merken, dass sie nicht der Wirklichkeit entsprach, jenen, die glaubten, alles im Griff, die Stationen ihres Lebens wie Perlen auf eine Kette gereiht zu haben.

„Gesine ist mir einfach zu vernünftig", hatte ich in der Ladenwohnung einmal gesagt, an einem Abend, stellte ich mir vor, als es draußen bereits dunkelte und die Vorhänge zugezogen waren, so dass das matte Licht der Salzkristalllampe dem Raum etwas Weltentrücktes gab. Oder hatte ich es, leichtfüßig zwischen meiner Küche, in der ich uns einen Kaffee kochte, und meinem Zimmer, in dem sie auf dem Sofa saß und ihre Augen neugierig über meine Einrichtung wandern ließ, hin und her laufend, mit einem leicht abfälligen Auflachen hervorgestoßen?
Ich hatte ihr so wenig von mir erzählen können. Eigentlich gar nichts, denke ich, und dass es seltsam ist, sich drei Jahre lang einmal in der Woche mit jemandem zu treffen und nichts anderes zu tun, als miteinander zu reden, um am Ende festzustellen, dass man nichts von sich mitgeteilt hatte, alles Beschwerende weiterhin allein mit sich herumtrug, ja, dass es durch sein Nicht-ausgesprochen-worden-Sein noch mehr auf einem lastete als zuvor, zu einem Berg von Unsagbarem geworden war. Genau genommen hatten wir überhaupt nicht miteinander geredet, sondern waren die ganze Zeit über nur auf dem Weg zu dem Punkt gewesen, ab dem ein Gespräch möglich gewesen wäre, und nie dort angelangt.

Ich sitze mit Doris nach einem Sonntagsausflug in einer Kneipe, in jene Art Zeitvergessenheit versunken, die die Ereignisse des Tages in weite Ferne rückt. Wir waren vormittags mit der S-Bahn an den Stadtrand und von dort aus mit den Rädern über Landstraßen und holprige Waldwege gefahren und hatten, als unser Ziel, der See, grünschimmernd vor uns lag, die Fähre genommen, um auf die kleine

Insel in seiner Mitte zu gelangen, wo wir in einem Ausflugslokal bei Kaffee und Pflaumenkuchen an einem wachstuchbedeckten Tisch gesessen hatten.

Eine wohlige Müdigkeit umhüllt mich. Natürlich ist es Doris gewesen, die den Vorschlag gemacht hatte, noch etwas trinken zu gehen, und wahrscheinlich hätte ich mit jemand anderem auch nicht so lange zusammengesessen. Treffen mit Doris zogen sich stets bis in die Nachtstunden hinein. Als suchte sie in den Kneipengesprächen eine Antwort auf alle Lebensfragen und war nicht eher bereit, sie zu beenden, bevor sie sie gefunden zu haben glaubte oder bis die Wirkung der unzähligen Biere, die sie dabei trank, sie dazu zwang. Dass ich bei ihr immer Angst hatte, ihrer unermesslichen Energie nicht gewachsen zu sein, denke ich, und dass sie von mir enttäuscht sein könnte. Auf dem Weg zum See war sie, scheinbar mühelos über alle Unebenheiten hinweg hüpfend, vor mir her geradelt, so dass ich kaum nach-gekommen war, und dort angelangt, hatte sie vorgeschlagen, auch noch sein sich in unüberschaubare Weiten erstreckendes Ufer zu umrunden.

Bei unserem ersten Treffen hatte sie mich gefragt, an wie vielen Abenden in der Woche ich einen festen Termin hätte, und sich auf mein „An keinem" beeilt, die ihren aufzuzählen: Doppelkopfrunde am Dienstag, Chorprobe am Mittwoch, Improvisationstheater am Donnerstag und Sportgruppe am Freitag.

Wir waren uns vor einigen Jahren auf Gesines Geburtstagsparty begegnet. Beim Schein einer Kerze rauchend im Treppenhaus zusammensitzend, hatte sie mir von ihrer Wohnung erzählt, in der ihr älterer Sohn ihr eine Badewanne mitten in der Küche gebaut hatte, und mich, weil ich dies eigenartig fand, spontan zu sich eingeladen.

Dass sie einen Bioladen zu eröffnen erwäge, erzählt sie; ganz in der Nähe ihrer Wohnung gäbe es einen leeren Laden und sie überlege, ob die Gegend dafür erfolgversprechend wäre. Aber vielleicht sei dieses Vorhaben auch eine Nummer zu groß, räumt sie dann ein, vielleicht solle sie lieber mit einem Imbiss beginnen, etwa einen täglich wechselnden Mittagstisch anbieten, Suppen beispielsweise, die seien ihre Spezialität, und dazu noch Obst und Gemüse aus ökologischem Anbau. Aber vielleicht sei auch der mit seinen festen monatlichen Kosten zu viel für sie und es wäre besser, sich mit einem Suppenkessel auf Straßenfeste zu stellen. Dumm sei nur, dass sie kein Auto besaß, zwar ihren Sohn ab und zu um Transporthilfe bitten könne, ihn jedoch, wenn dies zu oft geschähe, wohl damit überfordern würde.

Sie zupft ein Zigarettenpapier aus der Packung, bröselt Tabak hinein und hält es sich, um die Gummierung auszumachen, über ihre runde Brille hinwegschauend, dicht unter die Augen. Ihr Gesicht ist faltig und, weil sie sich viel im Freien aufhält, sonnengebräunt wie das einer Feldarbeiterin, wettergegerbt hätte man es in diesen Kreisen genannt, die lockigen weißen Haare sind mit einem orangenfarbenen Tuch zurückgehalten. Ihre Stimme klingt dunkel und immer ein wenig barsch, als ließe sie nur gelten, wovon sie gerade sprach, und erwarte vom Zuhörenden uneingeschränkte Aufmerksamkeit.

In einer kleinen Bucht auf der Insel war sie, sich nicht um vorbeikommende Spaziergänger scherend, nackt in den See gelaufen und mit ausgebreiteten Armen immer weiter in das von der Abendsonne beschienene Wasser eingetaucht.

Bei meinem ersten Besuch hatte sie, während sie am Herd ihrer senfgelb gestrichenen Küche stand und Tofuschnitten briet, und auch noch, als wir im Zimmer auf dem Sofa neben dem Kachelofen saßen, von ihren Söhnen erzählt, die von verschiedenen Vätern stammten und von ihr allein großgezogen worden waren. Die Badewanne hatte auf einem Podest vor dem Fenster gestanden und in ihrem Inneren waren Asparagus und Grünlilien gewachsen. Im Zimmer waren an der Wand neben dem Ofen Holzscheite gestapelt gewesen, die sie gesammelt und auf dem Dachboden zerkleinert hatte.

Der Einfluss von Alkohol macht Gespräche nicht unbedingt tiefsinniger, auch wenn man ihm nachsagt, dass er sonst Verborgenes an die Oberfläche bringe. Meist sind es Dinge, von denen man in nüchternem Zustand weiß, dass sie nicht zu ändern sind, Ärgernisse, die sich wie Kaffeegrund in einem abgesetzt haben und an Abenden wie diesem, als sei ein internes Filtersystem ausgefallen, hochgespült und herausgeschwemmt werden. Dinge, von denen man sogar noch in realitätsentrückten Kneipenstunden ahnt, dass ihre Erörterung wirkungslos bleiben würde, ja man sich am nächsten Tag vielleicht sogar dafür schämen würde, über sie gesprochen zu haben.

In Doris' Stimme hat sich ein Lallen geschlichen, ihr Blick ist trübe geworden und unfähig, dem meinen längere Zeit standzuhalten. Als versuche sie, die einhaltgebietenden Signale ihres Körpers zu überlisten, redet sie dennoch unablässig weiter, redet sich in eine Ausweglosigkeit hinein, und es ist abzusehen, dass ihr Körper in Bälde den Sieg davontrüge. Dass sie ihr Soziologiestudium vielleicht nicht hätte abbrechen sollen, sinniert sie, zumal sie mit ihrer Abschlussarbeit fast fertig gewesen sei, einer Untersuchung darüber, wie Kinder zum Tod stehen. Hochinteressant sei es gewesen, darüber zu forschen, und eigentlich ja auch egal, ob sie danach einen Job bekommen hätte oder nicht, weil sie jetzt ja schließlich auch nichts hätte, permanent damit beschäftigt sei, sich die Zeit zu vertreiben beziehungsweise nach etwas zu suchen, was sie interessiere. Erst kürzlich wäre ihr in den Sinn gekommen, sich über die Funktionsweise von Atomkraftwerken zu informieren, hätte sie sich Literatur darüber aus der Bücherei besorgt. Dann kommt sie auf Mara zu sprechen, der Freundin des jüngeren Sohnes, die so schüchtern wäre, dass es ihr noch nie gelungen sei, ein längeres Gespräch mit ihr zu führen, und dass sie eigentlich gar nicht wisse, was ihr Sohn an ihr fände, sich jedoch nicht traue, ihn danach zu fragen, obwohl sie dies gern täte, ja es geradezu für ihre Mutterpflicht hielte, ihn darauf hinzuweisen, dass Mara nicht zu ihm passe. Übergangslos, weil der Alkohol das zusammenhängende Denken weggespült hat, wird dann die aus bloßem Mauerwerk bestehende Wand ihres Zimmers zum Thema, die sie in einer ganz bestimmten Weise, so, wie sie es einmal im Schaufenster eines Ökofarbengeschäftes gesehen hatte, zu gestalten plane, jedoch aus Angst, dass das Ergebnis nicht ihrer Vorstellung entsprechen könne, nicht damit zu beginnen wage. „Ein ganz spezielles Bild habe ich von der Wand." Sie beugt sich mir über den Tisch entgegen, so dass ich ihr biervernebeltes Gesicht in aller Deutlichkeit wahrnehmen, die Mühe spüren kann, die es ihr bereitet, die Worte zu formen. „Ein ganz spezielles Bild."

Am nächsten Morgen erwache ich mit schwerem Kopf und versuche, mir unser nächtliches Zusammensitzen noch einmal ins Gedächtnis zu rufen. Was hatte ich erzählt? Hatte ich überhaupt etwas erzählt oder war ich ausschließlich damit beschäftigt gewesen, Doris eine gute Zuhörerin zu sein?

Ich rede nicht gern über mich. Höre lieber den anderen zu, krieche in ihre Leben hinein, zu denen sie mir freimütig die Türen öffnen, teile mit ihnen die kleinen und großen Kümmernisse. Sich in die Leben anderer hineinzubegeben und sein eigenes wie in einem verschlossenen Kästchen in sich zu tragen, lässt einen unbeschädigt bleiben und gibt einem dazu noch ein angenehmes Gefühl der

Uneigennützigkeit. Mir fallen Situationen ein, in denen ich im Zentrum der Aufmerksamkeit gestanden hatte, und die immer darin geendet hatten, dass mich die anderen zu entlarven und aus ihrer Gemeinschaft ausstoßen zu müssen glaubten. Als würde ein Vorhang weggerissen, hinter dem etwas zum Vorschein gekommen war, was außer mir alle immer schon gewusst hatten, war es mir jedes Mal erschienen, und was sie mit „Du hast doch immer-schon"- und „Du warst doch noch nie..."-Sätzen, mit denen sie eine unüberwindbare Grenze zwischen sich und mir zogen, untermauert hatten.

Immer fällt mir dann diese Kindergartenepisode ein, die vielleicht die erste diesbezüglich erinnerte Erfahrung gewesen war. Ein niedriger Raum in kaltem Neonlicht, in dem mich die Mutter allmorgendlich auf dem Weg ins Büro ablieferte. Um einen Tisch herum versammelte Kinder. Kannen mit rotem Tee auf dem Tisch, Teller mit geschnittenem Obst. Frauen in Kittelschürzen, die ihn kontrollierend umkreisen; das weibliche Betreuungspersonal, das damals noch mit „Tante" angeredet worden war und über die zu beaufsichtigende Kinderschar wie Dompteusen über eine Herde zu zähmender Tiere geherrscht hatte. Es hatte zwei Kategorien von Kindern gegeben: die artigen und die unartigen, und dass ich der ersten Gruppe angehörte, hatte weniger an meinem Anpassungsvermögen an die vorgegebene Ordnung gelegen als an meiner Unauffälligkeit. Bis zu jenem Vorfall war ich weder von den anderen Kindern noch von den Tanten in besonderer Weise wahrgenommen worden. Dass ich mich, voller Angst, zum Objekt ihres Interesses zu werden, lautlos wie eine Maus unter ihnen bewegt hatte, stelle ich mir vor, fast leblos war während der in genau festgelegter Abfolge von Mahlzeiten, Spiel- und Ruhephasen zu durchstehenden Stunden vom Morgen bis zum Nachmittag, einem sich bei Gefahr tot stellenden Tier gleich, darauf gewartet hatte, dass mich die Mutter wieder abholte. Allein beim Mittagsschlaf, der geforderten Leblosigkeit, hatte ich mich ein wenig entspannen können. Natürlich war ich nie eingeschlafen. Schlafen setzt ein Sichfallenlassen voraus, das mir in dieser Umgebung unmöglich gewesen war. Doch ich hatte gelernt, so zu tun, als ob ich schliefe, und war somit auch hier, unter den sich immer noch eine Weile hin und her wälzenden und von der Wache haltenden Tante mit harten Worten zur Ruhe gerufenen anderen Kindern das brave Mädchen geblieben. Ja ich hatte, erinnere ich mich, mein unbemerktes Wachsein sogar genießen, eine heimliche Freude darüber empfinden können, dass es niemand bemerkte.

Bis zu jenem Tag, an dem alle Kinder ungewöhnlich schnell eingeschlafen, sich ohne das sonst übliche Aufhebens ihrer Kleider entledigt hatten und, als ersehnten sie nichts dringlicher, als sich auf die dicht an dicht stehenden Pritschen fallen zu lassen, unter die grauen Einheitsdecken geschlüpft waren. Innerhalb kürzester Zeit war es mucksmäuschenstill gewesen in dem von dicken Vorhängen in Schummerlicht getauchten Raum und die Tante auf dem Stuhl in der Ecke, deren Blick normalerweise wie der eines Adlers über die kleinen zugedeckten Körper wanderte und deren scharfe Stimme jede Regung mit einem scharfen „Schlaf jetzt!" stoppte, hatte sich befriedigt zurücklehnen können. Ich erinnere mich nicht mehr, was der Grund für die besondere Müdigkeit an jenem Tag gewesen war; vielleicht ein am Vormittag gemachter Ausflug oder dass wilder als sonst auf dem Spielplatz getobt worden war. Kein unruhiges Hin- und Hergedrehe und heimliches Miteinanderflüstern hatte es an jenem Tag gegeben, und selbst die größten Rabauken, die sonst immer Ziel energischer Tantenstrafmaßnahmen gewesen waren, hatten friedlich wie kleine Engel dagelegen. An diesem Tag hatte ich mich verraten, durch eine Kopfwendung vielleicht oder eine leichte, nach einer bequemeren Lage suchenden Bewegung.

„Lieg still!", hatte die Tantenstimme gezischt, und in jenem Augenblick hatte ich gewusst, dass ich von nun an nie wieder zu schlafen würde vortäuschen können. Ich war durchschaut worden, eine ertappte Betrügerin. Künftig würde man ein Auge auf mich haben. Durch die geschlossenen Lider hindurch hatte ich mit fast beschwörender Intensität, als wolle sie mich kraft ihres Blickes zum Einschlafen bringen, die strengen Tantenaugen auf mir gespürt. Als die anderen Kinder wieder aufgewacht waren, war es, als hätten auch sie, wie von Zauberstimme eingeflüstert, von meinem Nichtgeschlafenhaben gewusst und würden mich noch mehr als zuvor aus ihrer Gemeinschaft ausschließen. Benommen waren sie in ihre Kleider geschlüpft und hatten schweigend ihre Decken zusammengefaltet. Sie waren zu Unschuldslämmern geworden, als hätte sie der Schlaf von all ihren Untaten reingewaschen, zu einer Gruppe von Folgsamen zusammengeschweißt, aus der ich wie ein schwarzes Schaf hervorgestochen hatte. Schwungvoll hatte die Tante die Vorhänge zurückgezogen und die hereinschießenden Sonnenstrahlen hatten mich wie grelles Scheinwerferlicht getroffen. Von nun an würde es nie wieder so sein wie zuvor, man würde mir die Rolle der Braven nie wieder glauben und mich nicht mehr gnädig übersehen. Ich war der hinterhältigen

Täuschung überführt und zur Aussätzigen geworden, mein eigentliches Wesen war ans Licht gekommen.

Hatte ich es also bereits in Kindertagen als Schmach empfunden, eine Außenseiterin zu sein, von Altersgenossen gemieden oder zum Objekt ihrer Hänseleien zu werden, als eine persönliche Schuld? Älter geworden, hatte ich es dann zu ignorieren versucht oder dagegen angekämpft. Hatte mich mit Menschen wie mit Statussymbolen umgeben, um mir zu beweisen, dass ich zu sozialen Kontakten fähig war. Dass ich Freunde haben konnte. Es war normal, Freunde zu haben. Jeder hatte welche und ließ beiläufig, als seien sie Teile der eigenen Person, in seine Erzählungen einfließen, dass er mit ‚seinem Freund' oder ‚seiner Freundin' dieses und jenes unternommen hatte. Die Sprache bot wenig Differenzierungsmöglichkeiten für zwischenmenschliche Beziehungen, so dass die Bezeichnung ‚Freund' für eine ganze Palette von Begegnungen herhalten musste. Nur durch Verwandlung des besitzanzeigenden in ein unbestimmtes Fürwort, wenn aus „dem" oder „der" „ein" oder „eine" unter vielen wurde, ließ sie sich ein wenig in Richtung Unverbindlichkeit verwässern. Immer wieder hatte mir die Vertrautheit des allgemeinen Umgangs miteinander mein eigenes Unvermögen, mich anderen nahe zu fühlen, vor Augen geführt und manchmal hatte ich befürchtet, man würde es mir anmerken und mir unverblümt sagen, dass eine wie ich keine wirklichen Freunde haben könne. Ich hatte geglaubt, mich mit den falschen Menschen zu umgeben, mit jenen, die eben da gewesen waren, sich, aus was für Gründen auch immer, für mich interessiert hatten, weil ich es nie gewagt hatte, die Initiative zur Kontaktaufnahme zu ergreifen. Mit den Jahren waren unsere Verbindungen dann von der Gewohnheit geschliffen worden und wir hatten uns von Zeit zu Zeit zu gemeinsamen Unternehmungen getroffen. „Schönwetterfreunde" hatte ich die Menschen, mit denen ich zu tun gehabt hatte, im Stillen genannt, weil ich mich mit ihnen nur zu den angenehmen Dingen des Lebens verabredete, für die man unbelastet von allzu großen Sorgen sein musste. Ich hatte mich nur selten bei ihnen gemeldet, und wenn, dann mehr aus einem Pflichtbewusstsein heraus, um unseren Kontakt nicht gänzlich einschlafen zu lassen, als aus einem Bedürfnis. Meist waren sie mir zuvorgekommen, was mich dann immer schlechten Gewissens zu der Beteuerung, sie ebenfalls anzurufen vorgehabt oder gerade an sie gedacht zu haben, veranlasst hatte und mir bereits im Moment, in dem ich es sagte, als unglaubwürdig erschienen war.

Heute ist es anders, denke ich. Heute muss ich nicht mehr so tun, als ob ich wie die anderen sei, muss mich nicht mehr in Gemeinschaften hineinbegeben, in denen ich mich fremd fühle. Und dass es nicht schlimm ist, eine Einzelgängerin zu sein. Dass es nur schlimm ist, nicht zu sich stehen zu können.

Es tut gut, sich als die durch die Welt zu bewegen, die man ist. Vom Fixpunkt des Eigenen auszugehen, anstatt es in anderen zu suchen. Dass wirkliche Begegnungen im Grunde erst in diesem Selbstsein möglich sind, denke ich, nur im Aufeinandertreffen zweier Individuen entstehen können.

Die Trauer darüber, dass es nicht immer schon so gewesen war. Auf dem Bahnhof, auf dem ich schon so viele Male gestanden hatte, überfällt sie mich plötzlich. Er ist ein Kreuzungspunkt mehrerer Linien, den man, gleichgültig, wohin man fährt oder woher man kommt, zu passieren hat. Heute wie damals hat er etwas Trostloses an sich in seiner von Verwahrlosung bedrohten Funktionalität und mit dem anonymen Gemenge der Unterwegsseienden auf ihm. Wie ein Film laufen die Jahrzehnte, in denen ich in seinem kalten Licht auf den Zug gewartet hatte, vor meinen Augen ab, eine Szenenfolge meiner Lebensstationen, deren einzig Gemeinsames ein Gefühl von Verlorenheit gewesen war, des Nichthineingehörens in die Zusammenhänge, in denen ich mich befunden hatte, und mein Ankämpfen gegen dieses Gefühl; ein Film, den ich nicht als unbeteiligte Zuschauerin verfolge, sondern in den ich wie mit einer Zeitmaschine hineingeschossen werde, in dem ich die Hauptrolle inne habe und alles noch einmal durchlebe. Allabendlich hatte ich auf ihm, wenn wir von unserer Arbeit bei der Kleinanzeigenzeitung nach Hause fuhren, mit Uschi auf den Zug gewartet und sie hatte mir von ihren Alltagserlebnissen erzählt, von Einkaufsbummeln, Friseurbesuchen und abendlichem Essengehen. Ich hatte mich immer gewundert, wie sie mir dies alles noch erzählen konnte nach den Stunden am Computer, dass die unzähligen durch den Kopfhörer ins Ohr gedrungenen Stimmen es nicht zum Verschwinden gebracht hatten, dass ihr ihr Leben nicht, wie mir das meine, abhandengekommen war. Zu Zielen, an denen mich die unterschiedlichsten Menschen erwartet hatten, war ich unterwegs gewesen und kann wieder die damals empfundene Angst und Ungewissheit über den Verlauf der bevorstehenden Begegnungen spüren und die Erschöpfung und Einsamkeit, wenn ich von ihnen zurückgekehrt war. Vor Jahrzehnten hatte ich, aus der im entgegengesetzten Teil der Stadt liegenden Schule kommend, auf diesem Bahnhof gestanden und mich, nach den Stunden in lärmender Gesellschaft Gleichaltriger, in die häusliche Geborgenheit hinein gesehnt. Zu jener Zeit war der Bahnhof ordentlicher gewesen als heute, wo bisherige Gültigkeiten ausfransen wie fadenscheinig gewordener Stoff und jeder das tut, wonach ihm gerade zumute ist, waren die Abläufe auf ihm noch in ein Korsett von Vorschriften gepresst gewesen, die zu übertreten niemand gewagt hatte. Nur die Wände waren damals schon grau gefliest und der Name des Bahnhofs genauso schmucklos schwarz in weiße Rechtecke eingelassen wie heute. Auf der Auslage des Zeitungskiosks hatten bunte Magazine so ordentlich aufgereiht nebeneinander gelegen, dass ich sie nicht zu berühren gewagt und nur mit meinen Augen über ihre Sorglosigkeit, ja Glückseligkeit verheißenden Titelbilder gewandert war. Manchmal hatte ich eines von ihnen gekauft, die „Brigitte" etwa, und war damit, voller Vorfreude auf die bunten Bilder und die Anleitungen für ein gelingendes Leben, die es bot, nach Hause gefahren.

Zuversichtlich fühle ich mich in jenem Augenblick, vom Wissen erfüllt, das Richtige zu tun, spüre die Kraft eines wegweisenden Kerns in mir und, wie einen bitteren Geschmack, das Bedauern über die so lange im Unbewussten verbrachte Zeit.

Vielleicht halte ich meine derzeitige Zurückgezogenheit auch nur aus, weil es Ruth gibt, denke ich manchmal. Ruth, die vor einigen Jahren meinen Weg gekreuzt und sogleich beschlossen hatte, dass wir zusammengehören, und mit der mich, obwohl wir in verschiedenen Städten leben, eine zuvor nie erfahrene Nähe verbindet. Jeden zweiten Abend telefonieren wir miteinander und einmal im Monat besuchen wir uns, abwechselnd in ihrer und in meiner Stadt. Wir durchqueren die Städte mit den Rädern, fahren an deren grüne Ränder, wo es ruhig und beschaulich ist, durch abgelegene Straßen, in denen von gepflegten Gärten umgebende Jugendstilvillen stehen und an von alten Bäumen flankierten Schlössern vorbei, umrunden kleine Seen mit steinigen Ufern und den Booten von Freizeitseglern darauf. Manchmal kann ich kaum glauben, dass diese Vertrautheit zwischen uns existiert, und dann erscheint mir unser Verhältnis wieder als etwas fraglos Klares; ein Glücksfall, dass wir uns begegnet sind, ein wie auch immer zu deutender Wink des Schicksals.

Ich bin wieder zu früh. Bin, wie jedes Mal, viel zu zeitig von zu Hause losgegangen und stehe mir nun auf dem Bahnsteig die Beine in den Bauch. Kann beim Unterwegssein noch immer nicht die Gelassenheit an den Tag legen, die ich gerne hätte und bei den anderen Reisenden zu beobachten, aus ihren gleichmütigen, ja gelangweilten Mienen herauszulesen glaube. Dass es für sie etwas Alltägliches ist, in der Gegend herumzufahren, denke ich immer, wenn ich sie mit einem Kaffeebecher in der Hand und einem Rollkoffer oder einer Tasche neben sich auf den Zug warten sehe, das Handy am Ohr oder auf einer der Bänke in ein Buch oder eine Zeitung vertieft. Dass sie sich in der Öffentlichkeit nicht von sich selbst abbringen lassen, sich nicht um ihre Wirkung auf andere kümmern. Ich wäre gern wie sie und tue so, als sei ich es, sähe in der gleichen gedankenversunkenen und durch nichts zu beeindruckenden Weise über alles hinweg, ahme ihre selbstgewissen Gesten nach, als ließe sich die ihnen zugrundeliegende Geisteshaltung dadurch erlernen.

Als ich noch zu ihr in die Ladenwohnung gegangen war, hatte ich mir, wenn ich zu Ruth fuhr, immer vorgestellt, ihr auf dem Bahnsteig zu begegnen. Dass sie ebenfalls irgendwo hinführe und mir plötzlich entgegenkäme. Aber während dieser Zeit hatte ich sie ohnehin überall zu treffen befürchtet. War überzeugt gewesen, dass ich mich vor ihr blamierte, bloßgestellt wäre, wenn sie mich in einer anderen Lebenssituation als der unserer tatenlosen Gespräche sähe, und ihr peinlich berührtes Gesicht vor mir gesehen.

Manchmal phantasiere ich sie noch immer herbei, nun, um ihr zu zeigen, dass ich in der Welt zurechtkomme. Sehe sie mir in ihrem schwarzen Wildledermantel entgegenlaufen, und nun ist sie es, die unsere Begegnung erschreckt. In dem büromäßig eingerichteten Zimmer der Beratungsstelle, in dem sie mich zum Schluss empfing, hatte ihr Mantel an einer Hakenleiste an der Tür gehangen und ich hatte, nicht ohne sie zuvor gefragt zu haben, ob ich dies dürfe, meinen daneben gehängt und das berührungsnahe Nebeneinander unserer Oberbekleidung als unzulässige Ebenbürtigkeit empfunden.

Zum wiederholten Male vergewissere ich mich, alles Notwendige bei mir zu haben: Portemonnaie, Fahrkarte, Brille, Taschentücher, das Buch, in dem ich gerade lese. Ziehe ich die Fahrkarte aus der Tasche und studiere, als müsste ich das darauf Vermerkte auswendig lernen, die Abfahrts- und Ankunftszeiten und die

Nummern der Gleise. Ich hasse mich für diesen Kontrollzwang, meine neurotische Utensilienfixiertheit. So würde ich nicht von ihr gesehen werden wollen, denke ich. Dann schon lieber, wie ich anschließend, meinen kleinen Koffer hinter mir herziehend, dem Raucherplatz zustrebe und mir wie die anderen dort Stehenden die Wartezeit mit einer Zigarette vertreibe.

Ich fahre gern mit der Bahn. Im Bahnabteil sitzend hat man das Gefühl, dass, egal, was geschieht, alles im Leben seinen Weg geht, wie die durchs Land gezogenen Gleise und die Pläne, nach denen die Züge auf ihnen fahren, von unbeirrbarer Vorherbestimmtheit ist. In einen Zug gestiegen, kann man sich diesem Sicherheitsgefühl hingeben, sich dem Geleitetwerden anvertrauen wie ein Kind dem Wissen der Eltern.

Im Großraumwagen ist es, als bewegten sich die Menschen beinahe schwerelos, schwebten durch ihn hindurch, um dann irgendwann in einer Reihe zu verschwinden und sich für die nächsten Stunden einzurichten, den Koffer auf die Ablage zu heben, die Jacke an den Haken zu hängen und ein Buch, eine Zeitung oder einen Laptop aus der Tasche zu ziehen. All dies geschieht in ruhiger Selbstverständlichkeit, als sei ihnen das Zuginnere so vertraut wie ihr heimatliches Wohnzimmer, und zudem beinahe geräuschlos, als würde das Innere des Wagens, das Gefüge aus Sitzecken, Tischen und Gepäckablagen, jeden Menschenlaut schlucken. Oder als hätten sich die Menschen der Funktionalität der Einrichtung angepasst, wären zu einem Teil von ihr geworden.

Frühere Bahnfahrten kommen mir in den Sinn, Reisen mit meiner Tochter in Zügen, die mit einem langen Quietschton zum Stehen gekommen und häufig so voll gewesen waren, dass sich die Menschen in ihnen mit Taschen und Koffern auf den Gängen niedergelassen hatten und man sich an ihnen vorbeizwängen musste, wenn man zur Toilette oder in den Speisewagen wollte, an Sechserabteile mit Bänken aus olivgrünem Kunstleder, in denen oft bis zu acht Personen gesessen hatten, Vorhängen aus schwerem, dunklem Stoff, scheppernden Abfallbehältern und während der Fahrt auf- und zurollenden Türen. Das Unterwegssein in den damaligen Zügen war so ziemlich das Gegenteil des heutigen geräuscharmen Dahingleitens gewesen; alles in ihnen hatte geklappert, gerumpelt, gepoltert oder gequietscht, war von langjährigem Gebrauch ausgeleiert, durchgesessen oder schmutzblind gewesen. Die eisernen Räder hatten sich mit lärmender Gleichförmigkeit die Schienen entlang bewegt und aus den benachbarten Abteilen waren Stimmen, Gelächter und manchmal auch Geräusche ausgelassenen Feierns gedrungen. Ein ganz spezieller Geruch hatte in den damaligen Zügen gehangen, war untrennbar mit dem Reisen in ihnen verbunden gewesen, ein Konglomerat aus alten Materialien, scharfen Reinigungsmitteln und kaltem Zigarettenrauch, in das sich während der Fahrt noch die Gerüche der Menschen gemischt hatten, ihrer Leberwurstbrote, hart gekochten Eier und geöffneten Bierflaschen. Und dann hatte es noch die Grenzbeamten mit ihren schlammfarbenen Uniformen und strengen Kontrollblicken gegeben, die die Identität eines jeden Reisenden überprüft und ihm dann in Form eines Zettels mit dem Aufdruck TRANSITVISUM, den sie auf um den Hals hängenden Klapptischen ausfüllten und abstempelten, die Erlaubnis zum Durchfahren ihres Landes erteilt hatten. Wenn der Zug hielt, hatte man das Fenster, das damals noch zu öffnen gewesen war, heruntergeschoben und sich frischlufthungrig hinausgelehnt, den Kopf nach rechts und links gedreht, um die fremde Umgebung in sich aufzunehmen, es jedoch, sobald er sich wieder in Bewegung setzte, schnell geschlossen, des Fahrtwindes wegen oder auch der in vier Sprachen an ihm angebrachten Warnung: „NICHT HINAUSLEHNEN – DO NOT LEAN OUT – NE PENCHEZ PAS AU DEHORS – ES PERICOLOSO DE SPORGERSI", die mir das Bild an unvermittelt vorbeihuschenden Pfeilern zerschmetternder Köpfe ins Hirn gebrannt hatte. Ich hatte meine Tochter fest an mich gedrückt gehalten und nur, wenn ich allein unterwegs gewesen war, noch eine Weile am offenen Fenster auf dem Gang gestanden, mir mit einem Gefühl von Verwegenheit vom Wind das Haar zerzausen lassen und dabei eine Zigarette geraucht.

Wohin war ich damals gefahren? Vielleicht ans Meer oder auf einen Bauernhof, an Orte eben, an denen man mit einem Kind Urlaub machte. Manchmal auch allein zu einem Seminar, erinnere ich mich, bei dem ich mir vielleicht ein Gefühl von Gruppenzugehörigkeit erhofft hatte. Oder ich hatte jemanden besucht, eine inzwischen längst erloschene Bekanntschaft gepflegt, oder war mit einer Freundin zu deren auf dem Land wohnender Schwester gefahren.

Schon damals hatte die vorbeiziehende Landschaft Geschichten in mir entstehen lassen. Oder noch früher, zu Kinderzeiten bereits, wenn ich neben der Mutter im Bus gesessen und, die Stirn gegen die Scheibe gelehnt, in die lichtergespickte Nacht hinausgeschaut hatte oder auf waldgesäumte Landstraßen, auf denen wir, von Ausflügen mit der Familie des Onkels in dessen kleinem Auto heimgekehrt waren, wenn ich, neben dem Cousin und der Cousine auf die Hinterbank gezwängt, meinen Blick ins nicht endende Baumdunkel gebohrt und mich den aus meinem Innern aufsteigenden Figuren hingegeben, ihnen Charaktere erfunden und sie für die Dauer der Fahrt in immer neue Handlungsfäden versponnen hatte. Ich war so sehr in meine Traumwelt eingetaucht gewesen, dass ich die um mich herum existierende Welt nicht mehr wahrgenommen, nur mein Körper noch neben der nichtsahnenden Mutter im Bus oder bei den Verwandten im Auto gesessen hatte, während in meinem Kopf die selbsterschaffenen Menschen agierten, Frauen mit wissenden, gütigen Gesichtern zumeist, die einen Kontrapunkt zur dumpfen Wirklichkeit gebildet und einem Mädchen, wie ich es war, aus immer neuen Schwierigkeiten herausgeholfen hatten.

Zugfahren war damals eine gute Gelegenheit zum Bekanntschaftenschließen gewesen; das enge Beieinandersitzen hatte beinahe zwangsläufig zu Gesprächen und manchmal sogar zu bleibenden Verbindungen geführt. Ich selbst hatte dergleichen natürlich nie erlebt in meiner schneckenhaften Zurückgezogenheit, es jedoch häufig beobachtet oder von anderen gehört, dass sie während einer Bahnfahrt jemanden kennengelernt hatten. Man war aus der von Feindesland umgebenen Stadt hinaus oder in sie hineingefahren und dabei auf Menschen getroffen, die das Gleiche getan, die es, deren Besonderheitsstatus wegen, von überallher in diese Stadt verschlagen hatte, und allein diese Gemeinsamkeit hatte neugierig aufeinander gemacht.

Heute knüpft man in den Zügen kaum noch Kontakte; zumindest nicht in den Großraumwagen, in die ich mich gewöhnlich setze. Dort reist ein jeder für sich allein, und obwohl ich das Für-mich-sein-Können genieße, bedaure ich diese Entwicklung manchmal ein wenig. Sicher ist es in den Abteilwagen anders, sage ich mir dann, kommen in ihnen die Menschen noch wie früher miteinander ins Gespräch.

Immer steuere ich den erstbesten freien Platz im Wagen an, am liebsten gleich den an der Tür, wo ich meinen Koffer in die Gepäckablage dahinter stellen kann. Es ist mir noch immer unangenehm, den Mittelgang zu durchlaufen und die Blicke der anderen Reisen auf mich zu ziehen, und so verschwinde ich, so schnell es geht, in einer Sitzreihe und richte mich dort ein, hänge meine Jacke an den Fensterhaken, verstaue die Dinge, die ich während der Fahrt benötige, im Netz des Vordersitzes und stelle meine Tasche auf den freien Platz neben mir. Wie ein Zimmer, denke ich, mit den hohen, abschirmenden Lehnen der Sessel als Wänden, mein Zimmer, das ich, wenn sich niemand neben mich setzt, für mich allein behalten und von dem aus ich mich, ungestörter, als wenn ich es mit jemandem teilte, in die vorbeifliegende Landschaft vertiefen kann.

Als versuchten sie, ihm das Flüchtige zu nehmen, es trotz seines nur sekundenkurzen Sichtbarwerdens zu erfassen, ja, es zu einem Bild bannend, für die Ewigkeit festzuhalten, bohren sich meine Augen dann während der Fahrt in das vorbeiwischende Draußen, das schnelle Nacheinander von Wiesen und Feldern, kleinen Dörfern und größeren, baukastenartigen Häuseransammlungen, in die Straßengeflechte der Städte mit ihrem immer gleichen Aufgebot an Restaurants, Vergnügungsstätten und Läden, verlieren sich dann in der sich mit dem Horizont vereinigenden, hier und da von lichten Baumreihen durchbrochenen Weite. Endloses sattes Grün, leuchtendes Raps- oder Sonnenblumengelb, zerfurchte schwarzbraune Erde, Stoppeln abgeernteten Getreides. Vereinzelte Gehöfte, alte, zum Teil verfallene Gebäudekomplexe, Pferde auf Weiden, Kühe als schwarzweiße Tupfer im Wiesengrün. Ich phantasiere mich in die friedliche Verschlafenheit kleiner Ortschaften hinein, male mir aus, in ihnen zu leben. Mein Verlangen nach Ruhe und Abgeschiedenheit wird mit zunehmendem Alter immer größer, immer mehr gelange ich zu der Überzeugung, für das hektische Großstadttreiben nicht geschaffen zu sein. Wenn ich mit Bahnen und Bussen unterwegs bin, denke ich dies, oder wenn ich mich durch menschengefüllte Straßen kämpfe, und träume dann von einem Häuschen auf dem Land, wo man alles mit dem Fahrrad erledigen kann und die Menschen, denen man begegnet, an einer Hand abzuzählen sind. Male mir einen ablenkungsarmen Ort aus, an dem ich mich ins Schreiben vertiefen könnte. Die Versenkung in die vorbeifliegende Landschaft lässt jedoch alles zum potenziellen Lebensort werden. Kein Mansardenfenster, hinter dem ich mich in Gedanken nicht einquartiere, kein noch so abgelegenes Bauernhaus, wo ich nicht einen für mich bewohnbaren Anbau entdecke, keine Straße mit aneinander klebenden und sich nur in Winzigkeiten unterscheidenden Reihenhäusern, in der ich mir nicht eines ausspähe und es für mich einrichte. Selbst in den häufig verwahrlosten Häusern in Bahnhofsnähe mit ihren abblätternden Fassaden und Balkonen voller Gerümpel phantasiere ich mir, als ließe sich, wenn man das einem Gemäße tut, überall leben, eine bescheidene Bleibe. Manchmal erschreckt mich mein Woanders-sein-Wollen. Bin ich so wenig in meinem Leben verwurzelt, dass ich mir überall ein anderes erfinden muss?

Gleißendes Sonnenlicht über Wiesen und Feldern, immer neue Wolkengebilde am Himmel. Obwohl ich, weil ich die Strecke zu Ruth mittlerweile kenne, eigentlich lesen will, wird mein Blick immer wieder hinausgezogen, einem Wechsel des Lichts folgend oder auch nur beim gedankenlosen Hochschauen, schraubt sich immer wieder in die Landschaft hinein, die trotz der bekannten Abfolge ihrer Orte auf jeder Fahrt eine andere ist.

Am entgegengesetzten Ende des Wagens beginnt nun der Schaffner seinen Fahrkartenkontrollgang; abwechselnd wendet er sich der rechten und der linken Seite zu, überprüft mit routiniertem Blick die Gültigkeit eines jeden Tickets, bevor er es mit seiner Zange entwertet und dem Fahrgast zurückgibt. Auch er bewegt sich lautlos, als sei er bemüht, die im Zug herrschende Ruhe nicht zu stören. Seine blaue Uniform mit blütenweißem Hemd, der roten Krawatte und passender Schirmmütze lässt ihn autoritätsgebietend und unangreifbar erscheinen und ein wenig wie einer Szene aus vergangenen Eisenbahnzeiten entstiegen. Ich widerstehe dem Impuls, mein Ticket aus der Tasche zu ziehen und es vorzeigebereit in der Hand zu halten, bis er zu mir vorgedrungen ist, so wie ich es früher immer getan hatte, bemühe mich, die sich steigernde Anspannung zu unterdrücken, die mit seinem Näherkommen verbunden ist, die Angst, dass er etwas Beanstandenswertes auf meinem Ticket finden oder ich es ihm auf eine ungeschickte Weise zureichen oder wieder entgegennehmen könne und es, wie in der Vergangenheit ab und zu geschehen, zu einer unwillentlichen Berührung unserer Hände käme. Mein Buch auf den Knien, gebe ich vor, so sehr in dessen Lektüre vertieft zu sein, dass ich sein Herannahen gar nicht bemerke; erst wenn er vor mir stünde, würde ich mit einem über die Störung verärgerten leichten Stirnrunzeln in meine Tasche greifen und es ihm beiläufig entgegenstrecken.

Wenn sie jetzt den Gang entlang käme in ihrem schwarzen Wildledermantel aus den letzten Wochen im Bürozimmer; aber nein, den trüge sie nicht in dieser klimatisierten Umgebung, sie hätte es sich wie alle anderen im Zug gemütlich gemacht und den Mantel an den Haken am Fenster gehängt oder auf die Gepäckablage gelegt. Vielleicht hätte sie den roten Pullover an, den sie bei unserem letzten Zusammensein getragen hatte, mit der gleichfarbigen Weste darüber. Sie hatte ihre zur Fülligkeit neigende Gestalt mit hüftlangen Westen zu kaschieren versucht, mit Pullover-Weste-Ensembles und dazu schlicht geschnittene Hosen getragen, und auch ihre braunen, leicht ins Rötliche changierenden Haare waren während der ganzen drei Jahre in unveränderter Außenwelle auf die Schultern gefallen, mit kindlich kurzem Pony über der schwarzrandigen Brille. Dass sie mir durch ihr immer gleiches Aussehen Zuverlässigkeit signalisieren wollte, hatte ich geglaubt, so wie ich damals allem an ihr eine Bedeutung beigemessen hatte.

Plötzlich kann ich meine neue Angstlosigkeit körperlich spüren, als ein zuvor unbekanntes Freiheitsgefühl. Als wäre mein bisheriges Leben in eine eiserne Rüstung gezwängt gewesen, erscheint es mir, die ich nun endlich abgelegt hatte. Dass die Ursache der Angst stets das selbstverständliche In-der-Welt-Sein der anderen gewesen war, weiß ich jetzt, die Befürchtung, dass man mir mein orientierungsloses Wie-sie-sein-Wollen anmerkte. Nun, wo ich mich so, wie ich bin, ins Leben eingenistet habe, kann mir niemand mehr etwas anhaben.

Der Schaffner steht jetzt vor mir. In seiner roten Krawatte ist aus der Nähe ein Muster aus kleinen D's und B's, den Initialen der Deutschen Bahn, erkennbar, und ich erinnere mich von früheren Fahrten, dass das weibliche Personal um den Hals geknotete Tücher gleichen Musters getragen hatte. Nachdem er mir mein Ticket wortlos zurückgegeben hat, fühle ich mich, als hätte ich eine Art Initiationsritus bestanden und wäre nun vollends in den Kreis der Reisenden aufgenommen.

Der Wagen ist nur mäßig besetzt, mit Geschäftsreisenden zumeist an diesem ganz normalen Wochentag, die ihre Augen auf Laptopbildschirme geheftet haben; ihre Hände gleiten über Tastaturen oder, seltener, kugelschreibergezückt den Leseprozess begleitend, über Seiten bedruckten Papiers. Großformatige, vor Gesichtern entfaltete Zeitungen werden raschelnd umgeblättert. Von Zeit zu Zeit durchbrechen die Klingeltöne der Mobiltelefone diese relative Stille, ziehen Stimmen nach sich, kurzangebundene Terminabsprachen oder manchmal auch längere Gespräche. Dass man heutzutage durch die technische Errungenschaft des Überall-telefonieren-Könnens zur unfreiwilligen Mithörenden von Privatem geworden ist, denke ich, und dass ich mit meiner Neugierde auf fremde Lebensweisen dieses Mithören manchmal sogar genieße. Wie einmal, in den Abend hineinfahrend, das Gespräch einer vor mir sitzenden älteren Dame, die sich in immer entschiedener werdendem Tonfall dem Angebot des Abgeholtwerdens widersetzt hatte, was sich kaleidoskopartig mit jedem Satz von ihr verändernde Bilder vor meinem inneren Auge hervorgerufen hatte. Dass sie mit ihrem Enkel telefonierte, hatte ich mir vorgestellt und einen jungen Mann mit strubbeligem Blondhaar vor mir gesehen, jene Mischung aus jugendlicher Eigenwilligkeit und braver Angepasstheit, wie man sie in intakten Mittelstandsfamilien vorfindet. Dass er Medizin- oder Jurastudent sei, hatte ich entschieden, und nur noch in den Semesterferien im Elternhaus weilte, und dass er die zu Besuch kommende Oma nicht allein durch die Dunkelheit laufen lassen wollte. Die alte Dame hatte sich in der Gegend jedoch ausgekannt, weil das Haus, in dem jetzt die Kinder lebten, einmal ihres gewesen, sie nach dem Tod ihres Mannes in eine kleine Wohnung gezogen war und es ihnen überlassen hatte. Mit energischen Worten hatte sie die Kürze des Weges herausgestrichen, dass sie nur die Parkanlage hinter dem Bahnhof zu durchqueren bräuchte, wegdurch-kreuzte, in mondbeschienener Friedlichkeit daliegende Blumenrabatte, wie ich mir ausgemalt hatte, und dann schon bei ihnen wäre.

Die Landschaft nimmt mich in sich auf. Saugt mich in sich hinein. Der Zug durchrauscht sie in blinder Zielbesessenheit. In jähem Wechsel fliegen Natur und Menschengemachtes vorbei. Nur die Bahnhöfe sind ihm ein Innehalten wert, gläserne Hallen mit Stahl-dächern und gleisdurchschnittene Wartesteige. Auf den Bahnhöfen größerer Städte herrscht Gedränge. Einem Heer angriffslustiger Krieger gleich, lauern dort die Menschen auf den Stillstand des Zuges, um sich auf ihn zu stürzen und ihn zu erobern, in jeden seiner Wagen einzudringen und ihn in Besitz zu nehmen. Wie alle, die sich im Gewohnten einzurichten versuchen, versetzt mich das unüber-schaubare Menschengewirr auf den Bahnhöfen in Unruhe. Ich versuche mich abzulenken, indem ich meinen Blick direkt dort hinein richte und wie mit einem Teleobjektiv einzelne Reisende aus der Menge herauslöse. Einen auf einer Bank sitzenden Mann, der seine Arme auf die in verblichenen Jeans steckenden Oberschenkel gestützt und das Gesicht in den Händen vergraben hat, resigniert wirkt oder auch kummervoll, als wäre die bevorstehende Reise eine unangenehme Pflicht. Ein wenig verwahrlost sieht er aus in seinem armeegrünen Parka, mit strähnigen Haaren, eine alte, abgewetzte Stofftasche neben sich wie ein ihm treu zu Füßen liegender Hund, als befände er sich in einer Lage, in der ihm Äußerliches egal geworden ist, oder in finanziellen Nöten. Ein altes Paar von unzeitgemäßer Biederkeit, das in der Hektik verloren wirkt. Eine Gruppe junger Männer, Kinder fast noch, mit kraftprotzendem Gebaren. Alle von ihnen rauchen, obwohl dies auf dem Bahnsteig verboten ist, und niemand der unzähligen Vorbeigehenden wagt es, sie zurechtzuweisen. Die getönte Scheibe schützt mich davor, meinerseits von draußen gesehen zu werden, lässt mich zur unentdeckten Zeugin von Abschiedsszenen werden, von innigen Küssen, langen Umarmungen und ausgiebigem Händeschütteln. Die ganze Palette menschlichen Miteinanders lässt sich auf einem Bahnsteig beobachten, denke ich, wie auf einer Skala sind die verschiedenen Vertrautheitsgrade zwischen den Personen und deren Gemütszustände, ihre Anspannungen, Gereizt- und Gelangweiltheiten aus ihrem Verhalten ablesbar. Von kleineren und größeren Gepäckstücken umgeben, stehen Familien als nicht zu übersehende Gefüge im Menschengewühl. Einigen Eltern ist Nervosität anzumerken, Überforderung bei der Organisation des Familiären, wie störrische Esel zerren sie eilig ihren Nachwuchs hinter sich her. Großeltern sind mit Enkeln unterwegs und verstecken ihre Besorgnis, der kindlichen Ausgelassenheit nicht mehr zu gewachsen zu sein, hinter demonstrativer Rüstigkeit; knöchelhohe Wanderschuhe an den Füßen und das Reisegepäck in Rucksäcken verstaut, halten sie die Jüngsten mit festem Griff umfangen. Die Anspannung der auf ihre sie besuchenden erwachsenen Töchter wartenden Mütter, die Besorgnis über den Verlauf der Begegnung, die sich in ihren Gesichtern spiegelt, über den Grad der gegenseitigen Entfremdung, und wie sie sich dann, jäh beschließend, alle Kränkungen und Streitereien der Vergangenheit zu vergessen, bei ihnen einhaken und wie zwei Freundinnen von dannen ziehen. Und auf der anderen Seite die Furcht vor der Enge früherer Jahre in den Mienen der in die Stadt gezogenen Kinder, wenn sie ihre Eltern abholen, das ihre Gesichter verschließende Bemühen, nachsichtig zu sein und es zwei, drei Tage mit ihnen auszuhalten, deren kleinstädtische Unsicherheit zu ertragen und das Unverständnis für ihr jetziges Leben.

Ich bin Spezialistin für Zwischenmenschliches, denke ich, für verborgene Gefühlszustände; aus Gesten und Blicken kann ich sie herauslesen, hinter versteinerten Fassaden die Verzweiflung erkennen, die innere Zerrissenheit und den Fatalismus, unter dem die Träume vergraben sind.

Am liebsten beobachte ich jedoch die Alleinreisenden. Sie lassen die wenigsten Rückschlüsse auf ihre Lebensführung zu und bieten damit den größten Spielraum für Interpretationen. Sie sind die I-Tüpfelchen im Bahnhofsgemenge, schlüpfen mit ihrer Einzelhaftigkeit flink in die Lücken sperriger Mehrsamkeiten, nachdenklich wirkend in ihrem Für-sich-Sein, in sich gekehrt und dennoch Entschlossenheit ausstrahlend, rätselhafte Individuen mit unbestimmbaren Reisegründen und -zielen. Ich lasse sie hierhin und dorthin fahren, gebe ihnen eine abgeklärte Selbstbestimmtheit, eine in sich ruhende, unaufgeregte Präsenz. Warum habe ich dabei stets die Vorstellung, sie würden auch im Leben allein sein, obwohl ich natürlich weiß, dass von ihrem anhanglosen Unterwegssein nicht darauf zu schließen ist?

Schon immer habe ich nach den Einzelgängern Ausschau gehalten, nach jenen gesucht, denen die allgemein übliche Verschmelzung mit anderen Menschen nicht zu gelingen schien, nach Seelengeschwistern sozusagen. Hatte ich von ihnen zu lernen gehofft, wie man das Leben bewältigt? Von Josef beispielsweise, dem langjährigen Freund, der zweimal im Jahr nach Kreta oder Gomera fuhr, an Sommerabenden sein Zelt an einem Waldsee unweit der Stadt aufbaute und mir am Telefon von üppigen Sonntagsfrühstücken auf seinem Hinterhofbalkon berichtete? Ich hatte ihn zwar immer als ein wenig kauzig empfunden, was an seiner geringen Körpergröße, seinen flinken Bewegungen oder auch an seinem wilden, silberschwarzen Vollbart gelegen haben mochte, aber dennoch stets den Eindruck gehabt, dass er mit seinem Leben im Großen und Ganzen ganz zufrieden sei. Wenn wir verabredet waren, kam er meist fünf bis zehn Minuten zu spät auf seinem schnittigen Rennrad angesaust, Stöpsel in den Ohren und die in Autofahrerhandschuhen steckenden Hände fest um den Lenker gekrallt. Die Enden seines lila Halstuches flatterten im Fahrtwind. Immer kam er gerade von irgendwoher, von einer zuvor noch dringend, in letzter Minute zu tätigen Erledigung, hatte noch schnell die Einkommenssteuererklärung in den Finanzamtsbriefkasten geworfen oder die Urlaubsfotos nachbestellt, bevor die Sonderangebotsaktion auslief. Er wirkte jedoch nie gehetzt, war nie schlecht gelaunt. Wie die meisten sich allein durchs Leben Schlagenden hatte er etwas Genialisches an sich, war jemand, der sich durch alle Widrigkeiten hindurch lavierte, ein zäher Einzelkämpfer. Und was seine Marotten betraf, so bekam man die vielleicht, wenn man allein war, hatte ich gedacht, wenn das Eigene ohne die Regulation durch andere wuchern konnte, oder entschied sich trotzig ganz bewusst dafür, sie auszukosten, hegte sie wie exotische Pflanzen, um sein Sosein zu rechtfertigen, sich nicht verloren zu gehen in seiner abseitigen Lebensweise. Bei unserem Griechen zog er dann einen Packen Fotos seiner letzten Reise aus der Jackentasche, die anzusehen mir stets Geduld abverlangte, weil auf ihnen immer die gleichen Motive zu sehen waren: karge Felslandschaften und üppige Vegetationen, gischtschäumendes Meer und endlos blauer Himmel, und er selbst, mit in Armeslänge von sich entfernt gehaltener Kamera aufgenommen, wildbärtig, sonnenverbrannt und breitflächig verzerrt.

Der schlaksige junge Mann aus meinem Wohnblock war mir aufgefallen, den ich meist in Begleitung seiner Mutter sah, ihr die Einkaufstaschen tragend oder die Beifahrertür seines Autos aufhaltend und dann mit ihr davonfahrend. Nur selten begegnete ich ihm allein, mit einer Aktentasche unter dem Arm von der Arbeit heimkehrend, und seine Schritte waren dann größer und schneller. Dass er bei einer Behörde beschäftigt sei, hatte ich gemutmaßt, vielleicht beim Finanzamt. Er hatte noch immer etwas Jungenhaftes an sich, etwas Zeitloses, im Gegensatz zu seiner Mutter, der die Jahre die dauerwellenkrausen Haare erst grau und dann gelblichweiß gefärbt und das Gesicht zunehmend spitzer geformt hatten. Es fiel mir schwer, sein Alter zu schätzen, was daran liegen konnte, dass ich ihn schon seit seinen Jugendtagen kannte. Damals hatte es noch einen Vater gegeben und man hätte glauben können, dass die drei eine ganz normale Familie seien und er nur ein wenig länger als allgemein üblich bei den Eltern wohnen geblieben war. Es hatte einer Sensibilität für Andersartigkeiten bedurft, um schon damals zu erkennen, dass sein weiteres Leben nicht den üblichen Verlauf nehmen würde; an seinem in sich gekehrten Gesichtsausdruck hatte man sehen, aus seinen knappen, kontrollierten Gesten lesen können, dass er sich nur in Gegenwart der Eltern wirklich sicher fühlte. Wenn man ihn auf diese spezielle Weise wahrnahm, war schon damals zu merken gewesen, dass ihm das Schicksal eines Außenseiters beschieden sein würde, dass er jemand war, der sich lieber still mit sich selbst beschäftigte, als an den wilden Spielen Gleichaltriger teilzunehmen. Schon damals hatte er für sein Alter zu ernst gewirkt. Zudem war er von der Natur nicht gerade üppig mit

Attributen äußerlicher Attraktivität bedacht worden, sein im Verhältnis zur Körpergröße zu kleiner Kopf saß auf einem Hals mit herausspringendem Adamsapfel und erinnerte an den eines Adlers und seiner hochaufgeschossenen, gebeugten Gestalt fehlten alle Merkmale des Männlichen. Ob es einen Zusammenhang zwischen seiner äußeren Erscheinung und seiner zurückgezogenen Lebensweise gäbe, hatte ich, wenn ich ihm begegnete, stets überlegt, oder ob die Tatsache, dass er noch bei der Mutter wohnte, mitverantwortlich am Stillstand seiner körperlichen Entwicklung sei. Das dünne Blondhaar trug er noch immer so ordentlich gescheitelt, als würde es ihm die Mutter täglich kämmen. Jedes Mal, wenn ich ihn traf, weckte er eine Sehnsucht in mir, nach Beständigkeit vielleicht, oder nach einem genügsamen, von äußeren Aufgeregtheiten weitgehend unbeeinflussten Leben. Wie er in seinem Zimmer säße, stellte ich mir dann vor, das schon sein Kindheitszimmer gewesen war, und dort seinem Hobby fröne, läse, male, oder irgendeiner anderen Tätigkeit, die ihm am Herzen lag, nachginge und dabei ganz in Einklang mit sich selbst wäre, mit niemandem auf der Welt tauschen wollte.

Ein Mann in dunkelblauem Anzug steht mit einem Hartlederkoffer zwischen den blankpolierten Schuhen vor einer Plexiglaswand und isst ein Eis. Um sich nicht zu bekleckern, hat er die Hand mit der Tüte in einem Neunzig-Grad-Winkel von sich gestreckt, und beugt, um sie zu erreichen, den Oberkörper steif nach vorn, was mich, wahrscheinlich seiner äußeren Erscheinung wegen, an Verneigungsrituale japanischer Geschäftsleute erinnert. Als wolle er mit dem Eis in der Hand wieder zu dem unbekümmerten Jungen werden, der er einmal gewesen war, denke ich, war jedoch zu sehr in der Gegenwart gefangen, als dass ihm dies gelänge.

Es bedarf eines genauen Blickes, um den Einzelnen im Gedränge wahrzunehmen, dann eines zweiten, noch intensiveren Blickes, um ihn aus der Egalität der modernen, funktionalen Welt mit ihren Glas- und Stahlkonstruktionen und ihrer Vielfalt des Möglichen herauszulösen, und schließlich eines detailversessenen, beinahe mikroskopischen Blickes, um seine öffentlichkeitsglatte Oberfläche zu durchdringen und auf etwas ihm Eigenes zu stoßen, eine Müdigkeit im Gesicht, die Spuren eines Schmerzes oder auch nur auf verkrustete Gleichgültigkeit. Wie Marionetten bewegen sich die Menschen in den Bahnhöfen, rollen Treppen hinauf und hinunter, fahren in gläsernen

Kästen, gehen in den überall gleichen Geschäften der Shoppingzentren ein und aus. Gäbe es nicht die Schilder mit den Namen der Orte, an denen die Züge hielten, wüsste man nicht, wo man sich gerade befindet, weil die Bahnhöfe im ganzen Land inzwischen fast identisch, einem Vereinheitlichungseifer zum Opfer gefallen sind. Mir kommen Computersimulationen in den Sinn, die man, um den Endzustand vorstellbar zu machen, in der Planungsphase von Bauvorhaben erstellt und in denen virtuelle Menschen herumlaufen, und einige Augenblicke lang ist mir, ins Bahnhofsgetriebe starrend, als würden die wirklichen Menschen, diese Imaginationen nachspielen.

Noch lange nachdem der Zug bereits wieder in normalem Tempo die Landschaft durchfährt und sich die Unruhe in seinem Innern gelegt hat, wirkt der letzte Halt in mir nach. Kleine Ortschaften mit unbekannten Namen und fast menschenleeren Bahnhöfen fliegen vorbei, sind der die großen Städte verbindenden, aerodynamisch geformten stählernen Schlange, in der ich sitze, nicht einmal ein Langsamerwerden wert; ich bemühe mich vergeblich, ihre Eigentümlichkeiten wahrzunehmen, kann meist nicht einmal lesen, wie sie heißen. Erst in dem Regionalzug, in den ich für das letzte Stück zu Ruth steige, gelingt dies. Er ist mit Berufspendlern und Schülern gefüllt und hält an jedem noch so kleinen Ort. Im Unterschied zu ihren größeren Geschwistern sind die kleinen Bahnhöfe oft gebäudelos, bestehen nur aus zwei schmalen Trottoirs für die entgegengesetzten Fahrtrichtungen und den landesweit gleichen weißblauen Namens-schildern. Dahinter Grün und einzelne verstreute Häuserdächer. Nur manchmal gibt es noch einen der vom neuzeitlichen Moder-nisierungsprogramm bisher verschont gebliebenen Bahnhöfe mit einem alten, schiefergedeckten Backsteinhaus oder einem Spitzbau mit grauer Fassade und einem Vordach aus morschem Holz, der, aus Geldmangel oder seiner Bedeutungslosigkeit wegen, ein Dasein in stummer Erinnerung an eine Zeit fristet, in der er noch Repräsentant des Ortes gewesen war, in dem er liegt, eine Zeit, in der es noch keine Rationalisierungs- und Perfektionierungsbemühungen gegeben hatte. Die meisten von ihnen sind so verfallen, dass sie nur noch diese museale Funktion erfüllen, zu Ruinen mit maroden Dächern geworden, mit Mauerritzen, aus denen Birkenstämme wachsen, Türen, mit abgeblätterter Farbe und schmutzblinden, zersprungenen Fen-stern, an denen, obwohl die dahinter verborgenen Räume, Fahr-kartenschalter, Wartehalle und die früher obligate Bahnhofswirtschaft, schon lange nicht mehr genutzt werden, oft sogar noch Gardinen hängen. Die Menschen auf diesen Bahnhöfen erscheinen mir wie nicht in die Gegenwart gehörend, geduldiger als anderswo und auf eine anachronistische Weise verlangsamt; sie stehen auf den katzenkopfgepflasterten Vorplätzen, als wüssten sie nicht, wann der Zug komme, oder ob überhaupt einer käme und sie mitnähme, aus ihrer Weltvergessenheit erlöse. Manchmal steigt jemand an ihnen aus, ein dort Wohnender, der sich auf sein abgestelltes Rad schwingt und im dahinterliegenden Ort verschwindet und dem meine Sehnsucht nach Abgeschiedenheit wie ein Schatten hinterher weht.

Tage, die einer nach dem anderen durchlebt werden mussten. Wie auf eine Schnur gereihte Perlen waren die Tage, einander unterschiedslos gleichend und ohne Aussicht auf Veränderung. Mechanisch erledigte ich, was sie an mich herantrugen, stand morgens auf, aß, trank, kaufte ein, hielt die Wohnung in Ordnung, ging zur Arbeit. Ich staunte, wie anstrengungslos mir all dies gelang. Dass es ein Merkmal des Schmerzes sei, die gesamte Aufmerksamkeit auf sich zu ziehen, hatte ich gedacht, er alles andere bedeutungslos machte. Als sei mir eine Haut aus Gleichgültigkeit gewachsen, an der alles Äußere abperlte wie Regen an einer wasserdichten Jacke. Oder hatte ich etwa den Schmerz durch meine Diszipliniertheit zu besiegen, mir suggerieren zu können geglaubt, dass, wenn ich meinen Alltagspflichten nachkäme, alles in Ordnung sei? Nein, so naiv war ich dann doch nicht gewesen, zumal ich seine Überfälle zu fürchten gelernt hatte, plötzlich im Büro, während ich Rechnungen schrieb oder Belege abheftete, oder während ich neben dem Mädchen saß, dem ich Nachhilfeunterricht gab, von ihm getroffen worden war wie von einem heftigen Schlag und meine ganze Kraft hatte aufwenden müssen, um mir nichts anmerken zu lassen.

Die Stadt mit ihrem Menschengewirr und ihren unzähligen optischen und akustischen Reizen war ein Regelwerk, in das ich mich hineinzufinden versuchte wie in die komplizierten Handlungsstränge eines dicken Romans. Als sei ich eine andere, durchlief ich sie und stellte mir vor, dass die andere, die sich in diesem Dickicht zurechtfand, ich sei. Blicke bohrten sich wie Pfeile in mich hinein, Lichter blendeten mich und Geräusche schienen den Boden unter mir beben zu lassen.

Mir war, als würde ich mich in der unablässigen Bewegung um mich herum auflösen, vom Stadtgeschehen absorbiert werden; ich spürte, wie meine Beine weich wurden und hatte Angst, von einer erneuten Verzweiflungswelle überspült zu werden und im Meer der Stadt zu ertrinken.

Sommerhitze in den Straßen, dicke, klebrige Schwüle und eine staubige Trockenheit, die den Atem nahm. Die Menschen in ihnen waren nur mit dem Nötigsten bekleidet und bewegten sich in zeitlupenhafter Trägheit, saßen mit geröteten, hinter Sonnenbrillen verborgenen Gesichtern auf den öffentlichen Bänken und an den Tischen, die vor den Restaurants und Imbissen aufgestellt waren. Ich flüchtete in einen Laden, über dem ein großes Schild verkündete, dass alles in ihm nur einen Euro koste. Seit jeher haben heiße Sommertage etwas Unbarmherziges für mich, als offenbare sich mit der sengenden Sonne das Leben in seiner ganzen Härte.

In dem Laden war es angenehm kühl. Ich schlenderte durch die Gänge und legte das eine und andere in meinen Einkaufskorb: Putzschwämme, Geschirrspülmittel, Teelichte, Briefumschläge, einen Kleberoller. An der Kasse saßen zwei junge Türkinnen, das heißt, sie thronten eher, hatten wahrscheinlich ihre Drehhocker hinter der Theke, des besseren Überblicks wegen, in die höchstmögliche Position gebracht, oder vielleicht waren es auch ihre fließenden pastellfarbenen Gewänder und die über ihre Turmfrisuren geschlungenen bordürenbestickten und ihre puppenhaft geschminkten Gesichter umrahmenden Kopftücher, die sie so majestätisch wirken ließen. Sie unterhielten sich in ihrer für mich fremdartig klingenden Sprache und unterbrachen ihr Gespräch auch nicht, als sie, diese Arbeit unter sich aufteilend, meinen Einkauf abkassierten. Die Eine fuhr mit dem Scanner über die Artikel und die Andere ließ sie in einer weißen Plastiktüte verschwinden, was jeder von ihnen nur winzige Bewegungen abverlangte, und ich überlegte, ob dieser aktionistische Minimalismus der Sorge um die Unversehrtheit ihres Äußeren entsprungen war, die langen, weißkuppigen Fingernägel nicht abbrechen und die porzellanglatten Gesichter mit den kleopatrahaft ummalten Augen nicht durch übermäßige Anstrengung gerötet werden sollten. In normaler, gefestigterer Verfassung hätte ich das Verhalten der jungen Frauen leicht verärgert als dumm und unhöflich abgetan und mir keine weiteren Gedanken darüber gemacht, doch in dem weltentglittenen

Zustand, in dem ich mich befand, nahm ich es persönlich und fühlte mich noch abgeschnittener von allem um mich herum, als ich es ohnehin schon tat. Dass ich nie mehr in einer solch eifrigen, selbstvergessenen Weise wie die beiden mit jemandem zu reden imstande wäre, hatte ich gedacht, weil ich nicht mehr an die Vermittlungskraft gesprochener Worte glaubte, und dass ich mich auch nie mehr so aufwändig meinem Äußeren widmen würde, weil die daran geknüpften Erwartungen für mich nicht mehr existierten. Seit Monaten richtete ich mich nur noch notdürftig her, wenn ich mich in die Öffentlichkeit begab, suchte zudem ohnehin keine Orte mehr auf, an denen das Aussehen eine Rolle spielte.

Ich musste an die aus beiderlei Geschlechtern bestehende Gruppe von Leuten denken, die am Imbiss neben dem Eingang zur Beratungsstelle biertrinkend die Zeit totgeschlagen hatte und von denen mich Einzelne jedes Mal, wenn ich dort vorbeigegangen war, aus glasigen Augen angestarrt hatten, als seien nicht sie mit ihrem verwahrlosten Äußeren und vom Alkohol enthemmten Gebaren diejenigen, die auffielen, sondern hätten an mir etwas entdeckt, das in mir selbst nicht erkennbarer Weise in noch größerem Rahmen die allgemeine Ordnung sprengte. Sogar sie, die gesellschaftlich Randständigen und im Leben Gescheiterten hatten ihren Platz in der Welt gefunden, hatte ich gedacht, sich in der Gemeinschaft Gleichgesinnter eingerichtet, und mich von ihren schamlosen Blicken in meinem Gefühl des Nirgendwohingehörens erkannt gefühlt.

In der Zeit unserer wöchentlichen Gespräche war mir dieses Gefühl geläufig gewesen, oder, genauer gesagt, war es in ihnen erst zum Vorschein gekommen, wie eine Krankheit, die zwar schon seit langem in einem geschlummert hatte, bislang aber durch verschiedene Maßnahmen am Ausbrechen gehindert worden war. „Es ist, als fiele man in ein schwarzes Loch", hatte ich zu ihr gesagt und sie, wenn es unaushaltbar wurde, angerufen und um einen zusätzlichen Termin gebeten, an dem wir dann Änderungen in der Art unserer Gesprächsführung vereinbart hatten, künftig themenorientierter vorgehen wollten oder assoziativer, die natürlich allesamt nutzlos gewesen waren, weil unser grundsätzliches Nichtzueinanderfinden davon unberührt geblieben war, in jenen Momenten jedoch ausgereicht hatten, mich wieder neue Hoffnung schöpfen zu lassen.

Ein Schwall dicker, heißer Luft schlug mir entgegen, als ich wieder auf die Straße kam, und ließ den Sommer vom Jahr zuvor wieder lebendig werden. Auch er war heiß, vielleicht sogar noch heißer als der diesjährige gewesen, man hatte von einem Jahrhundertsommer, gesprochen, unter dem alle gelitten hatten. Ich hatte, bevor ich sie ihr entgegenstreckte, meine Hand verstohlen an der Kleidung abgewischt. In dem Zimmer, in dem wir saßen, waren die Jalousien heruntergelassen gewesen und ein Ventilator hatte surrend gegen die Schwüle angekämpft. Von draußen war das Geräusch der vorbeifahrenden S-Bahnzüge zu hören gewesen und durch die Schlitze der Lamellen hatte die Sonne, zu gleißenden Bündeln verdichtet, ihre Strahlen gebohrt. Ich hatte sie gebeten, die Jalousie so einzustellen, dass ich nicht geblendet wurde, doch sie hatte nur in gespieltem Bedauern die Schultern gehoben und vorgegeben, deren Funktionsweise nicht zu kennen. In diesem letzten Sommer, in dem ich zu ihr gegangen war, hatte sie bereits all ihre Zugewandtheit und Empathie von mir abgezogen und mir mit kalter, undurchdringbarer Reserviertheit gegenübergesessen. Darüber gekränkt, dass ich mich von ihrer Kompetenz zu profitieren weigerte, hatte sie offen gezeigt, dass sie meiner überdrüssig war. Ich hatte ihr professionelles Selbstbild beschädigt. Noch nie hätte sie jemand so heruntergemacht, hatte sie geschimpft, dass es krank sei, wie ich an ihr hinge und endlich gehen solle. Sie hatte es nicht mehr ausgehalten mit mir. In jenem Sommer war ich sogar an der Hitze schuld gewesen, eine Zumutung, die sich bei diesen Temperaturen nicht mehr ertragen ließ. Und ich musste wirklich kein schönes Bild abgegeben haben mit meinem rotfleckig verweinten Gesicht in mich zusammengesunken auf dem schmalen Stuhl sitzend. Bis zum Ende hatte ich gehofft, dass es noch eine Verständigung zwischen uns geben würde. Hatte durch die Schlitze der Jalousie das Leben draußen in seinen gewohnten Bahnen weiterfließen sehen, und den Moment gefürchtet, wo ich mich nach dem Ablauf der Stunde wieder dort eingliedern, wieder mitschwimmen mussten im unaufhörlichen Lebensstrom. Bereits an der Tür, während unserer kühlen Verabschiedung, hatte das Draußen begonnen, im Wartebereich der Beratungsstelle bereits, den ich durchqueren musste und in dem immer ein paar Leute gesessen hatten, um das eine oder andere der auf einer großen Wandtafel offerierten Angebote zu nutzen: „FAMILIEN- und PAARTHERAPIE, VERHÜTUNGSBERATUNG, SCHWANGERSCHAFTSKONFLIKTSPRECHSTUNDE", Paare zumeist, oder auch einzelne Frauen oder von ihren

Müttern begleitete junge Mädchen, und mit um Gleichmut bemühten Mienen in den ausliegenden Illustrierten blätterten. Es hatte die in derartigen Räumlichkeiten übliche funktionale Behaglichkeit geherrscht, mit Bildern in freundlichen Farben an den Wänden und kleinen Blumentöpfen auf den Tischen. Hin und wieder hatte jemand ihn der dort Beschäftigten eiligen Schrittes durchquert, eine Sekretärin mit Aktenordner unter dem Arm oder ein Arzt in wehendem Kittel, und hatte mit seiner demonstrativen Geschäftigkeit eine Kompetenzgrenze zwischen sich und den dort tatenlos Sitzenden gezogen.

Sie weiß nicht, wie viel Überwindung es mich kostet, hierher zu kommen, hatte ich, nachdem sie unsere Zusammenkünfte von der Ladenwohnung in die Beratungsstelle, diesem Zufluchtsort für allgegenwärtige Lebensprobleme, verlegt hatte, oft gedacht. Oder mir einzureden versucht, dass sie es doch wüsste und sich mit mir verbünde, wir in einem Meer der Allgemeingültigkeiten zwei auf einer Insel des Grenzenlosen Gestrandete seien.

Meist war ich, um nicht im Wartebereich sitzen zu müssen, auf den durch eine Glaswand getrennten, rundumlaufenden Vorbau hinaus getreten, einer Art überdachtem Balkon, von dem man, weil die Räumlichkeiten in ein Einkaufszentrum integriert waren, auf einen Lichthof mit verschiedenen Geschäften hinabgeblickt hatte, auf Menschen, die dort wie Ameisen hin und her, in Läden hinein und wieder hinaus gelaufen waren, und hatte sie um die Unbekümmertheit, mit der sie ihren Alltagsdingen nachgingen, beneidet.

Es war ein schrecklicher Sommer gewesen. In den Nächten hatte ich ihr Briefe geschrieben, am Küchentisch verfasste, von außer Kontrolle geratenem Weinkonsum begleitete Erklärungsversuche, bei denen ungewiss gewesen war, ob sie sie überhaupt lesen würde. Dennoch hatte ich sie abgeschickt, war im Morgengrauen zum Briefkasten gelaufen, damit sie sie so schnell wie möglich bekäme, furchtlos in den menschenleeren Straßen, weil in meinem Kopf nichts anderes Platz gehabt hatte als das Verlangen, mich ihr verständlich zu machen. Dass es selbsterniedrigend gewesen war, wie ich mich verhalten hatte, dachte ich danach oft, würdelos, ja dass ich mich geradezu selbst aufgegeben, mich ihr ausgeliefert hatte, um von ihr gesehen zu werden. Und dass mir dies bereits damals bewusst gewesen war, ich mich sozusagen sehenden Auges in diese unterwürfige Rolle hineingegeben hatte, weil sie, wie ich geglaubt hatte, der Preis dafür sei, von einem anderen Menschen verstanden zu werden, und ich war jeden Preis dafür zu zahlen bereit gewesen. Dass ich alles, was einem im Leben auferlegt würde, aushielte, hatte ich mir damals eingeredet, nur nicht diese Sprachlosigkeit, die sich anfühlte, als versuchte man zu schreien und brächte keinen Ton heraus. Oder dass, wenn ich den Herausforderungen des Lebens nicht gewachsen war, selbst das Scheitern leichter zu ertragen wäre als dieses Nichtgesehenwerden, ein quasi naturgegebenes Kapitulieren vor der Übermacht des Schicksals wäre.

Vielleicht hätte ich mich stärker gegen sie zur Wehr setzen sollen, habe ich nach unserem Auseinandergegangensein immer wieder gedacht. Hätte mir weniger von ihr sagen lassen dürfen, häufiger nachfragen sollen, wie sie dieses und jenes meine, und Unzutreffendem widersprechen. Vielleicht wäre unser Aneinandervorbeireden durch mein rechtzeitiges Intervenieren zu verhindern und unsere Gespräche in eine andere Richtung zu lenken gewesen. Aber wahrscheinlich wäre sie auch durch meine Einwände nicht von ihren eingeschliffenen Denkmustern abzubringen gewesen, habe ich mir dann einzureden versucht, hätte ein solches Verhalten die ganze Sache bestenfalls verkürzt, uns schneller und für mich schmerzloser zu dem Punkt gebracht, an dem wir uns nach drei Jahren getrennt hatten. Zudem hätte es eine andere erfordert als die, die ich bei ihr gewesen war, ein Gefühl von Ebenbürtigkeit vorausgesetzt, das ich nicht empfunden hatte. Was ich ihr von mir erzählen wollte, hätte sich in keiner anderen Weise sagen lassen als in der, in der ich es versucht hatte; ich hätte keine entschiedenere Haltung einnehmen können als in kindlicher Vertrauensseligkeit darauf zu hoffen, dass sie meine Worte richtig zu deuten wüsste, hatte alle Missverständnisse hinnehmen und bis zum Schluss daran glauben müssen, dass sie für mich die Richtige sei, weil das Eingeständnis, dass sie es nicht war, nicht zu ertragen gewesen war. Dass es des jahrzehntelangen Wiederholens des immer gleichen Szenarios bedurft hatte, um die Begrenztheit menschlichen Ein-fühlungsvermögens zu erkennen und die Überzeugung, von einem anderen gesehen werden zu müssen, um leben zu können, aufzugeben, habe ich gedacht. Wie ein Schauspieler, der eine ihm auf den Leib geschriebene Rolle so viele Male gespielt hat, dass sie ihm längst zum Hals heraushängt, hatte ich das Drama meiner Unterwerfung wieder und wieder aufführen müssen, um mich mit der Unerfüllbarkeit meines Wunsches abfinden zu können.

Ich habe mich zu lange an anderen orientiert und dabei das Gespür für Situationen, die mir nicht gut tun, verloren. Habe sie aushalten zu müssen geglaubt und zu lange in ihnen verharrt, wie die anderen zu sein versucht, weil ich für die, die ich war, keine Worte gehabt hatte, mir das Übliche zum Maßstab genommen, weil es für das Unübliche keinen gegeben hatte. Aus Angst, etwas Falsches zu tun, habe ich meinen inneren Impulsen nicht zu folgen gewagt, war unfähig zu eigenmächtigen Handlungen gewesen, entscheidungsunfähig, eine identitätslose Nachahmungsexistenz.

Am schwierigsten waren immer jene Situationen gewesen, in denen Mitdenken und Eigeninitiative gefordert waren, es nicht ausreichte, ein unsichtbares Rädchen im Getriebe zu sein. Umzüge beispielsweise. Es war damals in Freundeskreisen üblich gewesen, sich zusammenzufinden, um die Habe desjenigen, der von einem Teil der Stadt in einen anderen oder auch nur ein paar Straßenzüge weiter in eine bessere Unterkunft wechselte, transportieren zu helfen. Und es war oft umgezogen worden damals, als man noch jung und aufgeschlossen für Veränderungen und manche Bleibe nur ein Provisorium gewesen war. Um das Ganze innerhalb weniger Stunden hinter sich zu bringen, hatte man so viele Helfer wie möglich engagiert, so dass mitunter ein Gedränge beim kisten- und hausratschleppenden Treppauf und Treppab entstanden war, man sich aneinander vorbei zu schlängeln und wenn, von navigierenden Kommandos begleitet, große Möbelstücke durch schmale Aufgänge gezirkelt wurden, eng an Wände zu pressen gehabt hatte. Es hatte mich jedes Mal aufs Neue erstaunt, wie eine Gruppe zufällig zusammengewürfelter, sich meist unbekannter Menschen, ohne dass es besonderer Absprachen bedurft hätte, innerhalb kürzester Zeit zu einem aufeinander eingespielten Arbeitsteam zusammengewachsen war, wie sich ganz von selbst Hierarchien gebildet und jeder einen seinen Fähigkeiten gemäßen Platz eingenommen hatte. Den hochrangigsten Platz hatten natürlich die Möbelträger inne gehabt, deren Körperkräfte und Geschicklichkeit an die professioneller Umzugshelfer herangereicht hatten, dann waren die Logistiker gekommen, die zumeist auf der Ladefläche der Lkws gestanden und nach einem sich nur ihnen offenbarenden System das zu Transportierende zugereicht hatten, und danach die Ökonomiker, die, um Erleichterung und Effizienz bemüht, alles auf dem ersten Podest abgestellt und somit eine den Bewegungsradius eingrenzende Tragekette initiiert hatten, und schließlich das Heer der pausenlos

Hinauf- und Herablaufenden, rotgesichtig und laut schnaufend, als zähle ihre Hilfe nur etwas, wenn sie sich völlig verausgabten. Als ob die Helfenden einen Wettkampf um den Rang des Fleißigsten untereinander ausfochten, war es mir immer vorgekommen. Dennoch hatte man sich, wenn man im Treppenhaus aufeinanderstieß, freundlich zugelächelt, ein verschworenes, einen in den Helferkreis aufnehmendes Lächeln, das mir, wenn es mich traf, immer unverdient erschienen war in meiner Befürchtung, etwas Falsches zu tun oder inmitten der allgemeinen Geschäftigkeit tatenlos herumzustehen. Ich war kopflos gewesen im Umzugsgetriebe. Hatte, um meine Einsatzbereitschaft zu demonstrieren, nach Gegenständen gegriffen, die zu schwer für mich waren, und sie mir wieder abnehmen lassen, nach Kostbarkeiten, bei denen ich bereits im Augenblick des Zugreifens gewusst hatte, dass man sie mir nicht anvertrauen würde, und sie auf Befehl hin wieder abgestellt. Eine Mitläuferin und voller Angst, dass man mir die Unsicherheit anmerkte, ich zu einem Stolperstein im zielgerichteten Eifer der anderen würde.

Ich bin wütend auf die, die ich damals gewesen war. Darauf, dass ich mich in einer solchen mich selbst aufgebenden Weise angepasst, quasi unsichtbar gemacht hatte. Und ich bin wütend auf die anderen, die mir nichts weiter voraus gehabt hatten als ihr fragloses In-der-Welt-Sein, eine ihnen von Anfang an mitgegebene Verankerung in anerkannten Lebensentwürfen. Wie eine Fährte witternde Hunde hatten sie sich auf meine Ängstlichkeit gestürzt; meine Orientierungslosigkeit hatte ihren Herrscherdrang geweckt, ihre Lust an der Überlegenheit. Einer Knetmasse gleich hatten sie mich nach ihren Vorstellungen zu formen und in ihre Lebensbahnen hineinzuziehen versucht. Selbst Jüngere hatten über mich bestimmen zu können geglaubt, an der Uni beispielsweise, wo ich nach dem zweiten Bildungsweg zu den Älteren gehört hatte. Wie mich eine Kommilitonin in einer referatsvorbereitenden Arbeitsgruppe zum Kopieren abkommandiert hatte, weiß ich noch, ja manchmal kommt es mir vor, als sei mir von der gesamten Studiumszeit nur noch dieses eine Ereignis in Erinnerung geblieben. An ihr Gesicht erinnere ich mich nach all den Jahren nicht mehr, nur daran, dass es kein besonders attraktives Gesicht gewesen war, mit strähnig und in der Mitte gescheitelt auf die Schultern fallenden Haaren und unreiner, pickliger Haut. Und dass ich mich darüber gewundert hatte, wie selbstbewusst sie sich dennoch zu bewegen verstand.

Für eine Arbeitsgruppe Material zu kopieren, war eine Aufgabe gewesen, der ich mich an der Universität immer zu entziehen versucht hatte. Die riesigen Vervielfältigungsmaschinen hatten in gläsernen Ausbuchtungen endloser, von Studentenkolonnen durchlaufener Gänge gestanden und waren für ihre Störanfälligkeiten bekannt gewesen, ihre Papierstaus oder Papierlosigkeiten, die spontanes Handeln erfordert hatten, ein Nachfüllen und Auffächern, Drücken von Knöpfen oder sogar ein Öffnen von Klappen. Ich hatte mich während jener Zeit in die Anonymität übervoller Seminarräume verkrochen und Gruppen angeschlossen, in denen ich im Debattiereifer der anderen verschwinden konnte. Hatte ich Angst gehabt, den Ansprüchen eines Studiums nicht gewachsen zu sein? Vielleicht auch, aber mehr noch, denke ich, war es die Ungewissheit, wohin mich mein Leben führen würde, gewesen, die meine Entfaltung an jenem Ort verhindert hatte.

In der Kanzlei der Baubehörde war ich dagegen die Jüngste gewesen, Anfang zwanzig, in einer Riege von Frauen mittleren Alters, Ehefrauen, die, nachdem ihre Kinder aus dem Haus oder wenigstens aus dem Gröbsten heraus waren, etwas zum Einkommen ihrer Männer dazuverdienten, die sprichwörtliche ‚bunte Kuh' in meinen verblichenen Jeans und langen bunten Röcken, die ich damals getragen hatte, Ziel missbilligender Blicke in einer Umgebung dezenter Eleganz, was mir durchaus nicht nur unangenehm gewesen war in meinem damaligen jugendlichen Aufbegehren gegen alles Konventionelle. Es war die Zeit der aufblühenden Frauenbewegung gewesen, des Kampfes für die Gleichberechtigung der Geschlechter und gegen alte Rollenbilder; allerorts hatten sich Frauengruppen gebildet. Frauenzentren, -kneipen und -buchläden waren wie Pilze aus dem Boden gewachsen. Ich hatte all dies mit Interesse verfolgt, die Bücher der Feministinnen gelesen, die damals zahlreich erschienenen Romane über das Wahrnehmen verkrusteter Lebensstrukturen und die Befreiung daraus. Bis in die Baubehörde war die Frauenbewegung jedoch nicht vorgedrungen, dort war noch alles beim Alten gewesen: Die Frauen tippten, was ihnen die Männer diktierten, und niemand schien sich daran zu stören. Es hatte das übliche Spiel von Galanterie auf der einen und Koketterie auf der anderen Seite gegeben, eine Hierarchie zwischen den Geschlechtern, die Nährboden für lustvoll verstreute Gerüchte gewesen war. Zusammengehalten worden war die Damenriege von Frau Böhm, der Kanzleivorsteherin, einer mann- und kinderlosen Mittfünfzigerin, die sich als eine Art Mutter der ihr unterstellten Frauen betrachtet hatte. Frau Böhm hatte auf jede Frage eine Antwort und für jedes Problem eine Lösung gehabt. Wie Schülerinnen am Lehrerinnenpult hatten die Frauen, ein Wort nicht zu entziffern wissend oder sich seiner Schreibweise unsicher, an ihrem Schreibtisch gestanden, während ihr perlmuttfarben lackierter Zeigefinger die Zeilen des Manuskripts entlanggefahren war: Die beleibte Frau Zenker mit ihrer Kurzatmigkeit, eine Parfümwolke verströmend und die blondgefärbten Haare voluminös toupiert, Frau Schweikart mit ihrem anbiedernden Lächeln und ihrem losen, stets zu bösen Nachreden bereiten Mundwerk, Frau Kroll mit ihrer feingliedrigen, unnahbar wirkenden Eleganz und all die anderen, deren Namen ich nicht mehr weiß und deren Gesichter in all den Jahren verblasst sind. Sie hatte es als ihre Aufgabe angesehen, „ihre Damen" vor der Arbeitsüberlastung zu schützen, die ihnen durch „die Herren" drohte, so dass das Arbeitstempo im Schreibdienst der Baubehörde ein eher gemächliches gewesen war und es viel Zeit für private Plaudereien, Geburtstags- und sonstige Feiern mit Sekt und Schnittchen gegeben hatte.

Ich war ein Fremdkörper in dieser Bürowelt gewesen, ein Objekt für Tuscheleien hinter vorgehaltener Hand. Wenn ich, die Augen auf den glänzenden Linoleumboden geheftet, die Flure entlang lief, hatte ich gehofft, dass ich niemandem begegnen würde. Man hatte sich höflich zuzunicken, wenn man dort aufeinander traf, und sich, je nach Tageszeit, ein „GUTEN MORGEN", „MAHLZEIT" oder ein „SCHÖNEN FEIERABEND" zuzuwerfen gehabt, doch selbst diese kurzen Zwischenmenschlichkeiten waren mir schon zu viel gewesen. Ich hatte die hinter beredten Mienen verborgenen Gedanken der mir Begegnenden gelesen und ihre mich in Windeseile von oben bis unten taxierenden Blicke gespürt. Je länger ich dort arbeitete, desto öfter hatte ich mich krankgemeldet, mit leiser, um Schwäche bemühter Stimme irgendwelche Unpässlichkeiten erfunden und dabei jedes Mal befürchtet, dass Frau Böhm sie mir nicht abnähme und wegen meines häufigen Fehlens böse würde. Doch die hatte mit immer gleichbleibender Freundlichkeit auf meine Anrufe reagiert und nie vergessen, mir eine „Gute Besserung" zu wünschen, sodass ich irgendwann gedacht hatte, dass es egal sei, ob ich ins Büro ginge oder zu Hause bliebe, meine Tätigkeit dort völlig entbehrlich sei, und die letzte Zeit dort in einem Wechsel aus An- und Abwesenheiten verbracht hatte. Wahrscheinlich war ich für Frau Böhm in noch größerem Maße als die anderen Frauen ein Objekt der Fürsorge gewesen, meines jungen Alters wegen und auch, weil sie bei mir mehr als bei ihnen, deren Leben in geordneten Bahnen verliefen, ihre Mutterrolle ausspielen konnte. Sie hatte mich in ihre Verfügungsgewalt genommen, sich bemächtigt, mit mir zu verfahren, wie es ihr beliebte. In meiner Unangepasstheit ans Büroleben war ich von ihrem Wohlwollen abhängig gewesen, wie ein Kind, das weiß, dass es auf die Mutter angewiesen ist und sich der Bedingungslosigkeit ihrer Liebe dennoch nie ganz sicher sein kann.

Außer mir hatte es noch eine weitere aus dem Rahmen des Üblichen herausgefallene Frau gegeben: das grauhaarige und mit gelbhäutig spitzem Mausgesicht lautlos durch die Kanzleiräume huschende Fräulein Herrmann. Fräulein Herrmann hatte die Extremitäten ihres Körpers nicht unter Kontrolle gehabt, unablässig hatte es an ihr gewippt, gezuckt und gewackelt. Auch sie war nicht in das normale Leben hineingewachsen, so dass sie, trotz ihres fortgeschrittenen Alters den Fräuleinstatus behalten hatte. Der Mann, mit dem sie zusammenlebte, war ihr Vater. Dass sie nervenleidend sei, hatte man, vielsagende Blicke tauschend, einander zugeraunt, ständig Medikamente nehmen müsse, und es, obwohl sie die ihr zugewiesenen Aufgaben ohne Anlass zur Beanstandung erledigte, als einen Akt der Barmherzigkeit betrachtet, sie zwischen sich zu ertragen, und wenn der Vorrat an Büroklatsch zu versiegen drohte, stets eine Sonderbarkeit an ihr entdeckt, über die herzuziehen die Leere gefüllt hatte.

„Na Mädchen, nehmen Sie auch immer schön Ihre Tabletten?", hatte Frau Böhm, wenn Fräulein Herrmann, bemüht, das Zittern ihrer Hände und das Zucken in ihrem Gesicht zu unterdrücken, wegen eines unlesbaren Wortes an ihrem Schreibtisch stand, mit gespielter Besorgnis in der Stimme gefragt. Frau Böhm hatte es immer nur gut mit „ihren Damen" gemeint und in diesem Gutmeinen mitunter, ohne es zu merken, die Grenzen zum allzu Persönlichen überschritten. Und wahrscheinlich war sie auch an jenem Tag, als ich in ihr Zimmer getreten war, so sehr von ihrer Rolle als Kanzleimutter erfüllt gewesen, dass ihr gar nicht bewusst geworden war, was sie tat, als sie mir, dem Impuls folgend, eine ihren Vorstellungen gemäße Korrektur vornehmen zu müssen, unvermittelt unter den Rock gegriffen und meine zuvor bauschig aus ihm herausgerutschte Bluse straffgezogen hatte.

Ich besuche meine Tochter in der Stadt, in der sie gerade auftritt. Sitze am Abend inmitten der anderen Besucher in einem Varietérondell und verfolge mit in den Nacken gestrecktem Kopf ihre Luftartistik, wie sie sich blitzschnell in ihr rotes Tuch verknotet und es, wie ein Schmetterling seine Flügel, wieder entfaltet, um sich am Ende zu den Schlusstakten der Musik Meter für Meter hinab fallen zu lassen. Auch dies ein Versuch, das Leben zu bewältigen, und zugleich Resultat des Vorsatzes, ihm künftig alles, was es bereithält, abzugewinnen und nichts mehr auf ein ungewisses Später zu verschieben.

Das vorab gebuchte Zimmer ist von erdrückender Privatheit: dunkle, antike Möbel, dicke Teppiche, Bücher hinter Glasscheiben. Die Vermieterin, eine vornehme Frau in den Sechzigern, gibt sich unnahbar. Pensionierte Studienrätin, denke ich und tippe anhand der Bücher im Schrank auf die Fächer Deutsch und Geographie. Ich wage mich kaum zu bewegen. Im Bad läuft die Waschmaschine; auf dem Weg dorthin komme ich an einer spaltbreit geöffneten Tür vorbei, aus der Fernsehgeräusche dringen, und mir ist, als würde jeder meiner Schritte misstrauisch belauert.

Am Nachmittag schlendere ich die Fußgängerzone entlang, biege hier und da in eine der schmalen, kopfsteingepflasterten Gassen ein, in denen alte Fachwerkhäuser windschief aneinander lehnen und in kleinen Läden Souvenirs und kunstgewerbliche Artikel angeboten werden. Touristen fotografieren einander vor den neurestaurierten Vergangenheitskulissen. Die Stadt ist ein weltbekannter Ort nostalgischer Gemütlichkeitssehnsucht und fester Bestandteil des Sightseeingprogramms landerkundender Nichteuropäer. Auf dem weitläufigen Marktplatz entsteigen sie den Reisebussen und verschwinden im engen, holprigen Straßengeflecht.

Irgendwann habe ich mich müde gelaufen und kehre in die Fußgängerzone zurück. Ich setze mich in ein Café und betrachte den nicht abreißenden Strom der Vorbeilaufenden, der hier weniger von müßiggängerischen Touristen, sondern zumeist von den Bewohnern der Stadt dominiert wird, von eilig Ausschreitenden, die für ein paar Besorgungen schnell im Supermarkt verschwinden, Paaren, die, händchenhaltend oder engumschlungen, entschlossenen Schrittes einem gemeinsamen Ziel zustreben, Einzelnen, die gesenkten Kopfes gedankenversunken vorbeihuschen. Viele junge Leute leben in dieser Stadt. Wie die, in der Ruth wohnt, ist sie eine Studentenstadt; lebhaft in Gespräche vertieft, laufen die aus aller Welt Hierhergekommenen die Einkaufsstraße entlang, schlängeln sich auf Rädern durchs Menschengemenge und versammeln sich an einschlägigen Treffpunkten.

Dass es wahrscheinlich in allen Städten dieser Welt gleich aussieht, denke ich plötzlich, überall die gleiche hektische Betriebsamkeit herrscht, das gleiche ruhelose Unterwegssein. Dass auch die Läden überall die gleichen sind, so dass diese Fußgängerzone ebenso gut in einer anderen Stadt, ja, nur geringfügig verändert, an jedem Ort auf diesem Planeten liegen könnte. Und dass man überall in der Welt auf Verliebte trifft, die, in innige Umarmungen und Küsse versunken, mit ihrer schamlos demonstrierten Zweisamkeit wie widerständige Stromschnellen im Menschenfluss der Städte sind.

Es hat es zu dunkeln begonnen, was in der reich illuminierten Einkaufsstraße kaum auffällt. Man bemerkt den herannahenden Abend eher dadurch, dass sich das Tempo der Menschen verändert, ein gemächlicheres wird; die eilig Heimkehrenden den Flanierenden weichen, jenen, die ihre Tageslasten abgeworfen und sich den feierabendlichen Vergnügungen zugewandt haben. Sie bleiben vor den Auslagen der Schaufenster stehen und studieren die Speisekarten der Restaurants. Sie sehen entspannt aus, eine erwartungsvolle Offenheit, die entsteht, wenn nichts mehr getan werden muss, liegt in ihren Gesichtern. Ich könnte eine von ihnen sein, wie ich, langsam und alles um mich herum aufmerksam registrierend, die Straße entlang bummle, doch bei genauerer Betrachtung habe ich, allein in der fremden Stadt, nichts von der sorglosen Leichtigkeit, die sie ausstrahlen.

Der Abend ist die Zeit der Geselligkeiten, denke ich, der Verabredungen mit Freunden und des Schlenderns der Paare. Nur wenige sind, wie ich, allein unterwegs, als hätten sich die Einzelnen, um ihr Alleinsein zu verbergen, in ihren Behausungen verkrochen. Vor dem gläsernen Kinopalast hat sich eine Schlange gebildet, Jugendliche zumeist, was mir ein Blick auf die aushängenden Plakate von Actionfilmen erklärt. Andere ihrer Altersgruppe haben sich, noch unschlüssig darüber, wie der Abend zu verbringen sei, mit Bierflaschen in den Händen hier und dort in kleinen Gruppen versammelt. Ziellos laufe ich weiter. Um acht bin ich mit meiner Tochter am Marktplatz verabredet und habe bis dahin noch fast eine Stunde Zeit.

Vor einer Feldsteinmauer zeigt ein Feuerjongleur sein Können. Lässt mit seinen in die Luft geworfenen und wieder aufgefangenen Fackeln eine hochaufschießende Flammensäule entstehen. Manchmal fällt ihm eine der Fackeln hinunter, was ihn jedoch nicht aus dem Konzept bringt, sondern sie schnell aufheben und in seiner Vorführung fortfahren lässt. Er hat es schwer, in der Vielfalt der Straßen-attraktionen Beachtung zu finden, zumal er in einem dunkleren und weniger belebten Teil der Straße steht, in dem sich keine Geschäfte und Restaurants befinden, sondern nur alte Backsteinhäuser mit unbeleuchteten Fenstern. Kaum einer von den Passanten, die hier entlang kommen, bleibt stehen, um ihm zuzuschauen, und in seinem Hut liegen nur wenige Münzen. Beeindruckt von der Unbeirrtheit, mit der er dennoch weitermacht, schaue ich ihm eine Weile zu: Wie er die Fackeln zum schnellen Tanzen bringt, sie im geübten Spiel seiner Hände immer wieder wirft und fängt, so dass ein Feuermuster entsteht, das sich vor der steinernen Mauer beinahe mystisch ausnimmt, ans Mittelalter erinnert, in dem es zur Erhellung der Nacht nur das Feuer gegeben hatte. Es scheint, als nähme er gar nicht wahr, ob ihm jemand zuschaut oder nicht, sei ganz eingenommen von dem, was er tut. Rußspuren durchziehen sein Gesicht und auch sein knabenhafter nackter Oberkörper ist vom Spiel mit dem Feuer gezeichnet. Dottergelbe Haare stehen ihm stehen wirr um den Kopf herum. Ich ertappe mich dabei, mir sein Leben auszumalen: Dass er mit ganz wenig Geld auskäme, stelle ich mir vor, denn viel verdiente man sicher nicht als Straßenkünstler; er aber wäre zufrieden mit dem, was er hatte, weil es ihm die Freiheit ließe, zu tun, was ihm Spaß machte. Ein fast Spitzweg'sches Dachkammerdasein dichte ich ihm an, das ihm in seiner Genügsamkeit alles böte, was er zum Leben brauchte, sehe ihn in seinem kleinen Mansardenzimmer, wenn es zu dunkeln anfängt, seine Sachen zusammenpacken, die Fackeln, Streichhölzer, Spiritus, eine Wasserflasche, den Hut und eine Decke, alles in seinem großen Segeltuchrucksack verstauen und losziehen, um einige Stunden lang seine Feuerkünste zu zeigen, bis Mitternacht vielleicht oder bis ein bestimmter Betrag in seinem Hut liegt. Dass er mit sich selbst im Einklang ist und, obwohl er altersmäßig mein Sohn sein könnte, bereits ganz in seinem Leben angekommen.

Er ändert nun seine Wurftechnik streckt die Arme nach beiden Seiten aus und wirft sich die Fackeln über den Kopf, so dass ein heiligenscheinähnlicher Bogen entsteht. Ich werfe ein Geldstück in seinen Hut und gehe weiter.

Meine Tochter wartet bereits, als ich zum Marktplatz komme, hat sich auf die steinerne Umrandung des Brunnens in dessen Mitte gesetzt, von der sie sich, als sie mich sieht, lächelnd erhebt. Sie hat, wie meist in kühleren Jahreszeiten, ihren bis zu den Knöcheln reichenden wollenen Mantel mit den Fransenrändern an, trägt dazu eine weitgeschnittene großkarierte Hose und an den Füßen kantige, abgewetzte Stiefeletten. Wie immer in ihrer Freizeit ist sie ungeschminkt, was ihr ein natürliches, fast jugendliches Aussehen gibt, aber auch die Spuren der Erschöpfung in ihrem Gesicht sichtbar macht, ihres mit Aktivitäten prall gefüllten Lebens. Nur für ihre Auftritte schminkte sie sich, für jene Minuten, in denen sie über den Köpfen des Publikums schwebte. Wenn sie nach einer Vorstellung an meinen Tisch gekommen war, hatte ihr Gesicht in rosiger Eben-mäßigkeit gestrahlt, ihr Mund war mit einem leuchtenden Rot betont und ihre großen braunen Augen mit schwarzem Kajalstift umrandet. Und dennoch hatte selbst dann noch ihre Natürlichkeit hindurch geschimmert und sie in ihrer Berufsverkleidung immer fast ein wenig verlegen gewirkt.

Wir durchlaufen, auf der Suche nach einem Restaurant, die kleinen Gassen und sie erzählt dabei von ihrem Leben in dieser Stadt, von der Wohnung, die sie mit zwei Artistenkolleginnen teilt, von der Katze, die es dort gibt und die sich, auf die Türklinken springend, Zugang in alle Zimmer verschafft, von der winzigen Bühne, auf der sie allabendlich auftritt und einmal bei ihrer Tuchnummer auf einem der kleinen Tische ein Glas umgestoßen hatte, von der Sauna in der Nähe, in der sie sich tagsüber häufig entspanne. Ich bin glücklich. Sie nimmt sich Zeit für mich, denke ich, und scheint es, ihrer ausgelassenen Stimmung nach zu urteilen, sogar gern zu tun. Seit sie ihr eigenes Leben führt, ist für mich jedes unserer Zusammentreffen mit der bangen Frage verbunden, ob oder wie viel wir noch miteinander zu tun haben. Um sie nicht aus den Augen zu verlieren, war ich überall hingegangen, wo mich zu sehen sie vorgeschlagen hatte; ich hatte an krümelbesäten Tischen von Wohngemeinschaftsküchen gesessen und auf den unbe-quemen Holzbänken überfüllter Lokale, auf bevölkerten Parkwiesen an ihren Geburtstagspicknicken teilgenommen und mir in versteckten Hinterhofspielstätten die Darbietungen ihrer Artistenfreunde ange-schaut. Dennoch war die Angst vor unserer Entfremdung nie völlig gewichen, ja durch manche Zusammenkünfte sogar noch verstärkt worden. Dass sie, sobald es ihr möglich gewesen war, aus dem Gefängnis unserer Zweisamkeit ausgebrochen war, hatte ich seither immer wieder gedacht, mit achtzehn schwanger geworden, wie ich seinerzeit mit ihr, und doch mit ganz anderen Zukunftserwartungen, im kurzen Kleidchen über dem dicken Bauch, Igelfrisur und rotbestrumpften Beinen einen zehn Jahre älteren Mann heiratend, von dem sie sich bald darauf wieder getrennt hatte.

Wir bleiben hier und da vor einem Lokal stehen und versuchen, durchs Fenster dessen Inneres auszumachen, überfliegen die Speisekarte, um dann, zuversichtlich, noch etwas Besseres zu finden, weiterzuziehen. Ich könnte ewig so mit ihr durch den Abend laufen, mich ihren großen, federnden Schritten anpassend, ihrem forschen Was-kostet-die-Welt-Gang, könnte ewig ihren Erzählungen zuhören, Fragen dazu stellen und manchmal auch etwas von mir berichten; nach dem allein verbrachten Tag tut es mir gut, mit ihr zusammen zu sein.

Irgendwann entscheiden wir uns für ein südamerikanisches Restaurant, vielleicht der Salsaklänge wegen, die aus ihm dringen und sie an ihre Kubareise im letzten Jahr erinnern. Wir setzen uns in eine behaglich beleuchtete Ecke, und als der Kellner kommt, verwickelt sie ihn sogleich in ein Gespräch über landestypische Essgewohnheiten, was diesen, einen jungen schwarzgelockten Mann, sichtlich erfreut, so dass er nur allzu gern ihrem Charme erliegt. Einen Monat lang war sie allein durch das ferne Land gereist, und als ich sie vom Flughafen abgeholt und sie mir in der kleinen Pizzeria gegenüber ihrer Wohnung von den klapprigen Bussen erzählt hatte, mit denen sie gefahren war, den einfachen Zimmern, mit deren Vermietung die Menschen dort ihren kargen Verdienst aufbesserten, von den Salsabars, in die sie zum Tanzen gegangen war, hatte ich ihren Unternehmungsgeist und ihren Mut bewundert.

Sie erzählt von Katinka, dass sich diese immer mehr von ihr abnable, immer selbstständiger werde. Sie weiß dies besser hinzunehmen als ich damals bei ihr, denke ich sogleich. Seit es Katinka gab, bewunderte ich meine Tochter für ihre Art, mit ihr umzugehen, für die Sorglosigkeit und den ermunternden Optimismus, mit dem sie ihre Aktivitäten von Anfang an begleitet hatte. Fiel mir die Angst ein, die ich seinerzeit um sie gehabt hatte, eine Angst wie zäher Leim, die durch keine noch so bedachte Vorsichtsmaßnahme zu eliminieren gewesen war, und die behutsame, fast andächtige Zärtlichkeit, mit der sie Katinka seit ihrer Geburt behandelte, erschien mir wie eine Reaktion auf eine in der eigenen Kindheit erfahrene Vereinnahmung.

Als ich eine Zigarette rauchen will, begleitet sie mich vor die Tür. Mit unseren Rotweingläsern in den Händen stehen wir in der engen, dunklen Gasse der fremden Stadt und mich überkommt erneut ein jähes Glücksgefühl, das, um nichts mehr geschehen zu lassen, was unsere Harmonie zerstören könnte, den Wunsch in mir weckt, sofort in mein Pensionszimmer zurückzukehren.

Am nächsten Tag fahre ich wieder nach Hause. Die Zeit bis zum Aufbruch verbringe ich am Fenster meines Zimmers stehend und auf die Fußgängerzone hinabschauend. Der gestrige Abend ist zu einer Erinnerung zusammengeschmolzen, einer Episode. Er wird nichts daran verändern, dass unsere Leben berührungslos wie Parallelgleise nebeneinander herlaufen, denke ich.

Es ist Sonnabend und in der Einkaufsstraße herrscht reger Betrieb. Die Stimmung dort ist heute eine andere als an den vergangenen beiden Tagen; in der Geschäftigkeit der Menschen liegt etwas Unbeschwertes, ja beinahe Fröhliches, als tätigten sie letzte Vorbereitungen für ein bevorstehendes Fest. Vor dem Drogeriemarkt gegenüber sitzt ein kleiner weißer Hund, den das Menschengewirr um ihn herum unberührt lässt. Er hat nur Augen für die weit geöffnete Glasfront des Geschäftes; jedes Mal, wenn dort jemand herauskommt, springt er erwartungsvoll auf und läuft ihm freudig ein paar Schritte entgegen, bis er dann merkt, dass es ein Fremder ist, und mit hängendem Kopf und an den Körper gepresstem Schwanz zu seinem Wachposten zurückkehrt. Als würde er die geäußerte Freude wieder in sich hineinsaugen, um sie beim Nächsten erneut zeigen zu können, denke ich, nachdem ich ihn eine Weile beobachtet habe. Je länger ich sein ruheloses Hin und Her verfolge, desto mehr fiebere ich mit ihm, dass endlich die oder der Richtige, sein Frauchen oder Herrchen, erscheine. Doch keiner der tütenbehangen Davoneilenden würdigt ihn auch nur eines Blickes, so dass ich bald zu befürchten beginne, dass niemand mehr käme, zu dem er gehörte, dass er ausgesetzt worden oder verloren gegangen sei, und überlege, was in einem solchen Fall zu tun wäre. Nach einer Weile bemerke ich, dass sich meine gesamte Aufmerksamkeit auf den Hund fokussiert hat und ich das übrige Straßengeschehen überhaupt nicht mehr wahrnehme. Als betrachte ich mit dem Vergrößerungsglas einen Ausschnitt eines mit unzähligen kleinen, in sich abgeschlossenen Szenen gefüllten Bildes, denke ich, eines Gemäldes von Breughel vielleicht, und dass der Hund in seiner Ruhelosigkeit nur eine von zahllosen gleichzeitigen Ereignissen in der Stadt ist, ein winziger Punkt in ihrem Getriebe, und die Stadt nur ein kleiner Fleck des Landes, in dem sie liegt, und dieses wiederum einer des Kontinentes und so weiter. Und dass die Fähigkeit, Dinge zu sehen, von deren Größe abhängt, umso mehr Konzentration und Einfühlung erfordert, je kleiner sie sind, und im Falle des Hundes eine umgebungsausblendende Versenkung verlangt. Dass es gut tut, sich auf das Kleine zu beschränken, einen angenehm ruhig werden lässt, und die Vorstellung, dass sich, wie bei den russischen Matruschkas, in allem etwas noch Kleineres verbirgt, oder umgekehrt, das Kleine in einen größeren Zusammenhang gebettet ist, etwas Tröstendes hat.

Ein Mann, dem das Verhalten des Hundes ebenfalls aufgefallen ist, bleibt stehen. Im Unterschied zu den meisten anderen scheint er es nicht eilig zu haben, keine dringenden Wochenendeinkäufe tätigen zu müssen, so dass er sich auf die Szene vor seinen Augen einlassen kann. Er hat seine langen grauen Haare im Nacken zusammengebunden, das Hemd hängt ihm über der hellen weiten Hose, seine nackten Füße stecken in Gummilatschen und unter seinem Arm klemmt etwas Großformatiges, ein Zeichenblock vielleicht oder eine Leinwand. Ich stelle mir vor, dass er ein Maler ist, der sich fehlende Arbeitsutensilien besorgt hat und dem, auf dem Weg in sein Atelier zurück, alles zur Inspiration wird. Durch sein Stehengebliebensein hat sich der Mann aus dem großen Bild herausgelöst und ist Bestandteil des Ausschnittes geworden, so dass nun beide, Hund und Mann, in meinem Beobachtungsfeld liegen. Auch er scheint den Gedanken zu hegen, dass sich der Besitzer des Hundes davongemacht haben könne, unentschlossen wandert sein Blick zwischen dem Tier und dem Eingang hin und her, als erwäge er, dort hineinzugehen und nach ihm zu suchen, oder vielleicht sogar, von dessen Treuherzigkeit gerührt, den Hund mit zu sich nach Hause zu nehmen. In unserer Sorge um ihn sind wir zu Verbündeten geworden, er dort unten auf der Straße und ich, für ihn unsichtbar, hier oben am geschlossenen Fenster meines Zimmers. Je länger er, den Hund beobachtend, dort verharrt, desto mehr scheint er unter seinem Unvermögen, helfend einzugreifen, zu leiden, seinem Nichtwissen, was in dieser Situation zu tun sei; einige Male ist er bereits im Begriff gewesen, weiterzugehen, hat sich aber dann, von dessen ungewissem Schicksal doch nicht losreißen können und ist, hoffend, noch Zeuge eines guten Ausgangs zu werden, die Schritte, die er sich entfernt hatte, wieder zurückgekommen. Ein Mitarbeiter des Drogeriemarktes tritt nun, einen Stapel zusammengerollten Papiers unter dem einen, einen Tritthocker unter dem anderen Arm und einen Eimer in der Hand, auf die Straße hinaus. Er stellt den Hocker vor das große Schaufenster, steigt seine zwei Stufen hoch und beginnt, eines der Papiere zu entrollen. Wie alle anderen nimmt auch er, ganz von seiner Tätigkeit in Beschlag genommen, den nah bei ihm sitzenden Hund nicht wahr und dieser ihn ebenso wenig. Ich verfolge, wie er das Plakat Zentimeter um Zentimeter gegen die Scheibe presst, mit der Bürste darüber fährt und es anschließend noch mit einem Lappen glättet, so dass sich, wie bei einem Rätsel, das seine Auflösung Stück für Stück offenbart, langsam das Bild auf ihm erahnen lässt. Von Zeit zu Zeit steigt er von seinem Tritt herab, um aus einiger Entfernung dessen Gradheit zu überprüfen, auf dem sich schließlich ein Lamm zeigt, das dem Hund in so frappierender Weise ähnelt, als wäre ein Steckbrief von ihm ausgehängt worden. „Frohe Feiertage" steht in schwungvoller Schreibschrift darunter und erinnert mich daran, dass nächstes Wochenende Ostern ist. Der Maler entschließt sich nun endgültig weiterzugehen, sucht sich, als wäre er niemals stehengeblieben und ohne sich umzudrehen, gemächlich schlendernd seinen Weg durchs Menschengewühl. Schade, denke ich kurz darauf, weil er nun nicht mehr das glückliche Ende des Ganzen miterlebt, das so unspektakulär, so banal ist wie alle Happyends: Wie ein junges Mädchen aus dem Geschäft kommt und der Hund bei seinem Anblick einen Freudentanz zu vollführen beginnt, sich derwischartig immer wieder um die eigene Achse dreht, was das Mädchen zu einem ihn anfeuernden Sich-auf-die-Schenkel-Schlagen veranlasst, und wie beide dann im Gedränge verschwinden.

Von meinem Balkon aus sehe ich, wie die Bewohner des Häuserblocks ihren täglichen Verrichtungen nachgehen. Wie sie den Müll wegbringen und mit Körben vor den Bäuchen oder großen, prallgefüllten Taschen über den Schultern im Waschhaus verschwinden, sich kurze Grüße zuwerfend, wenn sie sich auf dem Hof begegnen, ein kaum sichtbares Kopfnicken, ein schnelles „Hallo", oder mitunter auch grußlos, mit der stummen Ignoranz Fremder aneinander vorbeigehend. Menschen der verschiedensten Nationalitäten bewohnen die vierstöckigen weißgetünchten Häuser mit den wie Schuhkartons daran hängenden Balkonen, doch die räumliche Nähe vermag keine nachbarschaftlichen Verhältnisse zu schaffen, die meisten von ihnen leben ohne Beziehung zu ihren Mitbewohnern in der in ihren Heimatländern üblichen Weise vor sich hin. Nur die alten Mieter, die schon seit Jahrzehnten hier wohnen, bleiben für einen Schwatz auf den die Wiese durchschneidenden Wegen stehen und ihre Wortwechsel über Krankheiten, das Wetter und Neuigkeiten aus dem Viertel fliegen in Fetzen zu mir herüber. Die Zeit hat sich in ihre Körper gegraben, ihnen die Haare weiß gefärbt, ihre Gesichter faltig und eingefallen werden lassen und ihre Rücken gekrümmt. Es sind nur noch wenige von ihnen übrig geblieben und diese wenigen sind zu kraftlos geworden, um für den Erhalt des Althergebrachten zu kämpfen. Sie schauen resigniert weg, wenn jemand, um seinen Müll wegzubringen, über die Wiese läuft anstatt die Wege entlang oder wenn Kinder auf ihr Fußball spielen, schließen die Fenster, wenn laute fremde Musik durch die Anlage schallt. Auf ihre Stöcke gestützt das Schwinden ihrer Lebenskräfte tapfer ignorierend, kämpfen sie sich durch eine Welt, die nicht mehr die ihre ist.

Rita, die Hauswartin des Blocks, durchquert mit Eimer und Schrubber in den Händen den Hof und verschwindet in einem der Hauseingänge. Wie immer trägt sie eine ihrer Latzhosen, von denen sie ein ganzes Sortiment in verschiedenen Farben besitzt und die ihrer ohnehin rundlichen Gestalt etwas Kugelhaftes geben. Ihr Gesicht ist vom Arbeitseifer gerötet und die stoppelkurzen roten Haare stehen ihr wirr um den Kopf herum. Ich sinke unwillkürlich tiefer in meinen Sessel hinein, um nicht von ihr gesehen zu werden, will von niemandem der Blockbewohner gesehen werden, Tatmenschen allesamt, die mich für faul hielten, an einem Werktagvormittag auf meinem Balkon sitzend, sich fragen würden, ob ich keine Arbeit hätte. Aber vielleicht denke ich so etwas auch nur, weil ich mir selbst ganz nutzlos vorkomme mit den vor mir auf dem Tisch ausgebreiteten Notizbüchern und der Klemmmappe mit dem weißen Papier auf meinen Knien, wieder einmal nicht weiß, ob es mir während der Schreibzeit gelingen wird, meine Gedanken zu zähmen und stimmige Sätze aus ihnen entstehen zu lassen. Was habe ich überhaupt zu sagen? Wird sich das Durcheinander in meinem Kopf überhaupt zu einem Ganzen zusammenfügen lassen? Schreiben ist äußerliches Nichtstun, denke ich, und innerlich das Schwerste, was es gibt.

Hinter dem Waschhausfenster schiebt eine Frau ein großformatiges Stoffstück durch die Mangel, ein Laken, einen Bettbezug oder eine Tischdecke, zieht es mit weit vorgebeugtem Oberkörper und seitlich ausgestreckten Armen auseinander, damit es faltenfrei durch die Rolle läuft. Die Hingabe, mit der sie sich dieser Tätigkeit widmet, berührt mich auf eine eigenartige Weise und ich beneide sie um die Sichtbarkeit ihres Tuns und um dessen Einfachheit, um die Struktur, die ihr Leben durch diese immer wiederkehrenden Verrichtungen bekommt. Schreiben ist Zeitverschwendung, denke ich, und verhindert zudem, weil sich der Erfolg der Wortsuche nicht voraussagen lässt, einen planvollen Umgang mit den Stunden. Kommt die kinderreiche Inderin von nebenan, der die schwarzen Haare lang den Rücken hinab fallen und die eben erst mit einem Korb im Waschhaus verschwunden war, tatsächlich schon wieder mit den sauberen, ordentlich gefalteten Stücken dort heraus? Hat Rita, die etliche Male, um ihren Eimer frisch mit Wasser zu füllen, über den Hof gelaufen war und nun unkrautzupfend das Rosenbeet entlang rutscht, tatsächlich schon alle Treppenhäuser gewischt?

Als ich noch zu ihr gegangen war, hatte ich gehofft, dass sie mir helfen würde, meine Worte zu finden. Hatte gedacht, dass, wenn ich über mich spräche, alles Falsche und Fremdbestimmte von mir abfiele und sie darunter zum Vorschein kämen. Aber sie hatte nicht verstanden, weshalb ich, obwohl ich mich in gewählter, differenzierender Weise auszudrücken verstand, keine Sprache für das Eigene hatte. Einmal war sie mitten in einem Gespräch aufgesprungen und hatte in großen Buchstaben ein ICH auf den an der Wand hängenden Papierblock gemalt und es eingekreist, dann ein WILL SCHREIBEN mit einem weiteren Kreis umschlossen, beide Kreise mit einem Pfeil verbunden, und mich in der Erwartung, dass ich das Schaubild vervollständige, erwartungsvoll angeschaut.

Der Wind bewegt die Zweige der Kastanie vor meinem Balkon wie Arme auf und ab. Sonnenflecken tanzen, vom Blätterdach gefiltert, im Gras. Nachmittags kommen die Mütter mit ihren Kindern in die Anlage, rücken sich die weißen Plastikstühle auf der Wiese zurecht und unterhalten sich mit lauten, aufgebracht klingenden Stimmen, während die Kleinen den Sandkasten erobern, Fußball oder Fangen spielen. Meist flüchte ich dann ins Wohnungsinnere. Ebenso, wenn Rita den Rasenmäher über die Wiese schiebt oder die Häckselmaschine anwirft, totes Geäst in das knatternde Zerkleinerungswerk stopft, wobei sie Ohrenschützer trägt, die wie voluminöse Kopfhörer aussehen, und eine Brille in einer übergroßen Version derer, die man zum Schwimmen trägt. Es gibt kaum ein Geräusch, das mit dem Schließen des Fensters nicht schlagartig abzuschneiden wäre. Von einer Sekunde zur anderen wird es völlig still im Zimmer. Dass ich eine Wohnung zum Meditieren hätte, hatte Karla einmal gesagt, was eine Folge der Schallschutzfenster ist, mit denen, als der nahe gelegene Flughafen noch in Betrieb gewesen war, alle Häuser dieser Gegend ausgestattet wurden. Wie ein Stummfilm läuft nun das Hofgeschehen vor meinen Augen ab, und in den ersten Minuten weiß ich nicht, was schwerer zu ertragen ist: die Geräusche draußen oder das Abgeschnittensein von ihnen, das plötzliche ablenkungslose Zurückgeworfensein auf mich selbst. Das Blatt vor mir auf dem Tisch ist noch unbeschrieben oder bereits mit Worten gefüllt, mit wieder durchstrichenen Sätzen, sternchengekennzeichneten Ergänzungen und an den Rand Gekritzeltem. Jeder Satz ist im Augenblick des Hinschreibens ein Sieg über die Sprachlosigkeit und wird dann, gedreht und gewendet, häufig als unbrauchbar verworfen. Es hält mich nicht an meinem Platz, ich beginne, durch die Wohnung zu laufen, von einem Raum in den anderen und wieder zurück, ruhelos wie eine Löwin im Käfig, mit der brodelnden Last des Ungesagten in mir. Ich koche mir einen Kaffee oder einen Tee, schmiere mir ein Brot oder schiebe eine Süßigkeit in den Mund, drehe mir immer wieder aufs Neue eine Zigarette. Manchmal schalte ich sogar den Fernseher ein, zappe ein paar Minuten lang durch die Programme und staune über die Leichtigkeit, mit der dort das Leben in all seinen Variationen verhandelt wird. Oder ich lasse mich, von der Anstrengung des Wortesuchens erschöpft, zu Boden sinken und fahre mit den Handflächen das Teppichmuster entlang, bis sich ein Ball aus Staub, Fusseln und Haaren in ihnen gesammelt hat und ich etwas in den Händen halte.

Die Nächte in ihrer undurchdringbaren Schwärze. Wenn ich in ihnen erwachte, war es mir, als sei die Welt verschwunden, obwohl ich natürlich wusste, dass sie sich nur verbarg und mit Beginn des neuen Tages wieder unverändert zum Vorschein käme. Stück für Stück die Schlafbenommenheit verdrängend, kehrte, was geschehen war, ins Bewusstsein zurück. Es gibt kein Entkommen, dachte ich, keine Möglichkeit eines zeitweiligen Rückzuges aus der Welt. Wie unter einer Glasglocke hielt sie einen gefangen und umgab einen selbst noch im Finstern mit ihrer starren Wirklichkeit.

Es war, als hätte die Luft in der Wohnung eine zähe, dickflüssige Konsistenz angenommen, die das Atmen schwer machte. Ich öffnete die Balkontür und trat hinaus, doch auch dort war es nicht besser. Windstille sommerliche Schwüle schlug mir entgegen und meine Augen konnten selbst nach Minuten, außer einigen auf die Existenz anderer nächtlicher Schlafloser hinweisenden erleuchteten Rechtecken, nichts Umrisshaftes im Häusergeviert ausmachen. Es herrschte

Totenstille und plötzlich bekam ich Angst, ersticken zu müssen an meiner Weltgefangenschaft, in die dicken steinernen Wände meines Hauses gesperrt und mit den Stockwerken der meinen identischen Wohnungen über mir, der Erde nah, in die ich versänke, wenn das Haus über mir zusammenbräche.

Ich kannte diese Angst bereits, sie hatte schon etliche Male, sich mit einem Engegefühl in der Brust ankündigend, von mir Besitz ergriffen und war erst durch langes, ruhiges Ein- und Ausatmen im Freien wieder zu vertreiben gewesen. Seit früher Kindheit hatte das Eingeschlossensein Panikgefühle in mir ausgelöst, die sich im Laufe der Jahre so weit ausweiteten, dass ich fensterlose Räume mied, allen undurchschaubaren Verriegelungssystemen misstraute und mich beim Zuschlagen einer Tür ein Schrecken durchfuhr. „Ich bin klaustrophobisch", sagte ich gewöhnlich, wenn ich, anstatt wie die anderen den Fahrstuhl, die Treppen nahm oder eine Freundin bat, sich vor die Tür einer öffentlichen Toilette zu stellen, die ich nicht abzuschließen wagte, froh darüber, dass es für mein Verhalten einen Namen gab, der mir weitere Erklärungen ersparte. Ich erinnerte mich an frühere Raufereien, das unter Gleichaltrigen übliche Kräftemessen, bei dem derjenige gewann, dem es gelang, den Gegner niederzuzwingen und ihn bis zehn auszählend am Boden zu halten. Ich hatte als Kind, um meine Unterlegenheit wissend, derartige Auseinandersetzungen nie gesucht, sondern war in sie hineingezwungen worden, provozierend geboxt und geschubst, bis ich schließlich auf dem Rücken gelegen und den Körper des anderen Kindes steinschwer auf meinem Brustkorb gespürt hatte, es mir triumphierend die Arme über dem Kopf auf die harte Erde gepresst und mein Flehen, von mir abzulassen, weil der Kampf zu einem ordnungsgemäßen Ende gebracht werden musste, unbarmherzig ignoriert hatte.

Wann hatte ich zu stottern begonnen? Nicht schon als Kleinkind, in der Sprechlernphase, in der einem die fremden Laute nur schwer über die Zunge kommen, sondern erst später, als mir die Sprache bereits geläufig gewesen war, mit zehn oder elf Jahren vielleicht.

In der Zeit, als wir unsere erste eigene Wohnung bezogen hatten, die Mutter und ich, musste es gewesen sein, eine im vierten Stock eines schmucklosen Nachkriegsbaues gelegene Eineinhalbzimmerwohnung, die wir nach fünf Jahren zur Untermiete bei einer launischen alten Dame zu etwas Schlossartigem verklärt hatten. „Nun haben wir unser eigenes Reich", hatte die Mutter beglückt ausgerufen, „können einfach die Tür hinter uns zu machen", und ich hatte zum ersten Mal in meinem Leben ein eigenes Zimmer bekommen. Plötzlich, von einem Tag auf den anderen beinahe, und ohne dass diesem Phänomen anfangs Beachtung geschenkt worden war, hatten sich die Worte mir zu verweigern begonnen, mir ihre Verfügbarkeit entzogen und sich nicht mehr nach Belieben gebrauchen lassen. Hatten, festgekrallt wie Kletten in meinem Innern gelegen und waren nur unter Zusammenballung des ganzen Körpers, mit kurzatmigen Druckwellen in sich stakkatohaft wiederholenden Silben hervorzupressen gewesen. „Karpfen" hatten mir die anderen Kinder auf dem Schulhof hinterhergerufen und mein verkrampftes Mundaufreißen nachgeahmt, und der Klassenlehrer hatte mir, erbost über meine Verwandlung von einer unauffälligen Schülerin in einen Problemfall, ein wütendes „Sprich endlich vernünftig" zugezischt. „Gut gemacht!", „Ich freue mich!" und „Bravo!" hatte er bisher unter meine fehlerlosen Diktate geschrieben und mir darüber hinaus keine weitere Beachtung geschenkt, und nun war etwas geschehen, was mich aus meiner Unsichtbarkeit herausriss.

Die Mutter war mit mir in die Klinik für Stimm- und Sprachkranke gefahren, einem in einer Villengegend gelegenen, von hohen Tannen verdunkelten Flachbautenkomplex, in dem wir lange herumirren mussten, ehe wir das Zimmer fanden, in das man uns bestellt hatte: einen mit weißen Schubladenschränken und schwarzen Stühlen karg möblierten Raum, wo hinter einem großen chrombeinigen Tisch eine Frau in einem weißen Kittel saß. Ein Schwarzweißzimmer, hatte ich gedacht, dem sich auch die Frau in ihrer Bekleidung und mit ihren schwarzglänzenden Haaren und der schwarzrandigen Brille angepasst zu haben schien. „Doktor Verhoeven", stellte sie sich vor und wies uns zwei Stühle zu, während sie sich selbst in ihren schwarzen Ledersessel zurücksinken ließ. Das heißt, zuvor hatte sie uns ihre Hand entgegengestreckt, die, wie wir mit jähem Schrecken gesehen hatten, keine normale Hand, sondern ein klumpenartiges Gebilde mit groben Einkerbungen anstelle der Finger gewesen war und auch nicht das Ende eines Armes üblicher Länge gebildet, sondern nahe der Schulter aus dem hochgekrempelten Kittelärmel hervorgeschaut hatte, so dass sie sich für die Begrüßung weit über den Tisch gebeugt hatte. Wir hatten sie kurz ergriffen, erst die Mutter, dann ich, zaghaft, als sei sie durch festes Zupacken noch mehr zu deformieren, und dann war der Handklumpen über den Falz

77

der über mich angelegten Akte immer wieder über die rote Pappe gefahren, bis sie aufgeschlagen liegen geblieben und das weiße Papier in ihr zum Vorschein gekommen war.

Frau Dr. Verhoeven hatte alles über mich wissen wollen: Wann ich sauber gewesen war, zu sprechen begonnen hatte, ob ich Freunde hatte und womit ich mich in meiner Freizeit beschäftigte, wobei sie ihre Fragen ausschließlich an die Mutter gerichtet und mich keines Blickes gewürdigt hatte, so dass ich mir nach einer Weile ganz überflüssig vorgekommen war, ja schlimmer noch, zu einem Untersuchungsobjekt degradiert gefühlt hatte, zu jemandem, über dessen Schicksal man, ohne ihn als Person wahrzunehmen, verhandelte. Die Mutter hatte folgsam Auskunft gegeben, und Frau Dr. Verhoeven, den Stift aufrecht in eine Fingerkerbe gesteckt, sich tief über ihre Akte gebeugt und alles auf dem weißen Papier festgehalten, das sich mehr und mehr mit ihrer großen, krakeligen Schrift gefüllt hatte. Ihre Körperhaltung und wie sie den Stift fest auf das Papier drückte, hatten etwas kindlich Emsiges gehabt und mich an die ersten Schreibversuche eines Schulanfängers denken lassen. Ich weiß noch, dass ich am liebsten aufgesprungen und hinausgelaufen wäre aus diesem Verhörzimmer, in dem man mich ohne mein Zutun wie ein Puzzle zusammensetzte. Ohne mich zu rühren, wie festgeklebt, war ich jedoch auf meinem Stuhl sitzen geblieben, vielleicht von dem Gefühl gelähmt, dass man mir in diesem Raum zumindest wohlgesonnen sei, oder von der Ernsthaftigkeit, mit der man sich mit mir beschäftigte, vom vermeintlichen Wissen der Erwachsenen, was gut für mich sei, wie mit unsichtbaren Stricken gefesselt. Sowohl das Gesicht von Frau Dr. Verhoeven als auch das der Mutter hatte einen bekümmerten Ausdruck angenommen und mit jedem ans Licht kommenden Detail meiner Entwicklung schienen sich ihre Mienen mehr zu verdunkeln. Doch während Frau Dr. Verhoeven darüber hinaus eine überlegene Strenge, ja etwas Vorwurfsvolles ausgestrahlt hatte, war die Mutter immer hilfloser und schuldbewusster geworden und immer mehr in sich zusammengesunken und hatte mit ihrer gesamten Ausstrahlung kundgetan, dass sie den Anweisungen der Ärztin bedingungslos zu befolgen bereit war.

Der Vater war zur Sprache gekommen. Wann er uns verlassen hatte und warum. Mir hatte der Atem gestockt. Kannte die Neugierde dieser Frau denn gar keine Grenzen? Merkte sie gar nicht, dass sie der Mutter mit ihren Fragen weh tat? Seit ich denken konnte, war das Thema „Vater" ein Tabu gewesen; es hatte ihn ganz einfach nicht gegeben in unserer Zweisamkeit. Früher hatte ich manchmal noch nach ihm gefragt, doch der Blick der Mutter hatte dann stets etwas Verklärtes angenommen, und wenn sie von ihm sprach, hatten sich Enttäuschung und Sehnsucht in ihrer Stimme in einer für mich nicht zu entschlüsselnden Weise vermischt. Dass sie sich ihr Leben anders vorgestellt hätte, hatte sie dann erklärt, sich einen Mann gewünscht hätte, der das Geld verdiente, um sich ganz mir widmen zu können. Ein Gefühl von Peinlichkeit hatte jedes Mal in der Luft gelegen, so dass ich irgendwann aufgehört hatte, nach ihm zu fragen und es außer der wenigen Fotos, die von ihm existierten, nichts mehr gegeben hatte, was auf ihn hinwies.

Nur einmal wäre es fast zu einer Begegnung mit ihm gekommen, an einem Nachmittag mitten in der Woche, als wir die Großeltern mit einem Besuch überraschen wollten, die Mutter und ich, und er mit seiner neuen Frau ebenfalls gerade dort gewesen war. Ich weiß nicht mehr, wie alt ich zu jenem Zeitpunkt gewesen war, nur noch, dass uns der Großvater den Eintritt verwehrt und ich durch die Ritzen, die seine breite Gestalt im Türrahmen ließ, neugierig in die plötzlich seltsam unvertraut wirkende Wohnung gespäht, im Korridor nach Vaterspuren, seinem Mantel an der Garderobe oder seinem Hut auf der Ablage, gesucht hatte. Es war dem Großvater sichtlich unangenehm gewesen, uns wieder wegschicken zu müssen, und er hatte dies wort- und gestenreich zu erklären versucht. Dennoch hatte ich damals nicht verstanden, weshalb ein Zusammentreffen mit dem Vater so vehement zu verhindern gewesen war.

Die Mutter hatte jedoch auch zum Vaterthema nicht die Auskunft zu verweigern gewagt und plötzlich war mir der Gedanke gekommen, dass diese merkwürdige Ärztin Menschenschicksale sammelte wie andere Leute Briefmarken, dass sie denen, die zu ihr kamen, mit ihren bohrenden Fragen das Leben entriss und es in Akten wie der, die sie gerade über mich anlegte, festhielt, um es dann in einem der Schubladenschränke im Raum verschwinden zu lassen, ja, dass, wenn man die Schubladen aufzöge, winzige Menschen zum Vorschein kämen, wie Schmetterlinge nach Sorten oder Farben, nach einem ausgeklügelten diagnostischen System sortiert, mit Nadeln auf samtene Platten gespießt. Dass sie sich auf diese Weise an deren äußerlicher Unversehrtheit rächte.

„Ein eigenes Bett hatte sie doch aber, oder?"

Frau Doktor Verhoeven hatte den Kopf gehoben, so dass ihre wie ein Vorhang ins Gesicht fallenden schwarzen Haare nach hinten geflogen waren, und die Mutter, die von den Jahren im Untermiet-zimmer berichtet hatte, streng angeschaut. Erneut hatte mir der Atem gestockt, dann war Wut in mir aufgestiegen. Das hat die Mutter nicht verdient, dass man ihr unterstellte, mir nicht alles, was ein Kind brauchte, geboten zu haben. Was wusste diese höchstwahrscheinlich kinderlose Ärztin denn schon von den Anstrengungen, die es die Mutter in all den Jahren gekostet hatte, uns durchzubringen, von ihren langen, harten Arbeitstagen? Sicher war sie niemals arm gewesen und kannte schon gar nicht die Geringschätzung, der man ausgesetzt war, wenn man, ohne verheiratet zu sein, ein Kind großzog. Sie hatte gewiss immer nur Anerkennung in ihrem Leben erfahren, Bewunderung dafür, es trotz ihrer körperlichen Beeinträchtigung so weit gebracht zu haben. Keine Ahnung hatte sie davon, was ich alles besessen hatte: Die Türen meines Spielzeugschrankes hatten sich fast nicht schließen lassen, so voll war er gewesen, auf dem Regal über meinem Bett hatten unzählige Stofftiere und Puppen gesessen, und dann hatte es noch Jackie und Hänschen, die beiden Wellensittiche gegeben, die laut zwitschernd in ihrem Käfig hin und her gehüpft waren, eigens angeschafft, damit ich etwas Lebendiges um mich hätte, wenn ich mittags aus der Schule kam. Und zu Weihnachten hatte ich einmal eine Puppe bekommen, die außer mir niemand gehabt hatte. Wenn man an einer Schnur auf ihrem Rücken zog, hatte sie Sätze wie „Ich hab' dich lieb", „Ich habe Hunger" oder „Ich bin so müde" gesagt. Ganz neu war so etwas damals gewesen, und wenn ich mit der Mutter einkaufen gegangen war, hatte ich sie mitgenommen und mir einen Spaß daraus gemacht, in einem Laden voller Leute an der Schnur zu ziehen, hatte die Verwirrung genossen, die dies ausgelöst hatte, und das allgemeine Staunen, wenn ich das Geheimnis schließlich lüftete.

„Warum hütest du nicht mal ein Baby?"

Sie hatte das Wort an mich gerichtet. Hinter den dicken Brillengläsern waren ihre Augen unnatürlich vergrößert gewesen, so dass ihr Blick etwas Unheimliches gehabt hatte. Die Mutter hatte erzählt, dass ich kleine Kinder mochte, und nun nutzte sie diese Information, um am Schluss unserer Konsultation noch auf billige Weise mit mir anzubändeln, hatte ich gedacht.

„Ich habe in deinem Alter oft Babys gehütet." Und, als erriete sie meine Überlegung, wie das mit fehlenden Armen und den Handklumpen wohl möglich gewesen sei, hatte sie mit einem Drehen des Kopfes zur rechten und linken Schulter ergänzt, so geboren worden zu sein, aber dennoch alles, was ihr wichtig gewesen war, in ihrem Leben getan zu haben.

Danach war ich zu Frau Zopf gekommen. Ein Jahr lang hatte ich mich jeden Donnerstagnachmittag um vier auf eine schwarze Kunstledercouch legen und die tiefe Bauchatmung einüben müssen. Frau Zopf hatte sich neben mich gesetzt, ihre Hand auf die Stelle meines Körpers gelegt, bis zu der mein Atem fließen sollte, und mit der herausströmenden Luft angepasste, in Stücke zerlegte Sätze vorgesprochen: „Frühling lässt sein blaues Band ... wieder flattern durch die Lüfte ... süße, ungeahnte Düfte ... streifen ahnungsvoll das Land." Auch sie hatte einen weißen Kittel getragen, nur hatte der, im Unterschied zu dem von Frau Dr. Verhoeven, anstelle eines Kragens ein den Hals eng umschließendes Bündchen gehabt und war, im Rücken zusammengebunden, von der Art gewesen, wie ihn Ärzte in Grün zum Operieren trugen. Ich hatte überlegt, ob sich an der Verschiedenartigkeit der Kittel eine Hierarchie der hier Tätigen ablesen ließe. Frau Zopf hatte seltsam teilnahmslos gewirkt, fast gelangweilt, mit maschinenhafter Routine ihr Übungsprogramm abgespielt. Beidseitig von weißen Wänden umgeben, der gekalkten, harten Zimmerwand und der weichen, hügeligen ihres Körpers, hatte ich nach ihrem Blick gesucht, meine Augen zu ihrem Gesicht hinaufwandern lassen, das von marmorner Blässe gewesen war und etwas Statuenhaftes gehabt hatte mit dem zu einem strengen Knoten gebundenen grauen Haaren. Mir war plötzlich der Gedanke gekommen, dass vielleicht alle sich in diesem düsteren Häusergefüge Befindenden etwas an sich hatten, das sie von den Menschen draußen unterschied, etwas Anormales, dass sie es deshalb niemals verließen und sich im Laufe der Zeit zu der Welt entfremdeten Wesen entwickelt hatten. Überzogen nicht dunkle, narbengleiche Schatten den aus dem hochgeschlossenen Kittelstoff herausragenden Teil ihres Halses und züngelten wie Flammen an ihm empor? Und weshalb, wenn nicht, um einen körperlichen Makel zu verbergen, trug sie überhaupt ein solches bis auf Kopf, Hände und Füße alles verdeckendes Kleidungsstück? Sie hatte meine kontaktsuchenden Blicke nicht erwidert, sie wahrscheinlich nicht einmal bemerkt in ihrer inneren Abwesenheit. Ihr Mund hatte die immergleichen Sätze geformt und ihre Hand schwer wie ein Stein auf meinem Bauch gelegt. Ich hatte ihn, ihrer Anweisung gemäß, kraftvoll einatmend zu einem Berg werden lassen, von dessen Gipfel die ihn okkupierende Hand hinabstürzen, und beim Wiederausatmen zu einer Schlucht, in die sie fallen sollte, hatte sie haltlos machen wollen im schnellen Wechsel des Auf und Ab. Manchmal hatten wir beieinandergestanden und, während ihre eine Hand, als wäre er ein Blasebalg, in kurzer Folge auf meinen Bauch drückte, hatte sie mit der anderen Hand meinen Rücken abgestützt und mich kurze, kraftvolle Laute ausstoßen lassen: „Pi-pa-po ... Ha-hi-hu ... Ta-ta-ta".

Vielleicht hatte ich Frau Zopf nur deshalb von Fräulein Matz erzählt, weil ich die Diskrepanz zwischen unserer körperlichen Nähe und unserer sonstigen Verbindungslosigkeit irgendwann nicht mehr aushielt.

Ich war inzwischen aufs Gymnasium gewechselt und Fräulein Matz war meine Lateinlehrerin gewesen. Wenn sie in soldatischer Haltung, mit eng aneinander gepressten Beinen, in engem Rock, karierter Bluse und ihre geringe Größe überspielenden Absatzschuhen vor der Klasse stand und ein SALVETE DISCIPULI in sie hineinrief und ihr unter dem Gescharre zurückgeschobener Stühle der sich von ihren Plätzen erhebenden Schüler ein SALVE MAGISTER erwidert wurde, hatte mich ein wohliges Schaudern durchfahren und mein Herz so laut gepocht, dass ich befürchtet hatte, mein Banknachbar könne es hören. Ich hatte ihren in immer gleicher Weise ablaufenden und damit eine verlässliche Erregungskurve garantierenden Unterricht geliebt: Wie sie zu Beginn jeder Stunde die Vokabeln der letzten abfragte, sich dafür einen Schüler herauspickte, der sie, wenn er die Prüfung nicht bestand, zweimal abschreiben und sich beim nächsten Mal noch einmal abhören lassen musste, danach im Lehrbuch PORTA die nächste Lektion durchnahm, wobei zunächst jeder Schüler, der Sitzordnung nach, einen Satz vorlas, und anschließend die grammatischen Neuheiten besprach. Jedes Mal wusste ich, dass ich den Satz, den ich zu lesen hätte, wieder nicht herausbekäme, dass Fräulein Matz mich nach wenigen Sekunden mit einer ungeduldigen Handbewegung stoppen und meine Nachbarin zum Weiterlesen auffordern würde. Ich hatte abgezählt, welcher es sein würde, ihn im Stillen vorgeformt, geschmeidig zu machen versucht, und meine Erwartungsangst hatte sich, je näher die Reihe an mich gekommen war, wie heißer und heißer werdendes Wasser sich dem Siedepunkt näherte, ins beinahe Unerträgliche gesteigert, um sich dann mit ihrer abwinkenden Geste jäh in ein warmes Dankbarkeitsgefühl zu verwandeln. „Sie schont mich", hatte ich gerührt gedacht, „will mich vor den anderen nicht blamieren". Alles, was sie sagte oder tat, hatte mich beeindruckt, jeder ihrer Gesten hatte ich eine tiefere Bedeutung und ein Wissen um die Geheimnisse des Lebens beigemessen. Das Klacken ihrer Absätze auf dem Linoleumboden des Klassenzimmers, wenn sie nach erneuter Überprüfung der Vokabelkenntnisse zum Papierkorb ging und, die Strafarbeit demonstrativ zerreißend, deren Schnipsel wie Schneeflocken in ihn hinein rieseln ließ, war mir als der Abschluss eines bis ins kleinste Detail festgelegten Rituals erschienen, und ihre Art, mit einem Blick durch ihre runde Hornbrille jede Unruhe sofort zu unterbinden, als Ausdruck ihrer unerschütterlichen Lebensregeln. Selbst die Unnachgiebigkeit, mit der sie Verstöße gegen die von ihr aufgestellte Ordnung ahndete, hatte mich für sie eingenommen, weil ich hinter ihrer Strenge etwas Gütiges zu entdecken geglaubt hatte, für das ihr konsequentes Verhalten geradezu Voraussetzung war, einen in harter Schale steckenden weichen Kern.

Es sei für ein junges Mädchen ganz natürlich, dass es seine Lehrerin verehre, hatte Frau Zopf nur gesagt und mir geraten, ihr einmal einen Blumenstrauß mitzubringen.

Nach einem Jahr donnerstagnachmittäglicher Zusammenkünfte hatte sie die Mutter zu sich bestellt und ihr erklärt, nichts mehr für mich tun zu können, mir alle das Sprechen erleichternden Techniken gezeigt zu haben, und dass ich von nun an allein zurechtkommen müsste.

In der Folgezeit hatte ich gelernt, Worte nicht ihrem Sinngehalt, sondern vorrangig ihrer Aussprechbarkeit nach zu wählen, die mit harten, in mir stecken zu bleiben drohenden Konsonanten beginnenden gegen weichvokalige auszutauschen, die bedeutungsähnlich, im allgemeinen Sprachgebrauch jedoch manchmal unüblich waren, was meinen Sätzen etwas Gestelztes gegeben und auf meine Gesprächspartner belustigend gewirkt hatte. Darüber hinaus hatte ich eine Reihe von „Äähhs" und „Naas" vorausgeschickt, die, was ich zu sagen beabsichtigte, wie Gleitmittel passierbar machen sollten. Aber ich hatte ohnehin nur noch dann gesprochen, wenn es nicht zu vermeiden war. Ich war verstummt und zudem in eine Art Handlungsstarre verfallen, die von meiner Umgebung, obwohl ich mich nicht vorsätzlich, aus Überzeugung, sondern aus einem Gefühl der Orientierungslosigkeit den Alltagsanforderungen entzogen hatte, als Verweigerungshaltung gedeutet worden war. Die Zukunft war mir wie ein langer, dunkler Tunnel erschienen, den zu passieren etwas Unvorstellbares gewesen war.

Es tut gut, sich zu erinnern. Die Dinge aus der Rückschau zu betrachten und sie in der Chronologie ihres Geschehenseins nach und nach aufzurollen. So bloßgelegt, lassen sie ein Muster, das Gewebe der eigenen Biografie erkennen.

Ich hatte nichts mehr getan und mich dem Gefüge der dafür vorgesehenen Konsequenzen überlassen. Hatte wegen nicht erbrachter Leistungen die Klasse wiederholen und dann, nachdem sich noch immer nichts verändert hatte, das Gymnasium verlassen müssen und war schließlich auf der Hauptschule gelandet. Im Stillen hatte ich mich darüber gewundert, dass es immer noch einen Ort gab, an dem man mich aufzunehmen bereit war, eine Institution, die sich für mich als zuständig befand, dass man selbst im Versagen nicht ins Bodenlose fiel, sondern von irgendwem aufgefangen und nach dessen Maßgaben irgendwo hingesteckt wurde. Wahrscheinlich hatte es mich, obwohl ich das Regelhafte dieser Eingliederungsmaßnahmen durchschaut hatte, sogar getröstet, nicht völlig aufgegeben zu werden, mich Hoffnung schöpfen lassen, irgendwann einmal an den richtigen Ort zu kommen. So wie ich bei Fräulein Matz gehofft hatte, dass sie, wenn sie mir eine misslungene Arbeit zurückgab, stehen bliebe und mir ihre Hand auf die Schulter legte, irgendetwas tat oder sagte, was mir zeigte, dass ich ihr nicht egal war. An einem der letzten Tage vor den großen Ferien hatte sie ihre Verehelichung bekanntgegeben und mit lapidarer Stimme hinzugefügt, dass es bei Frauen ja anlässlich eines solchen Ereignisses üblich sei, den Namen zu ändern, und sie demzufolge nun nicht mehr Matz, sondern Köhler hieße, und ich hatte enttäuscht gedacht, dass sie auch nur so sei wie all die anderen.

In der Hauptschule waren all jene anzutreffen gewesen, die sich trotz ihres jungen Alters bereits damit abgefunden hatten, dass für sie im Leben nur die billigen Plätze reserviert sein würden. Ein Klima der Resignation hatte dort geherrscht, gepaart mit trotziger Aufsässigkeit und einer aggressiven Abwehr gegen das zu Lernende. Von Kindesbeinen an hatte man den dort Versammelten eingetrichtert, dass sie zu dumm für andere Schulen und dafür bestimmt seien, ihr Geld an Supermarktkassen zu verdienen, in Fabrikhallen, Werkstätten, Putzkolonnen oder hinter Verkaufstresen, so wie es schon ihre Eltern getan hatten und vor ihnen die Großeltern. Dass die Schule nur ein notwendiges Übel sei und das richtige Leben erst danach begänne. Demonstrativ desinteressiert hatten sie in ihren Stühlen gehangen und, sich die Zeit mit Schwatzen und sinnlosem Unfug vertreibend, die Bemühungen der Lehrer, ihnen das vorgeschriebene Mindestpensum nahe zu bringen, an sich vorbeiziehen lassen. Einzig das Hervorheben ihres Äußeren war ihnen wichtig gewesen; wie zur Einübung in die Rollen, die sie in ihrem Leben zu spielen hätten, hatten sich die Mädchen der neuesten Mode entsprechend herausgeputzt und die Jungen ein Machogebaren an den Tag gelegt. Oder hatte ich all dies nur so wahrgenommen, weil ich zuvor die andere Seite kennen gelernt, von jenen gekommen war, in die man große Erwartungen gesetzt hatte, denen von den Eltern die ihnen unerfüllt gebliebenen Wünsche und Ziele eingeimpft worden waren? Von den Ehrgeizigen, deren Zukunft aus einer in noch ungewisser Folge zu erklimmender Stufen auf der Erfolgsleiter bestand, war ich zu den Illusionslosen gewechselt, die ihre begrenzten Möglichkeiten frühzeitig abgesteckt hatten wie zu bearbeitendes Ackerland. Mein Eindringen in die Welt der Hauptschüler war von diesen mit Ungläubigkeit, ja fast mit Entrüstung aufgenommen worden: Wie hatte man nur so tief fallen können, hatten sie sich wahrscheinlich gefragt und gedacht, dass ich selbst schuld sei an meinem Absturz, die Chancen, die ihnen nie gegeben worden waren, leichtfertig verspielt hatte.

Ich hatte mich an Sylvie, meine Banknachbarin, gehalten. Nicht wissend, wie man sich in dieser Schule bewegte, hatte ich sie in der Pause in den Toilettenvorraum begleitet, in dem sich die Mädchen zum Rauchen trafen. Sylvie hatte etwas Starres an sich gehabt, etwas Abgeklärtes, fast so, als wäre sie vorzeitig gealtert, in ihrer verschlafenen Trägheit und ihrem immer gleichen Äußeren, den ihre Rundungen betonenden engen Bügelfaltenhosen und gestreiften Pullovern, ihren am Hinterkopf zu einem sprayfixierten Nest toupierten, rechts und links mit Spangen zurückgehaltenen, ihr fransig auf Rücken und Schultern fallenden Haaren und den durch dicke schwarze Lidstriche beschwerten Augen. Dass sie nach der Neunten abgehen und ihren Freund heiraten wolle, hatte sie mir schon bald erzählt, und dass sie dann so schnell wie möglich ein Kind bekommen wolle. Einen Beruf bräuchte sie nicht zu lernen, weil Eckhard, ihr Freund, bei BRENNINKMAYER eine Ausbildung zum Einzelhandelskaufmann mache und genug Geld für sie beide verdienen würde. Während des Unterrichts hatte sie, als befände sie sich bereits in ihrem vorausgeplanten Leben, mit abwesendem Gesichtsausdruck dagesessen; erst mit dem Läuten der Pausenglocke war sie aus ihren Träumen geweckt worden, hatte in den über der Lehne hängenden Stoffbeutel gegriffen, die MARLBORO-Packung hervorgeholt und, während sie steifbeinig aus der Klasse ging, mit ihren langen gelblichen Fingernägeln eine Zigarette herausgezogen.

Der Toilettenvorraum war von Rauchschwaden durchzogen, so dass die sich darin befindenden Mädchen nur schemenhaft auszumachen waren, an Wände gelehnt oder auf dem Boden sitzend und zumeist schweigend, als seien sie erschöpft von der Anstrengung des Hinweghörens über alles, was man ihnen beizubringen versuchte. Nur vereinzelt flogen, Bällen gleich, die sie einander zuwarfen, Worte hin und her, Schlagfertigkeiten, mit denen sie sich zu behaupten versuchten. Durch die Fensterschlitze unter der Decke bohrte die Sonne ihre spitzen Strahlen in die nebulöse Luft und ließ nach und nach immer mehr vom schäbigen Ambiente erkennen: mit obszönen Zeichnungen und Liebesschwüren bekritzelte Wände, schmutzblinde Spiegel über zersprungenen Keramikwaschbecken, einen kippenübersäten Fliesenboden.

Ich hatte meine Augen über ihre lässig hingefläzten Körper wandern lassen und mich gefragt, wie sie wohl in ein paar Jahren leben würden, diese Mädchen, die schon jetzt so wirkten, als könnte sie nichts mehr überraschen, so von Überdruss und Langeweile erfüllt schienen in ihrer neugierdelosen Abkehr von allem, was Bildung verhieß, hatte mich in den Verlauf ihrer künftigen Tage hineinphantasiert: Wie sie im Morgengrauen, die Müdigkeit in den Gesichtern mit routinierter Eile überschminkt, zu ihren Arbeitsstätten führen, in Bussen und Bahnen, lethargisch vor sich hinblickend oder die ihnen das Weltgeschehen in tendenziös vereinfachter Weise präsentierende Zeitung im verkehrsmitteltauglichen Format entfaltend, zwischen ihresgleichen säßen, wie sie die immer gleichen zeitgetakteten Tätigkeiten ausführten, mit denen sie ihr Geld verdienten, sich ihnen ins Bewusstseinslose eingefressene Handgriffe, auf dem Nachhauseweg die Einkäufe erledigten, ihre Kinder aus den Betreuungsstätten holten und heimwärts zerrten; hatte mir ihre an Küchentischen eingenommenen Mahlzeiten ausgemalt, ihre Abende vor dem Fernseher und Wochenenden im Familienkreis oder mit Freunden, ihre Verabredungen zu Kinobesuchen, Straßenfesten oder anderen gängigen Freizeitaktivitäten. Ihre Wohnungen wären in der üblichen Weise eingerichtet, enthielten alles, was dem Zeitgeist nach in sie hineingehörte: ausladende Sitzgarnituren, Schrankwände mit gerahmten Hochzeitsbildern, den Fotos der Kinder sowie dem TV-Gerät und der Stereoanlage darin, weil der Besitz von Dingen ihnen Halt gäbe, ja alleiniges Ziel ihrer täglichen Fron wäre.

Die Großeltern waren mir eingefallen, in deren gleichförmiges, ordentliches Leben ich mich als Kind hatte hineinfallen lassen wie in ein dickes, weiches Kissen. Vielleicht würde ihr Leben wie das der Großeltern sein, hatte ich gedacht, von fragloser Beständigkeit bestimmt und einem unerschütterlichen Gefühl, am rechten Platz zu sein, einer von jeglichem Zweifel befreiten Sicherheit, die allein die Beschränkung auf das Sichtbare schenkte.

Wenn die Mutter und ich sonntags bei den Großeltern zum Mittagessen eingeladen waren, hatte uns der Duft gebratener Schnitzel und in Butter gedünsteten Gemüses bereits im Treppenhaus umfangen. Die Großmutter hatte wunderbar kochen können. Während sie in der Küche hantierte, hatte der Großvater im Wohnzimmer seine Patience gelegt und ich hatte mich neben ihn gesetzt und ihm zugesehen, wie er die buntbebilderten Karten mit einem leisen Schnipsgeräusch in vertikalen Reihen ablegte, und dabei seinen schnaufend aus der Nase gestoßenen Atem gehört, auf die schwarzgekräuselten Haare seiner Handrücken geschaut und auf den sich kringelnden Rauchfaden seiner im Aschenbecher verglimmenden Zigarette, die er dann irgendwann, zufällig hochblickend, durch ein kurzes Drücken des Versenkknopfes zum Verschwinden gebracht hatte.

Das nachmittägliche Kaffeetrinken hatte, im Unterschied zur im winzigen Esszimmer eingenommenen Mittagsmahlzeit, in der Sofaecke stattgefunden, oder bei schönem Wetter auf dem Balkon, sonnenbeschirmt und mit einem roten Geranienmeer vor Augen. Danach hatte sich der Großvater meist ans Klavier gesetzt, ein schmales, neben dem Fenster an der Wand stehendes nussbaumfarbenes Möbelstück, über dem ein Bild des Flötenkonzerts von Sanssoucis gehangen hatte. Um die vor ihm liegende Freizeit zu füllen, hatte er es sich nach seiner Pensionierung gekauft, und wenn er FÜR ELISE oder die KLEINE NACHTMUSIK darauf anstimmte, hatten die Großmutter, die Mutter und ich überhört oder nicht einmal bemerkt, dass sein Anschlag hölzern war und er nicht immer den richtigen Ton traf. Die Blätter der Grünpflanzen auf der Marmorfensterbank hatten, von schweren Samtvorhängen umrahmt, stäubchenfrei geglänzt und die Gardine darüber im Luftzug gezittert; in den Polstern der Couchgarnitur hatte man behaglich versinken können, den Tisch davor hatte eine Brokatdecke bedeckt und dicke, kostbar aussehende Teppiche hatten auf dem Boden gelegen. Alles in der großelterlichen Wohnung war mir wie für die Ewigkeit gemacht erschienen, als genaues Gegenteil der billigen Sperrholzeinrichtung, in der die Mutter und ich lebten, und um zu testen, ob mein Eindruck der Wirklichkeit standhielte, hatte ich mich voller Ausgelassenheit in ihr bewegt, wissend, dass ich ohnehin der Mittelpunkt unserer sonntäglichen Zusammenkünfte war, sie nur stattfanden, weil es mich gab; ich war der Fixstern, um den die Älteren kreisten, in meiner noch alles möglich erscheinen lassenden Jugendlichkeit, ihr Objekt für die Realisierung des Nichterreichten. Wie eine in immer andere Rollen schlüpfende Schauspielerin hatte ich mich den Dreien präsentiert, mich ihnen in immer neuen Selbsterfindungen dargeboten, war irgendwann sogar bis ins großelterliche Schlafzimmer vorgedrungen und unter die hoch aufgeschüttelten Federbetten gekrochen, in eine vom Sonnenlicht orange gefärbte Höhle, hatte die Türen des Kleiderschrankes aufgerissen und die ordentlich Kante auf Kante gefaltete Wäsche darin betrachtet, die gestapelten Hemden und Pullover, die auf Bügeln hängenden Blusen, Kleider, Jacken und Röcke, dann wahllos Stücke hervorgezogen, mich darin eingehüllt und mich ihnen in diesen Verkleidungen gezeigt; der Großvater hatte bedächtig die Nadel des Plattenspielers auf die sich drehende schwarze Scheibe sinken lassen, und dann hatte ich zu den Klängen von MY FAIR LADY das Teppichmuster entlang getanzt, mein wohlwollendes Publikum in der Sofaecke.

Dass man vielleicht gar nicht überleben könne, wenn man sich auf eine solch unerklärbare Weise anders als alle anderen Menschen um einen herum empfindet, hatte ich manchmal gedacht. Und dass dann all meine Anstrengungen, einen Platz in der Welt zu finden, vergebens seien, weil das Scheitern etwas mir von Anfang an Vorausbestimmtes wäre.

Sie sei meine letzte Instanz, hatte ich ihr gleich zu Beginn unserer Zusammenkünfte in der Ladenwohnung gesagt, wissend, dass ich mich einer solchen Verständigungsprozedur nicht noch einmal aussetzen würde. Hatte mich erinnert, wie viel Kraft mich jeder meiner Versuche, mich einem anderen nahe zu bringen, gekostet und dass es immer einer inneren Stabilität bedurft hatte, mich ihnen auszusetzen. Dass ich mich nie, wie allgemein üblich, in einer Krise, sondern immer nur, wenn es mir besonders gut gegangen war, dazu entschlossen hatte, wenn etwas verheißungsvoll Neues in mein Leben getreten war, das mir den Impuls dazu gegeben hatte, nun auch das ungeklärt gebliebene Alte anzugehen, und dass es mir nie um etwas Einzelnes gegangen war, sondern immer um das Ganze, um mein gesamtes In-der-Welt-Sein, dass ich mich mit allem, was mich ausmachte, zur Disposition stellen zu müssen geglaubt hatte.

Ihre Reaktion auf mein Bekenntnis war fast ein Aufschrei gewesen, ein es mit erhobenen Händen und gespreizten Fingern von sich schiebendes Abwehren. Sie könne für niemanden die letzte Instanz sein, hatte sie entgegnet, dieser Anspruch wäre ihr einfach zu hoch.

„Ich kann sogar verstehen, dass sie sich gegen diese überhöhte Bedeutung, die ich unseren Gesprächen gebe, zur Wehr setzt", hatte ich später zu Ruth am Telefon gesagt, „aber sie hätte sich zumindest fragen können, was mich zu einer solchen Aussage brachte." Hatte mich dann in Rage zu reden begonnen: Dass sie stets geglaubt hatte, die Überlegene sein zu müssen und nichts, was diese Rolle gefährdete, an sich herangelassen hatte, man jedoch, um sich auf einen anderen Menschen einzulassen, ein Stück von sich selbst absehen, quasi aus sich heraustreten müsse, ja eigentlich nicht ich, sondern sie die Unwissende hätte sein, mir einfach nur hätte zuhören sollen, anstatt mir ihre standardisierten Lebensregeln aufzupfropfen. Und Ruth hatte ein Bild dafür gefunden: „Um einen anderen Menschen wirklich verstehen zu können, muss man in seine Welt einzutauchen bereit sein wie in ein unbekanntes Gewässer."

„Dann ist sie eher eine Bademeisterin gewesen", hatte ich das Bild ergänzt, „eine bei Verstößen gegen die Schwimmordnung einschreitende Aufpasserin, die um nichts in der Welt zu bewegen war, von ihrem Hochsitz herabzusteigen."

Dass Wissen eben dumm mache, hatte Ruth abschließend festgestellt und wir hatten gelacht.

Nichts war geschehen in jenen Monaten danach. Oder es war etwas geschehen, doch ich hatte keinen Anteil daran gehabt. Oder ich hatte Anteil am Geschehen gehabt, aber es hatte mich unberührt gelassen. Manchmal war ich über die Gleichgültigkeit und die blinde Sicherheit, mit der ich mein Leben absolvierte, erschrocken gewesen, über die Leichtigkeit, mit der ich die Alltagsangelegenheiten bewältigte, obwohl es mir nichts mehr bedeutete, sie zu bewältigen, ja ich nicht einmal mehr wusste, weshalb ich es eigentlich tat. Hatte über die Selbstverständlichkeit, mit der ich anderen Menschen begegnete, gestaunt. Darüber, dass es nichts mehr gab, was mich noch aus der Fassung zu bringen vermochte.

Ein Menschengemisch verschiedenster Nationalitäten in den Straßen meines Viertels. Schwarz Verhüllte, deren Gewänder nur schmale Sehschlitze frei lassen, und provozierende Männlichkeit aus glutäugigen Gesichtern. Ältere, die ihren Einkauf in Rollwagen hinter sich herziehen. Gruppen Jugendlicher, die laut und wild gestikulierend aufeinander einreden. Junge Frauen, Mädchen fast noch, die Kinderwagen vor sich herschieben. Vor dem Zeitungsladen, in dem ich meinen Tabak kaufe, sind die immer gleichen Männer und Frauen versammelt. Sie trinken Kaffee aus Pappbechern oder haben, trotz der vormittäglichen Stunde, Bierflaschen in den Händen. Es ist schmutzig in den Straßen, das holprige Katzenkopfpflaster mit Papier und anderem Unrat übersät und mit den Hinterlassenschaften der vielen Hunde, die es hier gibt. Hausrat lehnt an Bäumen, alte Fernseher, Kühlschränke und Computer, Matratzen, aus denen die Polsterung quillt, und Sofas, deren Sitzfläche Ablage für weiteres Ausrangiertes geworden ist. Läden stehen, zu düsteren Höhlen mit zersprungenen Scheiben und verrotteten Eingangstüren geworden, seit Jahren leer. In einigen von ihnen haben junge Leute mit Fünfziger-Jahre-Möbeln Cafés eröffnet, kerzenbeleuchtete Treffpunkte für die vielen Hinzugezogenen; manchmal werden in den leerstehenden Räumen Filme gedreht oder die Werke unbekannter Künstler gezeigt.

In der Hauptstraße reihen sich aneinander: Lebensmittel- und Bekleidungsdiscounter, Schnäppchenmärkte mit breitgefächertem Angebot, dazwischen Internetcafés, Wettbüros, Glücksspielsalons, Imbisse mit türkischem, arabischem, asiatischem Speisenangebot: DÖNER KEBAP, DÜRÜM, STEINOFENPIZZA, GEMÜSEBURGER. Auf dem leuchtendgelben Glasschild über dem Ecklokal, das früher einmal ein balkanisches Spezialitätenrestaurant gewesen war, steht SULTANS REICH und auf der Fensterscheibe in halbmondförmig angeordneten Lettern SHISHA-LOUNGE. Auf den Betoneinfassungen der Straßenbäume ruhen sich Frauen mit schütterem Kraushaar vom Einkaufen aus. Ein hagerer Alter zählt sein Geld, schiebt die Münzen auf seinem Handteller bedächtig hin und her, als seien sie dadurch zu vermehren. Ein weißer Stoffbeutel hängt ihm schlaff am Arm. Dass er nur eine winzige Rente bekäme, stelle ich mir vor, seinen Lebensabend in einer düsteren Hinterhofwohnung verbrächte, vielleicht sogar zu denen gehörte, die in den Abfallbehältern nach Pfandflaschen suchen.

Am U-Bahneingang sitzt eine in bunte Tücher gehüllte Frau, die jedem dort Hinuntergehenden mit einem hohen, unverständlichen Klagegesang die Hand entgegenstreckt. Sie hat ein Baby in ihrem Schoß, oder zumindest vermutet man eines in dem zwischen ihren Beinen verborgenen Deckenbündel oder soll dies zur Steigerung des Mitleids tun, wie ich schon etliche Male gehört habe, obwohl es sich in Wahrheit nur um eine Puppe handelt.

Vor dem Supermarkt hat ein kleinwüchsiger, stämmiger Mann auf einer karierten Decke Teile seines Hausrates ausgebreitet: bunt bemaltes Geschirr sowie Vasen und Kerzenständer im Stil der siebziger Jahre und Schallplatten mit alten Schlagern. Neben ihm sitzt, bewegungslos, als sei er aus Porzellan, ein ebenso stämmiger Dackelmischling. Die Vorbeilaufenden werfen nur kurze abfällige Blicke auf die feilgebotenen Gegenstände, was den Mann jedoch unbeeindruckt zu lassen oder von ihm gar nicht bemerkt zu werden scheint. Bewegungslos verharren Herr und Hund hinter ihrem dürftigen Warenangebot.

Wie das Große manchmal klein wurde und das Kleine groß, scheinbar Bedeutungsloses an Wichtigkeit gewann und aus Nebensächlichem Neues wuchs. Immer wieder drangen mir Begebenheiten aus der Zeit in der Ladenwohnung ins Bewusstsein, Blasen gleich, die plötzlich auf der glatten Oberfläche eines Sees erscheinen. Mit jedem Mal ihres Auftauchens nahmen sie eine etwas andere Form an und fügten sich nach und nach zu einem immer klareren Bild dessen, was dort geschehen war. Vielleicht bringt nur der Schmerz Gewissheit, dachte ich, entblößt wie eine scharfe, allen Zierrat wegätzende

91

Substanz den Kern der Dinge, verwandelt sie mit der Kraft seines eruptiven Hervorbrechens. Der Schmerz und die Zeit, die es braucht, ihn zu verarbeiten. Immer häufiger wich die Verzweiflung der Wut. Der Wut über ihre Besserwisserei, ihre Belehrungen und Beleidigungen, und auch der Wut auf mich selbst, weil ich mir all dies gefallen gelassen hatte.

Ich muss an die im Stil der sechziger Jahre eingerichtete Eisdiele schräg gegenüber der Ladenwohnung denken, die in den Sommermonaten immer starken Zulauf gehabt hatte, daran, wie ich manchmal nach unseren Gesprächen Lust auf ein Eis bekommen, mich der Gedanke, dass auch sie sich dort gelegentlich eines kaufen könnte, jedoch vor dem Hineingehen zurückgehalten hatte.

Ich müsste mich schämen, ihr so viel von mir preisgegeben zu haben, dachte ich oft. Ihr Dinge erzählt zu haben, mit denen sie nichts anzufangen gewusst und die sie von sich gewiesen, ins Dunkel des Nichtdaseindürfens gestoßen hatte. Doch ich schämte mich nicht, sondern kam, im Gegenteil, immer mehr zu der Überzeugung, dass dies unumgänglich, Voraussetzung für einen sinnvollen Verlauf unserer Gespräche gewesen war. Und wo sonst, wenn nicht in unseren Zusammenkünften, wäre eine solche Offenheit angebracht gewesen?

Es ist gefährlich, sich auf derartige Begegnungen einzulassen, hatte ich zu Ruth am Telefon gesagt. In ihnen werde einem suggeriert, sich mit all seinen Verborgenheiten zeigen zu können, ja man werde geradezu genötigt, dies zu tun, es werde einem eingeredet, ihrer ohne die Bereitschaft zur Aufrichtigkeit und zur Selbstreflektion nicht würdig zu sein. Mit der Zusicherung absoluter Verschwiegenheit und wertungsfreier Annahme des Preisgegebenen werde man in ein Gefühl des Sich-Abgeben-Könnens hinein gelockt, in eine die eigene Urteilskraft einschläfernde Abhängigkeit, aus der man, wenn man sich ihrer gewahr geworden ist, mit dem Hinweis, schließlich erwachsen und somit selbst für sich verantwortlich zu sein, am Ende wieder kaltblütig herausgestoßen werde.

Dass ich durch das Scheitern unserer Gespräche eine andere geworden bin, denke ich immer wieder, all die Jahre zuvor in einem Provisorium, einer Art Wartestand darauf gelebt hatte, dass mir jemand eine Zutrittsgenehmigung zur Welt erteile, mir den für mich bestimmten Platz in ihr zeige. Nun, wo keine Hoffnung mehr bestand, dass dies irgendjemand täte, ist das Provisorium zum Endzustand geworden, zu einem Leben, aus dem ich das Beste zu machen versuche.

Die Frau an der Supermarktkasse schaut kurz auf und wünscht routiniert einen „Guten Tag", bevor sie meinen Einkauf über den Scanner zieht. In der S-Bahnvorhalle sitzt ein dünner Vietnamese hinter seinem langstieligen Blumenangebot und löffelt aus einer Plastikschale ein Nudel-Morchel-Gemisch. Ich fahre mit der Rolltreppe zum Bahnsteig hinunter. Will wie alle anderen irgendwohin. Im Zug ein anonymes Beieinandersitzen, ein kurzes, verstohlenes, sich ihrer in Sekundenschnelle vergewisserndes und sie in einen den eigenen Gleichmut sicherenden Rahmen pressendes Mustern der Umsitzenden. Öffentlichkeitsglatte Unnahbarkeit in den Gesichtern.

„Ich komme in einer halben Stunde", verspricht das Mädchen mir gegenüber seinem Telefonpartner, nachdem es zuvor in seinem Rucksack hastig nach dem, einen Anruf signalisierenden, Kommunikationsgerät gesucht hatte. Die Gelassenheit in den Stimmen der Unterwegsseienden. Wie sie scheinbar durch nichts aus der Ruhe zu bringen sind, telefonisch Termine vereinbaren oder verschieben, die Planung ganzer Wochenabläufe während einer Fahrt durch die Stadt abwickeln.

Noch immer haften mir Spuren des Vergangenen an, denke ich, wie fest klebende, sich dem Abreißen widersetzende Schichten alten Papiers, lassen die Augen meines Gegenübers zum Spiegel und mich zu der werden, die er meiner Annahme nach sehen will, lassen mich Gesichter erforschen, um den in ihnen gelesenen Erwartungen zu entsprechen. Noch immer lähmt mich von Zeit zu Zeit die Kraft eines Gedankens, überfällt mich die Scham über etwas Gewesenes mit einer Macht, die mich versteinern und auf den Gängen und Treppen im Strom der Aus- und Umsteigenden zu einem Hindernis werden lässt, zu einer Störung im Ablauf des Gewohnten, in dem kein Innehalten vorgesehen ist.

Neulich, in einer an den Rand der Stadt fahrenden und deshalb nur spärlich gefüllten Bahn, eine Frau und ein Mann, in ein Gespräch vertieft, auf der Nebenbank; Arbeitskollegen, entnahm ich ihren zu mir herüberfliegenden Worten, und nach einer Weile, dass sie in einem Krankenhaus beschäftigt sind. Die Frau, älter, lebhafter und von resoluterer Natur als der Mann, bedrängte diesen mit Fragen zu einem bestimmten Geschehnis, über das der, weil er am Ort des Ereignisses tätig oder zufällig dabei gewesen war, im Unterschied zu ihr Bescheid wusste. Jedes Detail über dessen Verlauf und das Verhalten der darin involvierten Personen wollte sie wissen, als befürchtete sie, im Falle des Nichtinformiertwerdens an Kompetenz einzubüßen. Ich ertappte mich dabei, in die Haut des Mannes zu schlüpfen, mich an seiner statt den bohrenden Fragen der Frau zu stellen, voller Angst, dass er in seiner zögerlichen, bedächtigen Art ihrer Neugierde nicht gewachsen sein und sie enttäuschen könnte. Der für mich ohnehin nur bruchstückhaft entschlüsselbare Inhalt ihres Gesprächs war plötzlich belanglos geworden und meine ganze Aufmerksamkeit nun auf die Art ihres Umgangs miteinander gerichtet, auf die Gesten, die ihre Verständigung begleiteten, und wie sie sich dabei anschauten. Die Frau hatte sich dem Mann entgegengebeugt, was ihre Wissbegierde noch dringlicher machte, während dieser, wie um ihr standzuhalten, in aufrecht gerader Haltung dasaß. Zu meiner Erleichterung schien ihn ihr forsches Fragen jedoch nicht zu verunsichern, denn seine Antworten waren ruhig und überlegt, so dass sich das Bild eines Verhörten, das ich von ihm hatte, in das eines respektablen Gesprächspartners und das der strengen Frage-Antwort-Abfolge in einen gleichberechtigten Meinungsaustausch verwandelte. Ich hatte wieder einmal mein eigenes Unbehagen, das ich in einer solchen Situation empfände, auf ihn projiziert, dachte ich, meine Furcht, den Erwartungen meines Gegenübers nicht zu genügen, während er in Wirklichkeit ein durchaus selbstbewusster junger Mann war. Ich konnte ihn nur von hinten sehen, seinen Mimik und Gestik der Frau abschirmenden Rücken, die knochigen Schultern unter dem ordentlich gebügelten blauweißgestreiften Hemd, die im Nacken in einer Spitze auf den Kragen stoßenden blonden Haare und die Trageschlaufen eines Stoffbeutels über seiner rechten Schulter. Ein Stiller, entschied ich, jemand, der seinen Weg allein ging. Irgendwann stand er auf, zog die Stoffbeutelschlaufen auf der Schulter zurecht, verabschiedete sich von seiner Kollegin mit einem freundlichen „Bis morgen" und stieg aus, und ich zog, um die Szene festzuhalten, mein Notizbuch aus der Tasche.

Ich habe immer mein Notizbuch dabei, wenn ich in der Stadt unterwegs bin. Es schützt mich davor, mir in der Überfülle der Eindrücke verloren zu gehen. Meine Wahrnehmungen aufzuschreiben, macht mich unangreifbar, zur unbeteiligten Beobachterin meiner Umgebung; indem ich sie aufs Papier banne, halte ich die Menschen auf Distanz, ihnen den Stempel meiner Worte aufdrückend, reiße ich ihnen die Masken von den Gesichtern, so dass die Fratzen ihrer Geltungssucht darunter zum Vorschein kommen, ihre Erschöpfung und die Wunden, die ihnen das Leben geschlagen hat.

Eines Abends, im kalten Licht des U-Bahnhofs, eine in sich zusammengesunkene Frau auf der Bank, die ihre langen dunklen Haare immer wieder mit einer unwilligen Kopfbewegung zurückwirft. Prallgefüllte Einkaufstüten zu ihren Füßen und neben ihr ein Junge, ihr Sohn wohl, der mit einer Fernsteuerung ein Auto über den Boden sausen lässt. Von Zeit zu Zeit, wenn das Gefährt auf abwegige Bahnen zu geraten droht, greift sie in sein Spiel ein, entreißt ihm den Kasten mit den Knöpfen, drückt kurz darauf herum und gibt ihn dann blick- und wortlos an ihn zurück, um sogleich wieder in dumpfes, nur vom Nachhintenwerfen ihrer Haare unterbrochenes Vor-sich-hin-Starren zu verfallen. Nach einer Weile scheint ihre Teilnahmslosigkeit auf das Kind abzufärben, das nun freudlos wirkt in seinem Spiel und das Gerät in seinen Händen mit gelangweilter Derbheit behandelt. Auch eine Beobachtung, die ich in mein Buch schreibe.

Ein anderes Mal, als der Tag sich bereits seinem Ende zuneigt und mich, von irgendwoher kommend, der Gedanke, noch Milch zu brauchen, in den erstbesten Supermarkt treibt, habe ich eine Begegnung besonderer Art.

Feierabendleere in den Gängen des Ladens, Neonlicht, das von sommerlicher Helligkeit verschluckt wird, und ein vom Tagesgeschäft ausgedünntes Warenangebot: leere Pappkartons, gelbblättrige Gemüsereste. Eine Angestellte in orangeblauem Kittel schiebt einen breiten Wischmopp vor sich her. Einem alten, etwas verwahrlost aussehenden Mann fällt, als er sie in den Einkaufswagen legen will, seine Krücke zu Boden. Ich hebe sie ihm auf und sein Dank ist von einer dem Anlass unangemessenen Überschwänglichkeit. Im Kühlregal gibt es keine Milch mehr, eiliges Achselzucken des Personals, als ich danach frage. Lediglich der Alte, den ich im Geäst der Gänge wiedertreffe, weist mir den Weg zum Regal mit der H-Milch. Als ich es gefunden habe, steht er, mich erwartend, bereits davor, um mir zu berichten, dass er sich täglich eine Bananenmilch mixe. Ich rieche seinen Alkoholatem, als er die gesundheitsfördernde Wirkung dieses Getränkes hervorhebt, sehe, dass ihm die oberen Schneidezähne fehlen. Wie die meisten Menschen, denen ihr Leben entglitten zu sein scheint, ist er bemüht, diesen Umstand zu vertuschen und in einer Weise seriös zu wirken, die etwas Komisches hat und die Realität nur noch stärker hervortreten lässt. Seine wie vom Rauch unzähliger Zigaretten vergilbten Haare sind zerzaust, der Pullover gleicher Farbe voller Flecken und an seinem abgewetzten karierten Jackett, das er darüber trägt, hängen die Knöpfe in langen, dünnen Fäden herab. Von Bananen kommt er auf Äpfel, die seine Mutter auf dem Gut in Pommern einst zu Kompott verarbeitet oder Saft aus ihnen gepresst hatte. Ganze Plantagen hätte es dort gegeben, Apfelbäume, so weit das Auge reichte, zur Erntezeit hätte man nur leicht an ihnen zu schütteln brauchen und die Früchte wären wie Regen auf einen herabgeprasselt. Ich weiß nicht recht, wie ich mich seinem Erzähldrang entziehen soll, all dem Aufgestauten seiner einsamen Tage, das nun in atemlos aneinandergereihten Sätzen aus ihm herausbricht und nicht mehr verlangt als ein geduldig zuhörendes Gegenüber. Die kindliche Ernsthaftigkeit, mit der er die Vergangenheit heraufbeschwört, sie zur Idylle stilisiert, rührt mich, ich spüre seine Trauer über das unwiederbringlich Verlorengegangene, die aus seinem Leben verschwundene Ordnung. Ich nicke freundlich zu allem, was er erzählt, lache an passenden Stellen. Die wenigen sich noch im Laden befindenden Kunden mustern uns abschätzig, wenn sie an uns vorbeilaufen. Er gehört zu den Menschen, die man gewöhnlich meidet, denke ich, bei denen man wegschaut und tut, als seien sie Luft, wenn sie einem ihre Weltanschauung darzulegen versuchen, und mir ist, als würde, meiner Unfähigkeit, mich von ihm zu lösen wegen, oder weil ich mich überhaupt auf ihn eingelassen habe, ihre Verachtung auch auf mich abfärben. Wie unter einer Glocke aus Zeitlosigkeit stehen wir in dem kalten Licht des sich immer mehr leerenden Ladens beieinander, und ich fühle mich, während sich der Alte immer mehr in seiner Vergangenheit verliert, wie gelähmt von dem Gemisch aus Mitleid und Abwehr in mir, aus dem mich erst die unmissverständliche Aufforderung einer Angestellten, dass wir uns nun endlich zur Kasse begeben sollten, befreit.

Rote Blätter kriechen über das Waschhausdach. Vor kurzem waren sie noch grün, denke ich, und dass es nun endgültig Herbst geworden ist. Nächsten Monat ist es zwei Jahre her, dass sie mich hinausgeworfen hatte. Noch immer sehe ich jede Einzelheit unserer letzten Begegnung vor mir, als sei es erst gestern geschehen, sind mir meine Empfindungen in jener Situation gegenwärtig. Wie sie mir nach der floskelhaften Frage, wie es mir gehe, sogleich eröffnet hatte, dass dies unsere letzte gemeinsame Stunde wäre, meine Fassungslosigkeit und schließlich meine Vorwürfe, wie verantwortungslos, ja gemein sie wäre, in der Gewissheit, nur noch diese eine Stunde mit mir überstehen zu müssen, stumm über sich hatte ergehen lassen. Wie wir uns in einer der Höflichkeit abgerungenen Geste, einander für die Zukunft alles Gute wünschend, am Ende die Hand gegeben hatten. Dass ich sie so in Erinnerung behielte, war es mir in jenem Moment durch den Kopf geschossen, in dieser Feindseligkeit, und wie ich mir unseren Abschied zuvor immer als etwas Harmonisches ausgemalt hatte, als Abschluss einer geglückten Verständigung, für die ich ihr dankbar wäre und ihr etwas schenkte, dass eine nicht mehr auszulöschende Verbundenheit zwischen uns entstanden war und wir uns freundschaftlich umarmten. Zwar war das nun Eingetretene ebenfalls immer schon in meinem Kopf gewesen, wie ein tieferes Wissen, das vom Wunsch, es möge anders kommen, überlagert wurde.

Wie wir dann hintereinander die in den Eingangsbereich des Beratungszentrums führende Wendeltreppe hinuntergegangen sind, sie hinter mir, und wie ich den Impuls gehabt hatte, mich zu ihr umzudrehen, ja sekundenkurz sogar, vor ihr auf die Knie zu fallen und sie anzuflehen, uns nicht so auseinandergehen zu lassen. Glücklicherweise war ich jedoch noch so weit bei mir gewesen, dies nicht zu tun, hatte steifbeinig wie eine hölzerne Puppe Stufe für Stufe genommen und war dann, ohne nach rechts und links zu blicken, an den in der Warteecke Sitzenden vorbeigelaufen. Lediglich aus den Augenwinkeln heraus hatte ich wahrgenommen, wie sie die bandagierte Hand eines am Fuße der Treppe lehnenden Mannes ergriffen und dann zu seiner zwischen den anderen sitzenden Frau gegangen und auch sie in ihrer freundlich zugewandten Art begrüßt hatte. PAARBERATUNG hatte ich gedacht, und dass dies etwas sei, worauf sie sich verstand.

Draußen war es bereits dunkel gewesen und es hatte leicht geregnet. Die Leuchtreklamen der Geschäfte hatten sich auf dem nassen Asphalt wiedergespiegelt und die Lichter der vorbeisausenden Autos lange rote Streifen auf ihm hinterlassen. Die Straßen waren von vorabendlicher Geschäftigkeit erfüllt gewesen, voller eifrig ihre Besorgungen erledigender Menschen. Ich hatte, obwohl ich zwischen ihnen gelaufen war, nicht mehr dazugehört; wie durch eine gläserne Wand war ich von allem, was mich umgab, getrennt gewesen; Geräusche hatten mich nur noch von weither kommend, wie durch Watte dringend, erreicht. Ohne mein Zutun hatten sich meine Füße vorwärts bewegt, Maschinenfüße, die nichts anderes konnten als gehen, immer weiter gehen, ohne Sinn und Ziel. Ein Schnellrestaurant hatte mich in sich hineingezogen; ich hatte mir ein Glas Weißwein gekauft und einen Platz in der hintersten Ecke gesucht. Hinter einem langen chromfarbenden Tresen hatten Männer in leuchtendroten T-Shirts und mit Käppis gleicher Farbe auf dichten schwarzen Haaren Pfannen geschwenkt und in riesigen Töpfen gerührt; manchmal waren Flammen aufgezüngelt wie angriffslustig hochfahrende Schlangen und von ihnen mit einem beiläufigen Schürhakenstoß wieder in ihre ursprüngliche Größe verwiesen worden.

Dass ich sie nie mehr wiedersehen würde, hatte ich gedacht; sie in dem roten Pullover, den sie getragen hatte, in Erinnerung behielte; und in der Unversöhntheit, in der wir uns getrennt hatten. Wie sie sich, obwohl ich mich noch in ihrer Sichtweite befand, sogleich dem Nächsten zugewandt, mich aus sich herausgerissen hatte wie ein mit misslungenen Sätzen beschriebenes Blatt Papier aus einem Heft. Nur schwach war die Erleichterung darüber aufgeglimmt, dass nun endlich alles vorbei war, dass die Wechselbäder zwischen Verzweiflung, neu geschöpfter Hoffnung und abermaliger Enttäuschung nun endlich aufhörten, und dann der jähe Schmerz über das erneute Verstoßenwordensein, heftiger als jemals zuvor, weil diese Trennung die abrupteste von allen gewesen war und ich an jenem Abend bereits gewusst hatte, dass sie nicht mehr, wie die bisherigen, durch eine neue Erfahrung zuzudecken sein würde.

Irgendwann hatte es mich nicht mehr in dem Restaurant gehalten und ich war wieder auf die noch immer regennasse Straße hinausgegangen, an der gläsernen Fassade des Einkaufzentrums mit den zu demonstrativer Lässigkeit verrenkten Puppen in den Schaufenstern vorbeigelaufen. Vor dem S-Bahneingang hatten junge Leute Flyer verteilt, ihre Arme wie haltgebietende Schranken in den Passantenstrom geschoben, um die gedruckten Werbebotschaften neueröffneter Lokale, Diskotheken oder die Angebote von Pizzalieferdiensten loszuwerden. Unter dessen überdachtem Teil hatten sich Gruppen von Punks auf Decken niedergelassen, die, während ihre großen Hunde zu Schnecken zusammengerollt neben ihnen schliefen, die Vorbeigehenden um Kleingeld anbettelten,

Bierflaschen neben sich und riesige Radiorecorder, aus denen blecherne Musik drang. Ich hatte nicht nach Hause fahren wollen, Angst vor der Stille gehabt, die mich dort erwarten und dem Geschehenen unermessliche Dimensionen geben würde, war einfach weitergelaufen, unter der Brücke hindurch, unter der, wie so viele Male zuvor, der Bratwurstverkäufer in seinem Rollstuhl gesessen hatte, den Grill, seine Beinlosigkeit verdeckend, wie einen Tisch vor sich, mit den beidseitig an den Armlehnen seines Gefährtes befestigten Senf- und Ketchupflaschen, die Zange in seiner Hand wie einen Taktstock schwingend und das Bratgut durch eine Plexiglasscheibe vor dem Straßenstaub geschützt. Sogar an diesem Abend hatte mich, wie jedes Mal, wenn ich an ihm vorbeigegangen war, ein Gefühl der Scham ergriffen, der Unzulässigkeit meines Leidens angesichts seines schweren Schicksals, seines Ausgesetztseins an diesem unwirtlichen Ort, den die meisten schnell und blicklos durcheilten, so dass er kaum Beachtung fand, vor der plakatbeklebten Fliesenwand, inmitten von Abfall und Taubenkot, in eine Wolke aus Qualm gehüllt. Dass es mir während der Zeit unserer Gespräche nie gelungen war, äußere Ereignisse mit meinem inneren Erleben in Einklang zu bringen, hatte ich in jenem Augenblick gedacht, ja dass ich noch nicht einmal fähig gewesen war, mir dieses Unvermögen einzugestehen, geschweige denn, es anzusprechen. Jedes Unglück, das irgendwo auf der Welt geschah, jede Katastrophe, die sie erschütterte, hatte mich stumm gemacht und mein eigenes Leben verschwinden lassen; ich hatte mich in den schicksalsverhärteten Gesichtern anderer verloren, war in der Sichtbarkeit ihres Leids verschwunden.

Irgendwann war ich dann schließlich doch nach Hause gefahren, hatte mich in die zu dieser Stunde nur noch mäßig gefüllte Bahn gesetzt und weinend in die lichterdurchzuckte Schwärze hinaus gestarrt. Ich weiß nicht mehr, wie der Abend dann geendet hatte. Vielleicht hatte ich mich betrunken, war in einen immer dichteren Benommenheitsnebel gesunken und schließlich eingeschlafen, vielleicht aber auch nicht, weil ich geahnt hatte, dass an diesem Tag etwas geschehen war, für dessen Bewältigung ich meine ganze Kraft bräuchte.

An einem der letzten Spätsommerwochenenden hatten einige Mieter des Wohnblocks ein Fest auf dem Hof gefeiert. Über eine Tafel aus aneinandergereihten Tapeziertischen hatten sie eine weiße Plastiküberdachung gespannt und auf den langen Ablageflächen des Waschhauses, auf denen sonst die gemangelten Wäschestücke zusammengelegt wurden, ein Büfett aufgebaut. Ich hatte ihre Aktivitäten von meinem Balkon aus beobachtet. Die meisten Gäste schienen sich nur oberflächlich oder gar nicht zu kennen, so dass es, trotz der Vielzahl der Personen, ungewöhnlich leise zugegangen und nur gedämpftes Stimmengemurmel zu mir herübergedrungen war. Eine Geburtstagsparty, hatte ich vermutet, zu der der Gastgeber Menschen aus verschiedenen Bereichen seines Lebens eingeladen hatte, die einander nicht kannten und etwas steif beieinander saßen. Neuankommende waren, beiläufig begrüßt, in der Tafelrunde verschwunden, ohne etwas an der allgemeinen Trägheit zu ändern. Lediglich ein paar herumtollende Kinder hatten etwas Leben in die Runde gebracht, oder wenn jemand aufgestanden war, um sich aus dem Waschhaus ein neues Bier oder etwas zu essen zu holen und dabei auf einen traf, mit dem er ein paar Worte wechselte, zwei, drei Personen mit Flaschen oder Tellern in den Händen zusammenstanden. An einem etwas abseits auf der Wiese platzierten Grill war eine Frau in Shorts und mit burschikosem Kurzhaarschnitt mit dem Wenden des Bratgutes beschäftigt gewesen. Mir war die Korpulenz der meisten Gäste, besonders die der Frauen, aufgefallen, die alle groß gemusterte Blusen zu dreiviertellangen Hosen trugen und kurze, oft asymmetrisch geschnittene Strähnchenfrisuren hatten. Ihre Stimmen waren durchdringend und resolut gewesen, etwas Empörtes hatte in ihnen mitgeschwungen, das sich mit zunehmender Lautstärke Luft gemacht und erst durch die Vergewisserung, dass ihr Gegenüber gleicher Ansicht war, wieder zu normalem Tonfall zurückgefunden hatte. Die meisten derer, die sich zufällig begegnet waren, hatten sich nur schwer wieder voneinander lösen können, so dass auf dem Hof mehrere Grüppchen Beieinanderstehender entstanden waren, kleine Inseln ins Gespräch Vertiefter, und es unter dem Zeltdach immer leerer geworden war. Eine leise Traurigkeit hatte mich ergriffen, als ein dünn mein Inneres durchfließendes Rinnsal zuerst, das jedoch nach und nach alle Regionen meines Körpers erreicht hatte. Wie anstrengungslos sie miteinander zu reden vermochten, hatte ich gedacht, unvermittelte Worte tauschten, aus denen sich wie von selbst Gespräche entwickelten. Dass ihr Kommunikationsbedürfnis, wenn es sich so leicht befriedigen ließ, nur von oberflächlicher Natur sein konnte und der Inhalt ihrer Unterhaltungen ein keinen Dissens hervorrufendes

Allgemeingut, hatte ich mir einzureden versucht, und dass ich, wenn ich mit ihnen spräche, weil mich ihre aufgebrachte Art zu argumentieren und ihre rechthaberischen Stimmen abstießen, nicht mehr als ein paar belanglose Sätze zustande brächte. Wie mich, als ich noch zu ihr in die Ladenwohnung gegangen war, derartige Beobachtungen, oder auch, wenn ich selbst in solch eine Unterhaltung verstrickt gewesen war, der Gedanke daran, dass es jemanden gab, mit dem sich richtig reden ließe, getröstet hatte, war mir in den Sinn gekommen, jemanden, bei dem man sich nicht hinter Allgemeinplätzen verstecken musste, sondern so zeigen konnte, wie man wirklich war. Wie eine Auserwählte hatte ich mich gefühlt im Vergleich zu jenen, die sich, weil ihnen ein richtiger Gesprächspartner fehlte, mit den Niederungen gedankenlos hingenommener Alltagsweisheiten begnügen mussten, jemand, der in immer tiefere Erkenntnisschichten vordringen und schließlich zur Wahrheit finden würde.

Hin und wieder war einer zu der Frau am Grill gegangen, um ihr ein Bier oder einen Teller mit Salat zu bringen oder vielleicht, weil er glaubte, dass sie sich langweile. Doch die hatte nur einsilbrig und ohne die Augen vom brutzelnden Fleisch abzuwenden auf ihn reagiert. Vielleicht fühlte sie sich den anderen Gästen des Festes gegenüber genauso fremd wie ich es täte, hatte ich gedacht. Allein mit ihrem Äußeren, dem senffarbenen T-Shirt, den armeegrünen Hosen und den kurzen, von keinerlei Frisierkunst beeinflussten grauen Haaren hatte sie aus der modischen Bemühtheit der anderen Frauen herausgestochen. Die Selbstverständlichkeit, mit der sie sich von den anderen separierte, hatte mir gefallen. Dass es also möglich war, im Abseits zu leben, hatte ich gedacht.

Was war geschehen seit jenem Novembertag, an dem sie mir eröffnet hatte, dass wir uns künftig nicht mehr treffen würden? Ich wusste, dass es ungewöhnlich war, die Zeit an einem Ereignis wie diesem zu messen, es in der Regel bedeutungsvollere Dinge waren, die man dafür heranzog, Stationen äußerer Veränderung, ein Schulabschluss etwa oder der einer Ausbildung, die Verheiratung und Geburt eines Kindes, eine Trennung vom Partner oder der Tod eines Nahestehenden; niemand würde verstehen, dass ich sie an etwas von seinen sichtbaren Auswirkungen her derart Folgenlosem wie dem Ende unserer Gespräche in ein Davor und ein Danach teilte. Nur ich wusste, dass dieses Geschehnis mein Leben verändert hatte, der berühmte Knacks gewesen war, nach dem nichts mehr so wie zuvor gewesen war. „Was habe ich falsch gemacht?", hatte ich mich danach oft gefragt. Aber alles, was ich während unserer Zusammenkünfte gesagt und getan hatte, war mir als folgerichtig, ja geradezu als unumgänglich erschienen. Immer wieder war ich von Wellen der Fassungslosigkeit über unser Aneinandervorbeigeredethaben überrollt worden. Dass die Fähigkeit der Menschen, einander zu verstehen, sehr begrenzt war, hatte ich dann gedacht, die meisten nicht über ihr eigenes Erleben Betreffendes hinauszublicken vermochten. Das eigentlich Verwunderliche daran war jedoch nicht diese Erkenntnis gewesen, sondern der Umstand, dass dies niemandem aufzufallen schien, alle taten, als gäbe es kein Nichtverstehen zwischen ihnen und die Sätze, die man ihnen hinwarf, wie hungrige Hühner gierig die ausgestreuten Körner pickten, ungeprüft in sich aufnahmen. Dass das den meisten Menschen innewohnende Mitteilungsbedürfnis die Qualität ihrer Gespräche in den Hintergrund treten, sie häufig gar nicht merken ließ, wenn ihre Worte missverstanden wurden.

Ich hatte mir ein Leben ohne die Möglichkeit des Michmitteilens auszumalen versucht. Würde ich mich künftig aus der Welt zurückziehen, ein Einsiedlerdasein führen müssen, um mein Unerkanntgebliebensein nicht zu spüren? Und hielte ich es überhaupt aus mit all dem fest verschnürt lastenden Unausgesprochenem in mir, diesem Eisblock, den niemand mehr zum Schmelzen brächte? Würde ich künftig meine ganze Energie darauf verwenden müssen, meine Gefühle zu unterdrücken, um nicht von ihnen überwältigt zu werden, einem Gegenstand gleich, den man, den Auftrieb des Wassers überwindend, in die Tiefe drückte? In jenen ersten Monaten nach unserem Auseinandergegangensein hatte ich noch nicht ahnen können, dass der Entschluss, künftig nichts mehr von anderen zu erwarten, statt in Selbstverleugnung zum Selbsterkennen führen und schließlich in ein Auf-mich-selbst-Beharren münden würde. Dass er eine Metamorphose auslösen würde.

Marion hatte sich von Gert getrennt danach, oder richtiger, er von ihr, weil er seine Jugendliebe wiedergetroffen und geglaubt hatte, sie unbedingt festhalten zu müssen, die Ansicht vertreten hatte, dass jeder Mensch nur eine einzige große, alles entscheidende Liebe in seinem Leben erführe. So jedenfalls hatte es Marion mir mit wutbebender Stimme am Telefon erzählt. Dass er seine neuerblühte Liebe monatelang vor ihr geheimgehalten und sie dann unvermittelt während einer Autofahrt damit konfrontiert und ihr seine

Trennungsabsicht mitgeteilt hätte, woraufhin sie ihn zum sofortigen Anhalten aufgefordert hätte und ausgestiegen sei. Ich hatte oft mit Marion telefoniert in dieser Zeit, ihren Monologen, in denen sie das Geschehene immer wieder aufrollte, zugehört und nach einer Weile nichts mehr dazu zu sagen gewusst.

Meine Mutter hatte ein neues Hüftgelenk bekommen. Zwei Wochen lang war ich täglich mit der S-Bahn durch die Stadt zu ihr ins Krankenhaus gefahren und danach drei Wochen lang zweimal wöchentlich in die noch weiter entfernt gelegene Rehaklinik und war seltsam berührt gewesen, sie so hilflos im Bett liegen zu sehen, in ihrem blauweißgemusterten Klinikhemd, mit Infusionsnadeln in ihren faltigen Handrücken, und dann darüber, wie sie sich mühsam auf Krücken voran bewegte.

Es war Sommer gewesen und am Endhaltepunkt der Bahnlinie hatte ein Badesee gelegen, so dass die Wagen immer voller Ausflügler mit umfangreichem Freizeitgepäck gewesen waren und es nach Sonnenöl und leichtbekleideten Körpern gerochen hatte. Einmal hatte mir gegenüber eine ins Leere starrende Frau gesessen, die mir bekannt vorgekommen war, und nach einer Weile hatte ich mich erinnert, ihr in dem psychiatrischen Krankenhaus begegnet zu sein, in das ich mich in der Endphase unserer Gespräche für ein Wochenende geflüchtet hatte, in dessen Raucherzimmer, in das sie mit langsamen, behutsam gesetzten Schritten geschlichen gekommen war, um sich teilnahmslos auf den erstbesten Stuhl fallen zu lassen und es nach einer Zigarettenlänge in der gleichen, für ihre Umwelt blinden Weise, wieder zu verlassen. Obwohl ihr sedierter Zustand befremdend gewesen war, hatte ich sie damals um ihre medikamentös hervorgerufene Weltentrücktheit beneidet.

Gleich bei meiner Ankunft hatte ich gewusst, dass es ein Fehler gewesen war, mich in diese Klinik begeben zu haben, während der zu absolvierenden Aufnahmeformalitäten bereits, den zu beantwortenden Standardfragen, und dann, als man mir ein Zimmer zugewiesen hatte, in dem drei andere Frauen, in ihren Betten liegend, vor sich hin gedämmert hatten. Ich hatte mich, weil es nichts anderes zu tun gegeben hatte, ebenfalls ins Bett gelegt, aus dem Fenster auf die vorbeiziehenden Wolkengebilde am Himmel geschaut und mir vorgestellt, dass sie mich, über die Auswirkung unserer Gespräche bestürzt, hier besuchen käme und wir plötzlich über alles reden konnten.

Auch an jenem Tag in der Bahn war die Frau gänzlich in ihre Innenwelt versunken gewesen. Der Mann neben ihr hatte einen Picknickkorb auf den Knien gehabt, und es hatte mich gerührt, dass er, bemüht, ihrer Emotionslosigkeit ein wenig Freude abzutrotzen, mit ihr an den See fuhr.

Und natürlich war ich viele Male zu Ruth gefahren seit dem Abbruch unserer Gespräche und Ruth war viele Male zu mir gekommen. Gemeinsam hatten wir Radtouren in die grünen Randgebiete ihrer und meiner Stadt unternommen, waren spazieren und ins Kino gegangen oder hatten einfach nur zu Hause gesessen und geredet.

Je mehr Zeit sich zwischen jenem Tag im November und die Gegenwart schob, desto weniger sprach ich noch davon, so dass die Menschen, mit denen ich zu tun hatte, wahrscheinlich dachten, ich sei wieder die Alte geworden. Sie hatten ohnehin nie recht verstanden, was mich so aus der Fassung gebracht hatte, und außerdem schien alles gesagt, unzählige Male betrachtet, so dass feststand, wie es zu bewerten war. Nur noch gelegentlich vermochte die Erinnerung an einzelne Begebenheiten in die Gleichmütigkeit meines Alltags einzudringen, ihn aufzuwühlen wie die Oberfläche eines Gewässers, in das man einen Stein geworfen hatte, schmerzten die erfahrenen Kränkungen noch, wie vernarbte Wunden bei Wetterwechsel, und wahrscheinlich würde das lebenslang so sein.

Dass ich in ihr einen Menschen für meine Intimitäten suchte, hatte sie mir vorgeworfen, für die abgespaltenen Anteile in mir, meinen Selbsthass auf sie projiziere, dass es einfach krank sei, in welch extremer Weise ich auf sie reagiere. Und dass es ein Fehler von ihr gewesen wäre, sich auf mich eingelassen, mich überhaupt genommen zu haben. In der ersten Zeit danach hatte ich geglaubt, an den Verwundungen ihrer Worte sterben zu müssen.

„Sie hat mich getötet", hatte ich zu Ruth gesagt, davon überzeugt, dass dies im metaphorischen Sinne auch so wäre. Sie sei mir eben nicht gewachsen, hatte sie zum Schluss achselzuckend erklärt, und ich hatte diese Feststellung dahingehend ausgelegt, dass, was mich ausmachte, außerhalb jeder Möglichkeit des Verstehens lag.

„Menschen wie sie töten skrupelloser als wirkliche Mörder", hatte ich noch hinzugefügt, „weil sie, während sich letztere der

Verwerflichkeit ihrer Tat bewusst sind, keinerlei Reue empfinden und die alleinige Schuld auf ihre Opfer abwälzen."

In den ersten Monaten danach waren mir immer neue Einzelheiten unserer Begegnung ins Bewusstsein gedrungen, wie Blasen, die an immer anderen Stellen eines Sees auftauchten und auf das Leben unter der Oberfläche hinwiesen, Erinnerungsscherben, die sich mehr und mehr zu einem Ganzen zusammensetzten. Es hatte Zeichen gegeben, immer wieder einmal, Hinweise darauf, dass unsere Gespräche nichts zu berühren vermochten, ja in die Irre führten, Momente jähen Erkennens, eines Aufblitzens von Fremdheit zwischen uns. Ihre Mauer aus Schweigen, an der alles, was nicht in ihr Konzept passte, abprallte und im schwarzen Schlund des Ungehörten verschwand. Die Verschlossenheit in ihrem Gesicht. Ihr Banalisieren all dessen, mit dem sie nichts anzufangen wusste. Ihr Nichts-wissen-Wollen. Sie wäre, obwohl sie es in ihrer Rolle eigentlich sein sollte, überhaupt nicht neugierig, hatte sie mir gleich zu Beginn erklärt und ein anderes Mal bedauert, bei mir nicht einfach so tun zu können, als ob sie verstünde, was ich zu erklären versuchte, weil ich intelligent genug wäre, sie zu durchschauen. Dass ich keine Chance gehabt hatte, war mir nach und nach immer deutlicher geworden, nichts hatte tun können, um sie dazu zu bringen, sich auf mich einzulassen. Wie hatte ich all die Indizien ihrer fehlenden Verstehensbereitschaft drei Jahre lang ignorieren und bis zum Schluss die Hoffnung hegen können, dass doch noch etwas über Allgemeinfloskeln Hinausgehendes zwischen uns zustande käme, jede noch so belanglose Bemerkung von ihr mit Bedeutung aufblähen, tun können, als sei mir alles, was sie sagte, neu? Wie hatte ich ihrer, sie wie ein Schleier der Unangreifbarkeit umgebenden Helferinnenattitüde erliegen können?

Etwas Verklärtes lag in derartigen Begegnungen, hatte ich gedacht, eine ungewisse, den Verstand trübende Aussicht darauf, dass es einem danach besser ginge, ein nicht näher definiertes, aber das gesunde Urteilsvermögen außer Kraft setzendes Versprechen, sich selbst zu erkennen. In keiner anderen Situation menschlichen Miteinanders wurde die eigene Person in solch ausschließlicher Weise ins Zentrum der Aufmerksamkeit gerückt, einem in einem solchen Maße suggeriert, dass man sich in all seinen Facetten zeigen und alles, was einem durch den Kopf ging, aussprechen könne. Ja man wurde geradezu genötigt, dies zu tun, was zur Folge hatte, dass man unter den Druck geriet, aus dieser privilegierten Situation den größtmöglichen

Nutzen zu ziehen. Man hatte empfänglich für Neues zu sein in diesen Begegnungen, offen für jegliche Veränderungen, um sich nicht dem Vorwurf sturer Uneinsichtigkeit auszusetzen, und die meisten, die sich in sie hineinbegaben, waren es auch. Die Angst, dass es ihnen selbst in einer solch zuwendungsvollen Atmosphäre nicht gelänge, den Gründen ihrer seelischen Deformierungen auf die Spur zu kommen, ließ sie alles Wissen über sich selbst vergessen und auch die abwegigste Interpretation ihres Fühlens und Handelns in Betracht ziehen. Dass im Falle der Wirkungslosigkeit dieser Zusammenkünfte niemand außer ihnen selbst die Schuld daran trüge, hatte man ihnen eingebläut, und sie lebenslang in den Bahnen ihres eingefahrenen Denkens kreisen, im Sumpf ihrer neurotischen Gewohnheiten versinken würden und niemals zu den Gipfeln der Selbsterkenntnis aufstiegen, wenn sie sich der Sichtweise ihres professionellen Helfers widersetzten. Und wenn am Ende die erwartete Veränderung ausgeblieben war, wagten sie nicht, sich dies einzugestehen, weil sie so viel an Kraft und Hoffnung in diese Begegnung investiert hatten, und beschwichtigten sich mit einem unbestimmbaren „Irgendetwas wird es schon gebracht haben."

Es würde diese Form der Lebenshilfe für mich künftig nicht mehr geben, ich hatte nun mit allem, was mir geschähe, allein fertigzuwerden, und seltsamerweise war es weniger diese Tatsache an sich, die mich in der ersten Zeit danach geschmerzt hatte, als das Wissen, dass sie anderen Menschen weiterhin zur Verfügung stünde.

Der Nachbar ist tot. Seit einigen Tagen wird die Wohnung nebenan renoviert. Laute Männerstimmen dringen zu mir herüber, das Geräusch von den Wänden reißender Tapeten und dann das Knistern und Schmatzen auf ihnen entlangfahrender farbgetränkter Malerrollen. Entfernte Verwandte von ihm, so hatte mir der andere Nachbar erzählt, waren angereist, um seinen Haushalt aufzulösen. Da sie offenbar nichts für sich Brauchbares in seinem Besitz finden konnten, hatten sie die Möbel zertrümmert, deren Teile auf einen Pkw-Anhänger geladen und wahrscheinlich zur Müllkippe gebracht. Tagelang hatte ich das von derben Flüchen begleitete Splittern brechenden Holzes und das Krachen aus den Angeln gerissener Türen gehört. Dass nichts von ihm übrig bliebe, denke ich, nichts von dem, womit er gelebt hatte, für andere von Wert ist, und mir tut es leid, immer so schnell an ihm vorbeigegangen zu sein. Lediglich das runde Vogelhäuschen, das er, wohl um Verschmutzungen auf dem Boden zu vermeiden, in einer eigenwilligen Konstruktion mit Klebeband an einer langen Stange befestigt hatte, ragt noch immer über die Brüstung seines Balkons.

Nach dem Ende der Hauptschule hatte ich mir natürlich nicht, wie es folgerichtig gewesen wäre, eine Lehrstelle gesucht. Ich hatte das Schuljahr noch nicht einmal mit besonders guten, sondern nur mit durchschnittlichen Noten abgeschlossen und war danach, ohne Vorstellung, wie es nun weitergehen sollte, erst einmal zu Hause geblieben. Eigentlich war ich noch immer schulpflichtig gewesen, berufsschulpflichtig, wie es damals geheißen hatte und wahrscheinlich heute noch immer heißt, so dass das Zuhausebleiben für mich zu etwas Verbotenem und die Wohnung zu einem Versteck geworden war, in dem ich mich wie eine Verbrecherin vor der Welt verbarg.

Es war still gewesen in den langen Vormittags- und Mittagsstunden, in denen alle im Haus auf der Arbeit gewesen und nur die Alten, die man nicht hörte, in ihren Wohnungen umhergehuscht waren. Jedes Geräusch hatte mich zusammenzucken lassen. Wenn der Briefträger die Treppen heraufgestapft kam, hatte ich mir vorgestellt, dass er eine Vorladung der Schulbehörde brächte, und die Schritte mehrerer Personen hatten mich befürchten lassen, dass es Polizisten wären, die die Tür aufbrechen und mich mitnehmen würden.

Die einzige Verbindung zur Welt in jenen Wochen, oder vielleicht auch Monaten, ich erinnere mich nicht mehr genau an die Länge jener Phase, hatte im Durchblättern des Telefonbuchs bestanden und in gelegentlichen Telefonaten. Das Telefonbuch hatte eine Vielzahl an Möglichkeiten künftiger Lebensgestaltung geboten, und wenn einem eine Idee in der einen oder anderen Richtung gekommen war, hatte man darin eine Fülle von Angeboten, seinem Einfall nachzugehen, gefunden, ja, je länger man sich in Werbeanzeigen verschiedener Branchen und die Berufsbezeichnungen hinter den Namen vertiefte, desto einfacher war einem deren Realisierung erschienen.

Hatte ich damals schon den Drang verspürt, das mich Umgebende mit Worten festzuhalten? Seltsam, dass ich nicht mehr sagen könnte, ab welchem Zeitpunkt ich im Schreiben eine Form des Mich-selbst-Ausdrückens zu sehen begonnen hatte, wenn es die Zeitungsepisode nicht gegeben hätte, den Versuch, es zu einer anerkannten Tätigkeit werden zu lassen. Der Journalismus, so hatte ich naiv geglaubt, böte eine Chance dazu. Natürlich war mir schon damals klar gewesen, dass man als Hauptschulabsolventin für eine solche Laufbahn kaum in Frage käme, doch im Schutz meiner häuslichen Abgeschiedenheit hatte ich es dennoch gewagt, die Zeitungsverlage der Stadt anzurufen. „Unter welchen Voraussetzungen bilden Sie Journalisten aus?" Der zuvor zurechtgelegte Satz war nach einer Weile so geläufig geworden, dass er ohne Stolpern über die Lippen kam; dennoch hatte jeder Anruf Überwindung gekostet, und ihn getätigt zu haben, war ein Sieg gewesen, der die erwartete anschließende Auskunft, dass für eine solche Laufbahn ein Publizistikstudium, zumindest jedoch das Abitur verlangt werde, beinahe unerheblich werden ließ. Eines Tages hatte mir einer der Angerufenen zu meiner Überraschung eine Stelle im Verlag angeboten, ja mich geradezu zu überreden versucht, dort anzufangen, so dass ich schließlich zugestimmt hatte. Eine Ausbildung zum Verlagskaufmann würde ich dort absolvieren können; oder waren zu jener Zeit bereits die geschlechtsunterscheidenden Berufsbezeichnungen üblich gewesen und er hatte „Verlagskauffrau" gesagt? Dass ich auf diese Weise, auch wenn ich nicht selbst schriebe, den Journalisten ganz nahe wäre, hatte er noch hinzugefügt, sozusagen Zeitungsluft schnuppern könne.

So war ich in die Buchhaltung des KURIER AM MITTAG gekommen, einem dunklen, schlauchartigen Raum mit deckenhohen Aktenregalen, in dem ich Karteikarten in Kästen zu sortieren und Rechnungen in Ordner abzuheften gehabt hatte. Mir gegenüber, über tischgroßem, mit enggedrucktem Zahlen bedrucktem Lochstreifen-papier gebeugt, hatte Frau Winkler gesessen, eine Frau an der alles grau, wie von einer Staubschicht überzogen, gewesen war, nicht nur ihr Haar, sondern auch das Gesicht und sogar die Kleidung. Frau Winkler hatte den ganzen Tag nichts außer Kaffee und Zigaretten gebraucht und war so sehr in ihre Zahlenblätter vertieft gewesen, dass sie kaum wahrgenommen hatte, was in dem Raum vor sich ging. Außerdem hatte es noch Fräulein Schubert gegeben, in den Zwanzigern und voller jugendlicher Aufmüpfigkeit. Oder hatte ich sie auch nur als Rebellin empfunden, weil sie häufig mit Frau Haase aneinandergeraten war? Frau Haase war der eigentliche Mittelpunkt der Buchhaltung gewesen, Prokuristin mit eigenem Büro, das mit der Buchhaltung durch ein Schiebefenster verbunden war. Unzählige Male am Tag war es geräuschvoll geöffnet worden, ihr fuchsfarbener Kopf erschienen und ihr grellrot geschminkter Mund hatte augenblicklich auszuführende Anweisungen erteilt. Auf der anderen Seite ihres Büros hatte sich das Zimmer von Doktor Lingenfeld, dem Personalchef, befunden, der mich in diese Buchhaltungswelt hineingelockt hatte, ein hochgewachsener, schlaksig dünner Mann, der immer in Eile, auf dem Weg zu einem wichtigen Termin zu sein schien, so dass man ihm nur mit wehendem Trenchcoat die Flure des Verlagsgebäudes entlang laufend begegnete und, wenn man aus dem Fenster schaute, sah, wie er sich in sein orangenes Käfercabriolet schwang. „Dr. Li." hatten ihn die anderen Lehrlinge des Verlages, auf die ich in der Kantine traf, spöttisch genannt, dem Kürzel entsprechend, mit dem er auf Schriftstücken seine Kenntnisnahme dokumentierte, und ein werbesloganhaftes „Jung–dynamisch–erfolgreich" daran gehängt. Frau Haase hatte die Organisation von Dr. Lingenfelds Terminen und dessen Zufriedenheit im Allgemeinen als ihre vordringlichste Aufgabe betrachtet. Wenn er Geschäftspartner zu einer nachmittäglichen Besprechung erwartete, hatte sie mich, um Kuchen zu kaufen, zum Bäcker geschickt, von dem ich, in der Befürchtung, das Falsche ausgesucht zu haben, mit in meinen angstschweißnassen Händen zerdrücktem Paket zurückgekehrt war. Noch heute habe ich Frau Haases von einer dicken Makeupschicht bedecktes Gesicht vor Augen, als sie das Papier zurückgeschlagen und ungläubig auf die breiige Masse gestarrt hatte, ihren zitternden rotverschmierten Mund, der sich wie zu einem Aufschrei geöffnet und ihre bräunlich verfärbten Zähne sichtbar gemacht hatte.

Viele Menschen waren jeden Tag in die Buchhaltung gekommen, Mitarbeiter aus anderen Abteilungen, der Briefträger mit Stapeln von Post, oder auch einige Inserenten, die ihre Anzeigen bezahlten, sie verlängerten oder stornierten, manche von ihnen so regelmäßig, dass sie im Laufe der Zeit eine Art Freundesstatus erlangt hatten, wie der weißbärtige Klavierlehrer, der sogleich neben den zu einem großen Rechteck zusammengeschobenen Schreibtischen Platz genommen und uns mit einem Mix aus lustigen Anekdoten und Galanterien unterhalten und damit selbst die so verbissen über ihren Zahlen brütende Frau Winkler zum Schmunzeln gebracht hatte. Darüber hinaus hatte es noch die Boten gegeben, junge Männer zumeist, die sperrige Holzwagen voller Zeitungen, Akten und anderen Schriftstücken die Flure entlang geschoben und in fast jedem der vielen Zimmer etwas abgeladen hatten. Ich war von all diesen Besuchern kaum beachtet worden und hatte ihnen auch meinerseits wenig Aufmerksamkeit geschenkt; meiner Rolle, die ich in diesem Bürogefüge zu spielen hatte, unsicher, hatte ich mich einzig und allein auf die eintönigen Sortier- und Abheftarbeiten konzentriert. So waren mir auch die Blicke, die mir einer der Boten jedes Mal zugeworfen hatte, zunächst entgangen. Er hatte uns mehrmals am Tag irgendetwas gebracht und war dabei schattenhaft unauffällig geblieben, ein stiller Junge in ausgebeulter Cordhose, kariertem Hemd und mit halblang herabhängenden Haaren. Eines Tages, als ich zufällig allein im Raum gewesen war, hatte er Mut gefasst und mich angesprochen. Vielleicht hatte er mich, wie in einer solchen Situation üblich, zu einem Kaffee eingeladen. Ich erinnere mich nicht mehr an unser erstes Treffen, so wie ich auch die Zeit unseres Ein-Paar-Werdens nur noch bruchstückhaft im Gedächtnis habe, in einzelnen, wie Felsen aus dem Meer meines damaligen Nichtverstehens, was zwischen uns geschah, ragenden Episoden. Das Theodorakis-Konzert, bei dem wir in der ersten Reihe gesessen hatten, das mir vielleicht nur deshalb in Erinnerung geblieben ist, weil es ein Foto davon gibt: der Komponist, dem Saal zugewandt, die Arme, als wolle er sein Publikum darin einschließen, weit ausgebreitet, und neben ihm die Sängerin Mara Farantouri, deren hohe, durchdringende Stimme mir unangenehm gewesen war; die Besuche bei seinen Eltern, bei denen es immer einen Cognac gegeben hatte; die Kneipenabende im Kreise seiner Freunde, mit Unmengen von Bier und weltumstürzlerischen Theoriegebäuden. Es war viel Neues in mein Leben gekommen durch die Bekanntschaft mit Reiner, Menschen, denen ich zuvor noch nie begegnet, eine Sicht der Welt, die mir noch nie durch den Kopf gegangen war. Er hatte gerade das Abitur gemacht und die Monate bis zum Beginn seines Studiums der Bibliothekswissenschaften mit dem Job bei der Zeitung überbrückt.

In der dunklen Parterrewohnung im Hinterhaus eines schäbigen Altbaus, in die er, weil er sich mit seinem Vater nicht verstand, gleich nach dem Ende der Schule gezogen war, hatte es, außer einem Schreibtisch, einer Matratze auf dem Boden, einer Kommode für seine wenigen Kleidungsstücke und einem Tisch mit zwei Stühlen in der Küche, keine Möbel gegeben, dafür jedoch eine ganze Wand voller auf deckenhoch angebrachten Sperrholzbrettern stehender Bücher, einen Plattenspieler und zwei große schwarze Lautsprecher in den Ecken sowie eine entlang der Scheuerleiste aufgereihte Schallplattensammlung.

Ich war die Bücherwand abgeschritten, hatte hier und da eines herausgezogen und darin geblättert. Dass jemand, der nur wenige Jahre älter war als ich selbst, bereits so viele Bücher besaß, hatte mich mit Respekt erfüllt. Zwar waren es zum allergrößten Teil billige Taschenbücher gewesen, jedoch zu Themen, mit denen ich mich noch nie beschäftigt hatte; Philosophie, Soziologie und Gesellschaftswissenschaften, sowie vielbändige Lexika, und immer wieder Romane, Erzählungen, Biographien, so eng aneinandergepresst, dass sie sich kaum hervorziehen ließen. Mit seitlich geneigtem Kopf hatte ich die Titel auf den Buchrücken gelesen, meinen Blick über die farblich abgestimmten Ausgaben gleicher Editionen wandern lassen. Schön sah so eine Bücherwand aus, hatte ich gefunden, irgendwie geheimnisvoll, und mich Reiner gegenüber unwissend gefühlt, ja fast dumm, weil ich von der Existenz dieser Bücherwelt bisher keine Ahnung gehabt hatte. Dass jedes dieser Bücher seine eigene Welt in sich barg, hatte ich gedacht, ein Mikrokosmos war, in dem man sich verlieren konnte. Hatte es zu jener Zeit schon das Gefühl von Sprachlosigkeit angesichts der Bücher gegeben, das mich später so oft beim Lesen überkam, ein neidvolles Staunen darüber, was anderen zu verbalisieren gelang?

Ich war eine Fremde gewesen in Reiners Wohnung, obwohl ich ganze Tage und Nächte in ihr verbracht hatte. Heute weiß ich, dass es gerade das Unvertraute gewesen war, was mich dort gehalten hatte, ein nicht nachlassendes Bemühen, es mir anzueignen, um schließlich darin aufgehen zu können. Reiners Wohnung, ja das Zusammensein mit ihm überhaupt, war eine Prüfung für mich gewesen, eine Einübung in die Normalität. Mit ihm zusammen war ich so, wie man sein musste, und der Stolz darauf, dass ich dies, zumindest eine gewisse Zeit lang, konnte, hatte alle negativen Empfindungen verdrängt.

Die Wand, an der die Matratze lag, hatte er orange gestrichen, und noch heute verbinde ich seine dunkle Hinterhauswohnung nicht nur mit feuchter Kälte und morschen, knarrenden Dielen, sondern vor allem mit dieser Farbe. Es war in jenen Jahren modern gewesen, sich mit grellen Farben zu umgeben, allerorts waren einen bunte, großformatige Muster angesprungen, und auch die Kleidung war von schriller Auffälligkeit. Die Flowerpowerzeit eben. Hatten nicht auch seine Schallplatten in orangenen Plastikkästen gestanden?

Ein Plakat, das eine mit fliegenden roten Haaren und aus dem zerrissenen Kleid quellendem Busen die französische Fahne schwingende Frau zeigte, war an diese Wand gepinnt gewesen, mit den in schwungvollen Lettern geschriebenen Worten LIBERTÉ, ÉGALITÉ, FRATERNITÉ darunter; dass es MARIANNE darstellte, hatte Reiner mir erklärt, die Galionsfigur der Französischen Revolution. Wir hatten zusammen unter seiner klammen Decke gelegen und mich hatte ein Frösteln befallen, von dem ich nicht wusste, ob es von der Kälte herrührte oder eine Reaktion auf seinen schweren, knochigen Körper auf mir gewesen war. Auch seine unbeholfenen Zärtlichkeiten waren mir als etwas in unser Zusammensein Hineingehörendes erschienen. DJANGO REINHARDT hatte virtuos seine Gitarre gezupft, und während Reiner in mich eindrang, hatte ich auf ein anderes, neben dem Kachelofen angebrachtes Poster geschaut, auf dem MARA FARANTOURI im Halbprofil zu sehen gewesen war, in deren traurigem Gesicht, so war es mir in jenen Augenblicken erschienen, das Schicksal aller Frauen gelegen hatte.

An die Morgen nach den gemeinsam verbrachten Nächten erinnere ich mich, die von einem euphorisierenden Gefühl, das Normale bewältigt zu haben, erfüllt gewesen waren: an graumarmorierte Resopalbrettchen auf dem von Kerben lädierten Holztisch, schwarzen Kaffee aus angeschlagenen Bechern, Graubrot mit Marmelade, hartgekochten Eiern und an die große blaue Dose BAD REICHENHALLER Streusalz.

Ein Sonntag in der ersten Zeit danach, der sich von den Sonntagen zuvor nur dadurch unterschieden hatte, dass ich an ihm einen Schritt weiter gegangen, einem in jenen Wochen häufig aufgeblitzten Impuls gefolgt war. Ein Frühsommersonntag mit der ihm eigenen Ruhe und nach Belieben zu füllenden Leere. Vogelzwitschern, als ich die Balkontür öffnete, Sonnenschein und ein wolkenlos blauer Himmel, die Geräusche aus den umliegenden Häusern gedämpfter als an den übrigen Tagen. Ein Sonntag voller Unschuld und ver- heißungsvoller Schönheit, der man sinnestrunken erliegen könnte, wäre ich nicht, wie so oft in jener Zeit, mit Kopfschmerzen von zu viel Wein am Vorabend erwacht und mit der Erinnerung an das Gewesene, die alles Zukünftige zwecklos erscheinen ließ. Hätte es nicht die mich in regelmäßigen Abständen überrollenden Anfälle von Verzweiflung gegeben, die, Geburtswehen gleich, in einem Schmerzenshöhepunkt kulminierten und sich dann langsam wieder zurückzogen. Wie ein

Dompteur sich mit dem Peitschenstiel die fauchenden Raubtiere vom Leibe hält, hatte ich sie zu bezwingen, aushaltbar zu machen versucht und ihnen doch nie ihre mich überwältigende Kraft zu nehmen vermocht.

Die Kirchglocken läuteten zum Gottesdienst. Viertel vor zehn also. Was sollte ich heute tun? Wie ein Blatt weißen Papiers, das darauf wartete, beschrieben zu werden, lag der Tag mit seiner Vielfalt an Möglichkeiten, ihn zu gestalten, vor mir, in seiner sommerlichen Unbeschwertheit blind für alles Unglück dieser Welt. Mir war, als wollte er mich verhöhnen, zeigte sich nur deshalb in solch sonnendurchfluteter Helle, damit ich verstünde, dass ich nicht in ihn hineinpasste mit meinem düsteren Gemüt.

Ich fühlte, wie eine Schwäche in mir aufstieg, eine Müdigkeit, die den Gedanken ans Aufgeben entstehen ließ. Daran, endlich nicht mehr so tun zu müssen, als ob alles in Ordnung sei in meinem Leben, nichts mehr bewältigen, dem, was auf mich einströmte, nicht mehr standhalten zu müssen. Wie im Zeitraffer zogen die vergangenen Wochen an mir vorbei, und wieder einmal die Zeit davor, in der Ladenwohnung und dann in der Beratungsstelle, in der ich mir nach unseren gescheiterten Verständigungsbemühungen wie eine Aussätzige vorgekommen war. Wie ich mir einzureden versucht hatte, dass nichts gewesen sei, oder dass mein Zustand durch äußere Aktivitäten zu bessern wäre, mich mit Freunden verabredet, mit ihnen Filme angeschaut hatte und in Museen bilderbehangene Wände entlanggelaufen war, ohne von dem, was ich sah, berührt zu werden, oder einzig von der Tatsache, dass mich nichts zu berühren vermochte. Wie ich das arglose In-der-Welt-Sein meiner Freunde schließlich nicht länger auszuhalten geglaubt und mich mit jäher Dringlichkeit ins Alleinsein zurückgesehnt hatte.

Schneckenhaft langsam war die Zeit an jenem Sonntag vorangekrochen, hatte mich in ihr Korsett aus Sekunden, Minuten und Stunden gepresst und mich mit genussvoller Grausamkeit spüren lassen, dass es kein Entrinnen aus ihr gab. Ich hatte mir gewünscht, sie beschleunigen, wie einen Film, in dem man nach einer bestimmten Szene suchte, im Schnelllauf abspulen zu können.

Eine Getriebene war ich in der ersten Zeit nach unserem Auseinandergegangensein gewesen, ruhelos nach einem Ort suchend, an dem das Leben zu ertragen wäre, einer Art Zwischenwelt vielleicht, in die die Wirklichkeit nur in kleinen Dosen drang. Ob sie dieses

Gefühl der Unerträglichkeit kenne, hatte ich sie einmal, nachdem wir uns wieder einmal mit Worten nicht zu verständigen vermocht hatten, gefragt, diesen Schmerz des Ausgeschlossenseins aus allem, was zwischen Menschen sagbar war, der so übermächtig werden konnte, dass er alles andere aufzehrte, doch sie hatte nur teilnahmslos mit den Schultern gezuckt.

Nichts, was zu tun sich an einem Sonntag wie diesem anbot, war für mich in Frage gekommen. Unvorstellbar, spazieren zu gehen, weder allein, noch mich mit jemandem dafür zu verabreden. Die Kontaktaufnahme zu anderen war ohnehin unmöglich, weil der Zustand, in dem ich mich befand, niemandem zu erklären wäre. Selbst häusliche Verrichtungen, wie aufzuräumen oder die Wohnung zu putzen, erschienen mir sinnlos, und erst recht, mich in ein fremdes Geschehen hineinzubegeben, fernzusehen etwa oder ein Buch zu lesen. Das Verzweiflungstier hatte sich in mir festgebissen und sein Gift in alle Winkel meines Daseins verspritzt, sie verseucht und mich handlungsunfähig gemacht, gelähmt und dennoch innerlich so aufgewühlt, dass nicht einmal mehr die Flucht in den Schlaf geblieben war.

Ich hatte gleich gewusst, dass es einer von den schlimmen Tagen werden würde, gleich beim Aufstehen, als mich die funkelnden Sonnenstrahlen und die warme, windstille Luft begrüßt hatten. Keine graue Trübnis, die meinen Kummer zudeckte, kein regenverhangener Himmel, der mit mir weinte, sondern eine alles ausleuchtende unbarmherzige Helligkeit, in der nur die Glücklichen eine Existenzberechtigung zu haben schienen.

Die Hinwendung zum Schränkchen im Badezimmer war ungeplant gewesen, einer plötzlichen Eingebung folgend, weil ich mich gerade in dessen Nähe befand, oder als täte ein körpereigener Automatismus etwas, was sich in jenen Wochen als letzter Ausweg in meinem Kopf verankert hatte. Beinahe bewusstseinslos das Öffnen der Tür und das hastige Zusammenkehren der darin befindlichen Schachteln. Wie ein Einbrecher, der seine Beute eilig zusammenrafft, hatte ich mir den Inhalt des Schrankes in die Armbeuge gefegt, war damit ins Zimmer gelaufen und hatte ihn auf den Tisch geschüttet. Erst dort hatte das Packungsdurcheinander das weitere Vorgehen reifen, mich aus der Küche ein Glas Wasser holen und dann die Paletten aus den Schachteln ziehen und die Tabletten aus ihrer Stanniol-verschweißung drücken lassen. Ich erinnere mich noch an das Gefühl von Leichtigkeit, das mich dabei erfüllt hatte, an mein Staunen darüber, wie einfach plötzlich alles war, von welch simpler Folgerichtigkeit. Zum ersten Mal an diesem Tag tat ich etwas, das nicht vom Empfinden, sinnlos zu sein, begleitet war. Ich war ganz und gar auf die monotonen Druckbewegungen meines Daumens konzentriert gewesen und dann, als ein Häufchen von großen und kleinen, runden und ovalen, weißen, rosafarbenen, hellblauen und lindgrünen Pillen vor mir lag, darauf, ihren unterschiedlichen Konsistenzen auf der Zunge nachzuspüren. Wie manche von ihnen, kaum im Mund, zu einer pulvrigen Masse zerfielen, andere, hart und glatt, der Speichelnässe widerstanden und mit einem Schluck Wasser und einem Zurückwerfen des Kopfes hinuntergespült werden mussten. Kurz darauf hatte mich der Schlaf übermannt.

Als ich wieder erwachte, war der Tag bereits seinem Ende entgegengegangen, hatte die einsetzende Dämmerung ihm die Farben genommen. Blassrote Fetzen hatten als letzte Spuren der untergegangenen Sonne am Himmel gehangen. Mir war schwindlig gewesen. Ein Orkan hatte in meinem Kopf gewütet, und als ich aufzustehen versucht hatte, schienen mich meine Beine nicht mehr tragen zu können. Langsam, mich an Wänden und Möbeln abstützend, hatte ich mich durch die Wohnung getastet. Die Gegenstände in den Räumen hatten die Konturen verloren, sich in unidentifizierbare, in milchigweißer Ferne verschwimmende Flecken verwandelt. Erst die aufgerissenen Schachteln auf dem Wohnzimmertisch hatten mich begreifen lassen, was geschehen war. Panik hatte mich erfasst, Entsetzen darüber, es nicht mehr rückgängig machen zu können. Ich hatte mir ausgemalt, wie das Pillengemisch in mir arbeitete, seit Stunden schon seine zerstörerische Wirkung entfaltete, wie sich die verschiedenen Substanzen miteinander verbanden oder bekämpften, meine Organe zerfraßen und nach und nach deren Funktionen zum Erliegen brachten. Was wusste ich denn schon über die chemischen Bestandteile von Medikamenten und darüber, was sie im Körper anzurichten vermochten?
Der Notarzt, den ich gerufen hatte, war nach einer Dreiviertelstunde gekommen, ein hagerer, gebückter Riese, der meinen Blutdruck gemessen, mir in die Augen geleuchtet, sich dann auf meinem Sofa niedergelassen und die Beipackzettel der Schachteln überflogen hatte, brillenlos bei gedämpftem Stehlampenlicht, während

mir dies gewöhnlich selbst mit Lesebrille kaum gelang, was das Gefühl meines Beschädigtseins noch verstärkt hatte.

Es sei nicht lebensgefährlich, was ich genommen hatte, hatte er mich beruhigt, während er ein seinen Einsatz dokumentierendes Formular ausfüllte und es mir zur Unterschrift hinschob. Er hatte nicht wissen wollen, weshalb ich die Tabletten geschluckt hatte.

Ein Jahr nach meiner Bekanntschaft mit Reiner war ich schwanger geworden. Natürlich hatte die Möglichkeit, dass dies geschehen könnte, die ganze Zeit über in der Luft gelegen; die GEFAHR EINER SCHWANGERSCHAFT war sozusagen Bestandteil unserer Verbindung gewesen, etwas wie ein Damoklesschwert über ihr Schwebendes, das es durch diverse Vorkehrungen zu verhindern gegolten hatte. Das Thema VERHÜTUNG war damals in Freundinnen- und anderen weiblichen Kreisen überhaupt beliebt gewesen und man hatte sich über deren verschiedene Methoden ausgetauscht wie über Kochrezepte. DIE PILLE war allgegenwärtig gewesen, ob man sie vertrug oder nicht, und dass man sich alternativ eine SPIRALE einsetzen oder ein DIAPHRAGMA verschreiben lassen könnte.

Obwohl ich mich an diesen Frauengesprächen nie beteiligt hatte, war allein durch mein zuhörendes Dabeisein der Eindruck entstanden, dass diese Thematik auch mich beträfe. Und irgendwie hatte ich mir wohl auch gewünscht oder sogar einzureden versucht, dass es so wäre, es als ein Zeichen des Wie-die-anderen-Seins betrachtet, sich damit zu beschäftigen. Dennoch war mir die Selbstverständlichkeit, mit der Strategien zur Vermeidung des Kinderkriegens verhandelt worden waren, immer fremd geblieben, wohl weil ihr die geschlechtliche Vereinigung als etwas Zwangsläufiges zugrunde gelegen hatte.

Es war nicht en vogue gewesen, schwanger zu werden in jenen Jahren. In der aufblühenden Frauenbewegung hatte man um weibliche Gleichberechtigung, gegen die klassische Frauenrolle gekämpft und mit dem Slogan MEIN BAUCH GEHÖRT MIR für das Recht auf Abtreibung. Ein Nicht-aufgepasst-Haben, mit dessen Folgen nun umzugehen wäre. Ich hatte niemandem sagen können, wie sehr ich das nun Eingetretene von Beginn an herbeigesehnt, ja es als verdiente Belohnung für meine Anpassungsbemühungen ans Normale betrachtet hatte. Aber vielleicht hatte ich mir, weil die Bewertung meiner Situation für alle klar auf der Hand zu liegen schien, auch dies nicht einzugestehen gewagt und allein durch meine Ausstrahlung zeigen können, in welch eine Euphorie mich mein Zustand versetzte. Keiner der auf mich niedergeprasselten Einwände hatte mich erreicht: Dass ich viel zu jung sei, um Verantwortung für ein Kind zu übernehmen, zudem ohne die dafür nötigen Voraussetzungen, unverheiratet, ohne Beruf, ja noch nicht einmal eine eigene Wohnung hätte.

„Wie kannst du nur ein Kind von einem Mann bekommen, den du gar nicht liebst?", hatte die Mutter verständnislos gefragt und dabei wohl an die Liebe ihres Lebens gedacht, die sie so tief verletzt hatte, dass danach keine weitere mehr möglich gewesen war, und ich hatte ihr nicht erklären können, dass es diese Art von Liebe für mich niemals geben würde. Dass ich das Kind lieben würde, hatte ich gedacht, dass sein Dasein mir einen Platz in der Welt verschaffen würde. Mit einem Kind würde ich unangreifbar werden. An Reiners Nussbaum-schreibtisch gelehnt, hatte ein Lächeln auf meinen Lippen gelegen, das durch nichts, was er sagte, fortzuwischen gewesen war, ein Lächeln, das aus meinem Innern heraus gewachsen, eine ungläubige Freude über die sich in meinem Körper vollziehenden Veränderungen gewesen war. Ich hatte einen kurzen fliederfarbenen, vorn mit einer Knopfleiste geschlossenen Rock getragen, weiß ich noch, und mir eingebildet, dass er, obwohl dies zu dem Zeitpunkt noch gar nicht möglich gewesen war, im Bund bereits ein wenig spannte.

Nach und nach waren die kritischen Stimmen in meiner Umgebung leiser, wahrscheinlich von meinem Optimismus über-strahlt worden. Jemand, der sich so sehr auf sein Kind freute, wäre den Anforderungen der Mutterschaft vielleicht wirklich gewachsen, mochte man vielleicht gedacht haben. Rückblickend hatte ich jene Schwangerschaftsmonate als glücklichste Zeit meines Lebens angesehen, vielleicht gerade ihrer Ungewissheiten wegen, die über-schäumende Zukunftsphantasien in Gang gesetzt, alles hatten möglich werden lassen. Noch nie zuvor hatte ich mich auf solch sichtbare Weise wie die anderen fühlen können. „Seht her!", hatte ich ihnen, stolz meinen sich mehr und mehr rundenden Bauch zeigend, im Geiste zugerufen: „Ich bin eine von euch!"

Nur manchmal, mit mir allein, hatte mich plötzlich Angst überfallen, dass die sich in mir vollziehende Entwicklung nicht ihr vorausbestimmtes Ende fände, dass ich dieses Mal den Bogen meiner Anpassungssucht an die Normalität überspannt, das Schicksal zu sehr herausgefordert hätte und am Tag der Geburt die Quittung dafür bekäme. Dass es gar kein richtiges Kind sei, das in mir wachse, hatte ich mir in Schreckensmomenten ausgemalt, sondern, meinem die Normalität nachahmendem Leben entsprechend, nur etwas Kindähnliches, eine Kindsnachbildung, die sich am Tag der Geburt in Luft auflösen oder zum Entsetzen des Krankenhauspersonals als etwas noch nie Dagewesenes zum Vorschein käme. Ich hatte mich mit dem in mir entstehenden Wesen zu verbünden, mir eine Art Zusammenarbeit zwischen uns vorzustellen versucht, in der unsere bevorstehende körperliche Trennung zu bewältigten wäre. Aber dann war mir in den Sinn gekommen, wie hilflos und instinktgesteuert Neugeborene waren, und klar geworden, dass ich ganz auf mich allein gestellt sein würde.

Mit Unterstützung der Mutter waren die nötigen Vorbereitungen getroffen worden, Verwandte und Freunde hatten Präsente gebracht, kleine Stofftiere, Rasseln, winzige Jäckchen und Strampelanzüge, deren Gebrauch für mich im Bereich des Nichtvorstellbaren gelegen hatte. Wenn ich jungen Frauen mit Kinderwagen begegnete, hatte ich ein Gefühl von Traurigkeit verspürt, weil ich mir nicht auszumalen gewagt hatte, wie ich demnächst ebenfalls einen schöbe. Ich hatte wie in einer Zeitblase gelebt in jenen Monaten, den Geburtstermin als Ende alles Denkbaren in meinem Kopf und danach nichts mehr.

Marion hat sich verändert seit der Trennung von Gert, ist merklich dünner geworden und ihre zuvor regelmäßig zu einer ordentlichen Kurzfrisur gestutzten und rostrot gefärbten Locken sind zu einer wilden Löwenmähne gewachsen, wie sie sie damals am Kolleg gehabt hatte, nur dass sie inzwischen nicht mehr blond sind, sondern von graudurchsetzter farblicher Undefinierbarkeit.

Wir sitzen uns nach dem Besuch eines kleinen Off-Theaters an einem der schwarzen Tische eines in karger Modernität eingerichteten Lokals beim Wein gegenüber. Ich habe ein schlechtes Gewissen, weil der Vorschlag, sich das Stück anzuschauen, von mir gekommen und es seinen Preis nicht wert gewesen war: zwei Männer auf einer billigen Hinterhofbühne, die durch Gehampel und alberne Witze die Dürftigkeit des Inhalts zu überspielen versucht hatten. Aber Marion, die generell gegenüber äußeren Attraktionen nicht besonders anspruchsvoll war, hatte beteuert, dass es ihr gefallen hätte, aber wahrscheinlich gefiel ihr momentan alles, was sie von ihrem Leben ablenkte.

Sie beginnt sogleich wieder, von Gert zu sprechen, von der Ungeheuerlichkeit seines Verhaltens, und dass sie heute überhaupt nicht mehr verstünde, wie sie sich die ganzen Jahre über so viel von ihm gefallen lassen, sein rechthaberisches, störrisches Wesen habe ertragen können. Dass bei ihm den ganzen Tag lang der Fernseher gelaufen sei, erzählt sie, und er sich, wenn sie sich darüber beschwerte, jede Einmischung in seine Lebensgewohnheiten verbeten hatte. Über nichts wäre mit ihm zu reden gewesen, jeden ihre Beziehung betreffenden Gesprächsversuch hätte er sofort abgeblockt, nur in seinen Monologen sei er nicht zu bremsen gewesen, in seinem missionarischen Eifer, sie von der Richtigkeit seiner Auffassungen zu überzeugen. Dass sie schon seit Jahren nicht mehr miteinander geschlafen hätten, gesteht sie mir dann, weil er ihr eines Tages erklärt hätte, genug Sex in seinem Leben gehabt zu haben und nun damit aufhören zu wollen.

„Jede andere Frau wäre längst weg gewesen, nur ich war so blöd gewesen, zu glauben, dass wir weiterhin als Freunde zusammenleben und miteinander alt werden könnten."

Sie schüttelt, über ihre Naivität entsetzt, den Kopf, so dass ihre Löwenmähne hin und her fliegt.

Ich fahre mit Daumen und Zeigefinger den Stiel meines Weinglases auf und ab. Im Unterschied zu Marions Glas ist es schon fast leer, weil ich während ihres Erzählens immer wieder daraus getrunken habe.

Eine Allerweltsgeschichte, denke ich, unzählige Male passiert, und doch für den, dem sie widerfährt, immer wieder von einzigartiger Tragik: das sich seit Urzeiten zwischen Menschen abspielende Drama von enttäuschter Liebe, vom Verlassenwerden und missbrauchtem Vertrauen. Wie oft hatte ich es schon, in den verschiedensten Variationen aufgeführt, gesehen, mich in die von überschäumender Wut bis zu abgrundtiefer Verzweiflung reichenden Gefühlspaletten der jeweiligen Akteure einzufühlen versucht, in das Dickicht gekränkter Selbstbilder, zerstörter Lebenspläne und Alleinseinsängsten. So wie ich mich nun in Marions Geschichte hineinzuversetzen bemühe, mich von ihrer Wut und ihrer Verletztheit anstecken lassen möchte und doch seltsam unberührt bleibe, als sei ich gegen ein derartiges Schicksal resistent.

Als der Kellner vorbeiläuft, hebe ich mein Glas, um ihm zu signalisieren, dass ich noch einen Wein möchte, was dieser jedoch nicht, wie erhofft, en passant zur Kenntnis nimmt, sondern woraufhin er in seinem Schritt innehält und an unseren Tisch kommt.

„Noch einen Chardonnay?", fragt er und grinst Marion an, die ihn bereits bei der Erstbestellung in ein flirtendes Wortgeplänkel verwickelt hatte. Ich nicke stumm und zwinge mir, um an ihrer Vertraulichkeit ein wenig teilzuhaben, ein Lächeln ab. Spüre Schläfrigkeit in mir aufsteigen, eine Schwere, die jede Bewegung und jedes weitere Wort zu einem Kraftakt macht, merke, wie die Umgebung, als hätte sich Nebel im Lokal ausgebreitet, an Schärfe zu verlieren beginnt. Einen Moment lang befürchte ich, dass mich Marion und der junge Kellner für betrunken halten könnten. Sie können nicht wissen, dass meine plötzliche Müdigkeit nicht vom Wein herrührt, denke ich, sondern dass sie eine Folge der Anstrengung ist, die es kostet, so zu tun, als ob mich Marions Geschichte etwas anginge.

„Was für ein süßer Junge", seufzt sie, als sich der Kellner wieder entfernt, und schickt ihm einen sehnsüchtigen Blick hinterher. Er ist nun hinter dem Tresen mit dem Polieren von Gläsern beschäftigt und ich beobachte ihn eine Weile dabei, wie er sie mit routinierter Drehbewegung trocken reibt und dann, auf Flecken überprüfend, in die Höhe hält: ein athletischschlanker Mann mit langen blonden, zu einem Pferdeschwanz gebundenen Haaren, der sich seiner Wirkung durchaus bewusst ist und vom Alter her unser Sohn sein könnte.

„Manchmal denke ich, dass das Ganze nur ein böser Traum sei, aus dem ich irgendwann wieder erwachen würde", sagt Marion. Eine Kollegin hätte ihr geraten, eine Therapie zu machen, aber sie wisse nicht recht, ob ihr das etwas bringen würde.

„Wahrscheinlich bräuchte eher Gert eine Therapie, so sturköpfig, wie er ist", murmle ich teilnahmslos. So plötzlich, wie sie mich überkommen hatte, ist die Benommenheit wieder von mir abgefallen und mir ist nun, als nähme ich in genau konträrer Weise alles um mich herum in überdeutlicher Schärfe, mit nüchternem, illusionslosem Klarblick wahr, befände mich in einem Zustand hypersensibler Wachheit, in den man zuweilen nach längerem Schlafdefizit gerät. Wie die kastenförmigen Stühle akkurat um die quadratischen Tische herum gruppiert sind und auf jedem, exakt in der Mitte platziert, ein chromfarbenes Pfeffer-Salz-Set und ein Primeltopf stehen, das sanfte Licht, das aus unter der Decke angebrachten Strahlern die bordeauxrot getünchten Wände hinabfließt. Mittlerweile ist es in dem Lokal fast leer geworden, nur am Tisch in der Ecke ist noch ein junges Paar in ein leises Gespräch vertieft; als hätte er sich bereits für den nächsten Tag gerüstet, wirkt der saalartige Raum in seiner aufgeräumten Kargheit, einen Tag, der genauso wie der heutige sein würde, mit den Frühstückern in den Vormittagsstunden begänne, die dann von den Businesslunchern abgelöst würden, Anzugmännern und elegant gekleideten Frauen aus den umliegenden Büros und Banken, und die wiederum von den nachmittäglichen Einkaufsbummlern, Freundinnenpaaren, die ihre in Plastiktüten verborgenen Errungenschaften auf den freien Stühlen ablegten und sich bei Kaffee und Kuchen entspannten, um schließlich wieder in den Abend zu münden, mit Leuten wie uns, Theater- oder Konzertbesuchern, die sich noch auf ein, zwei Gläser oder einen Imbiss zusammensetzten.

Der junge Kellner steht an der Computerkasse. Er rechnet die Tageseinnahmen ab, denke ich, oder dass er vielleicht nur so tut, als sei er beschäftigt, während er darauf wartet, dass wir und das Paar in der Ecke endlich gehen und er das Lokal schließen kann. Das lakenartige, ihm bis zu den Füßen reichende weiße Tuch, das er, wie es in Kellnerkreisen zur Zeit Mode ist, straff um die Hüften gebunden hat, gibt ihm eine der Funktionalität seiner Arbeitsstätte angepasste Souveränität, und mir wird auf einmal bewusst, dass ich während des ganzen Abends darüber gestaunt hatte, wie schnell er sich damit zu bewegen vermochte.

Marion scheint die Zeit vergessen zu haben. Hält, als wolle sie sich daran wärmen, ihr noch immer halbvolles Glas mit beiden Händen umfasst, deren Inhalt bisweilen in eine leichte Schwingung versetzend und gedankenversunken in ihn hinein starrend.

„Ich würde so gerne etwas tun, was mich ausfüllt", seufzt sie, „ein Instrument lernen vielleicht oder auch malen". Berichtet dann, dass sie sich kürzlich zu einem Salsakurs angemeldet hätte, aber der wäre eben nur einmal in der Woche und es blieben noch sechs weitere leere Abende. Besonders schlimm seien die Wochenenden, wenn sie nicht in die Apotheke müsse. Wie eine endlose Wüste lägen die beiden freien Tage vor ihr und setzten sie unter einen enormen Druck, etwas zu finden, was sich an ihnen unternehmen ließe.

Ich erwidere nichts. Wundere mich, wie schon oft zuvor, darüber, dass die meisten Menschen nach einem schlimmen Erlebnis immer gleich nach Ablenkung suchten, sich in etwas Neues stürzten, als wäre das Geschehene damit zuzudecken oder dem, der es ihnen zugefügt hatte, zu beweisen, dass er sie nicht zerstören konnte.

Nach unserem Auseinandergegangensein an jenem regnerischen Novembertag hatte es für mich nichts mehr gegeben, was ich hätte tun können, weil jegliche Aktivität ein Gefühl des In-die-Welt-Gehörens voraussetzte, das mir abhandengekommen war. Solange es noch etwas gibt, das zu tun einem verheißungsvoll erscheint, ist man noch nicht verloren, denke ich, würde sich von dem, was einem geschehen ist, wieder erholen. Auch Marion würde über ihr von Gert Verlassenwordensein hinwegkommen und irgendwann wieder einen neuen Mann kennen lernen. Hatte sie nicht erst neulich am Telefon von einem Kunstprofessor geschwärmt, der regelmäßig zu ihr in die Apotheke käme? So ausführlich, dass ich ihn förmlich vor mir sehen konnte, hatte sie ihn mir beschrieben, als kleingewachsen, von rundlicher Gestalt und mit dichtem, die kahle Mitte umstehenden Haarkranz, und mir gestanden, dass sie kleine, dicke Männer erotisch fände. Wie es mich immer wieder enttäuscht hatte, dass Lebenskrisen anderer gewöhnlich nur von kürzerer Dauer sind, denke ich, und ich die Begründung dafür stets darin gesehen hatte, dass sie nicht in der eigenen Person verankert, sondern durch von außen Herein-brechendes ausgelöst worden waren.

Die Stille im Lokal lässt unsere Stimmen an Bedeutung gewinnen, gibt ihnen einen Nachhall. Auch das Paar in der Ecke ist inzwischen verschwunden und es ist, als würden sich unsere Worte im Raum ausbreiten, gehörte, was wir sagten, nicht mehr uns allein, sondern müsse sich den Regeln einer mithörenden Öffentlichkeit beugen. Wie hohl und austauschbar die Sätze sind, mit denen ich Marion zu trösten und ihr Mut zuzusprechen versuchte, denke ich, leere Hülsen, die in der Stille zerplatzten und deren Vorrat sich zudem während unseres Beieinandersitzens aufgebraucht hat. Ich lasse meinen Blick durch den Raum wandern, wie auf der Suche nach etwas, womit sich der Abend beschließen ließe, und nehme erst jetzt die aus Baumstämmen geschnitzten Figuren wahr, die in gleichmäßigen Abständen an den Wänden stehen. Sie erinnern an Totempfähle oder an naive afrikanische Kunst, in Holz geritzte Gesichter, und wenn man sie genauer betrachtet, sieht man, dass jedes einen anderen Ausdruck hat, einige fröhlich lachen, andere ernst und nachdenklich blicken und wieder andere mit grimmiger Wut, als habe deren Schöpfer die ganze Palette des Menschlichen abbilden wollen. Auf einmal glaube ich zu wissen, was mich an den Geschichten wie der von Marion so ermüdet. Es ist nicht die in ihnen mitschwingende Erwartung, dass ich etwas Derartiges ebenfalls schon erlebt habe, nicht mein Bemühen, sie zu verstehen, und auch nicht das Wissen, dass ich so etwas niemals erführe, sondern einzig und allein die Tatsache, dass sie geläufig sind und durch die Häufigkeit, in der sie sich ereignen, einen Abdruck in der Welt hinterlassen, ein ihre Bewertung bestimmendes Muster gebildet haben.

Dass ich erst dann richtig zu leben begänne, wenn es mir gelungen wäre, mich einem anderen Menschen verständlich zu machen, hatte ich immer geglaubt. Nur indem ich meine Art des In-der-Welt-Seins einem anderen vermittelte, wäre sie aus ihrem Nichtvorhandensein in der allgemeinen Wahrnehmung heraus-zuholen; es bedurfte seiner sozusagen als eine Art Bindeglied zwischen meiner Welt und der der anderen. Alles zuvor war, auch wenn es wie richtiges Leben aussah, lediglich ein Warten darauf gewesen, dass jemand käme und mir durch sein Verstehen eine Zutrittsgenehmigung zur Welt verschaffte.

Immer wieder lese ich in den Aufzeichnungen aus jener Zeit, in den Kladden, die ich nach unseren Gesprächen in weinseligen Nächten vollgeschrieben habe, die Mails, die ich ihr geschickt habe, und ihre kurzen, lapidaren Antworten darauf. Ich habe sie ausgedruckt und, um das Geschehene nicht dem Vergessen anheimfallen zu lassen, in einer Mappe aufbewahrt. Irgendwann werde ich alles in einer Kiste verstauen und sie auf den Hängeboden stellen, werde ich die drei Jahre als eine abgeschlossene Episode meines Lebens betrachten können.

Ich hatte immer mein Notizbuch dabeigehabt, wenn ich zu ihr gegangen war; zuerst das mit den Steinen auf dem Einband und, als dieses vollgeschrieben gewesen war, das dickere mit dem roten Stoffrücken und dem Girlandenmuster. Hatte es, verschämt, weil ich dieser Unterstützung bedurfte, in den Spalt zwischen Sitzkissen und Armlehne gesteckt und in Situationen, in denen sich eine schweigende Ratlosigkeit zwischen uns ausgebreitet oder ich keinen klaren Gedanken mehr im Kopf gehabt hatte, hervorgezogen und darin geblättert. Sie hatte dies ignoriert, vielleicht, weil es sie gekränkt hatte, dass ich mich nicht mit dem begnügte, was unmittelbar zwischen uns geschah.

Dass ich die Schuld am Scheitern unserer Gespräche trüge, hatte ich immer geglaubt, mich nicht klar genug auszudrücken vermochte oder, was ich als noch schlimmer empfand, eben nicht zu verstehen sei, dass, was mich ausmachte, abseits des Mitteilbaren und für andere Vorstellbaren läge. Mein Gefühl, nicht in diese Welt zu gehören, und die Versuche, darüber zu sprechen, waren eine unheilvolle Verbindung eingegangen, hatten sich gegenseitig hochgeschaukelt, das erste hatte das zweite unvermeidlich erscheinen lassen und es durch dessen Wirkungslosigkeit noch vergrößert.

Sie fände es anmaßend, Menschen auszufragen, hatte sie unwirsch erwidert, als ich mich darüber gewundert hatte, dass sie nichts von mir wissen wollte.

„Als ob es nicht weitaus anmaßender wäre, jemanden mit besserwisserischen Ratschlägen zu überschütten", hatte ich am Abend zu Ruth gesagt.

Heute weiß ich, dass es nicht meine Schuld gewesen war, dass ich mich in all den Situationen, in denen ich es versucht hatte, nicht verständlich machen konnte. Weiß, dass ich dazu keine Chance gehabt hatte, weil Verstehen eine Offenheit des Geistes voraussetzte, ein Annehmen von allem, was ist, und die Menschen, an die ich mich gewandt hatte, eine durch ihre eigene Persönlichkeit und dem, was ihnen beigebracht worden war, begrenzte Sichtweise gehabt und mir immer nur ihr starres Gerüst aus Lebensregeln aufgedrängt hatten. Und wahrscheinlich kann man bei einem anderen auch nur das verstehen, was irgendwo in einem selbst angelegt ist, denke ich, wenn man Anknüpfungspunkte dafür im eigenen Ich findet.

Ruth hatte die Hände aneinandergelegt, im Innern einen Hohlraum bildend, als formte sie einen Schneeball. „Diese Leute haben ein hermetisch geschlossenes Denksystem", hatte sie erklärt, „von dem sie alles, was dort nicht hineinpasst...", Zeige- und Mittelfinger ihrer rechten Hand waren nun zu einer um die imaginäre Kugel herumschnappenden Schere geworden, „...einfach abschneiden."

Dass sie mich immer nur gedemütigt und beleidigt hätte, hatte ich ihr geklagt, mich stets nach wenigen Sätzen mit der Bemerkung, dass dies doch allen so ginge und etwas ganz Normales wäre, unterbrochen, und wenn ich mich über unsere Art miteinander zu reden beschwerte, aufbrausend erklärt hatte, dass eine Gesprächspartnerin, wie ich sie mir wünschte, erst noch gebacken werden müsste. Dass sie mir, obwohl ich nie etwas anderes gewollt hatte, als dass sie mir zuhörte, vorgeworfen hatte, ihre Grenzen zu verletzen, um mich schließlich mit der Bemerkung, dass mir eben nicht zu helfen sei, kaltblütig abzuservieren, hatte ich mich, obwohl Ruth dies alles schon wusste, in meine Aufzählung der Negativitäten hineingesteigert.

In dem Raum, in dem wir beieinandergesessen hatten, waren Kisten mit gesprächsunterstützenden Requisiten in den Regalen untergebracht gewesen, mit Seilen, die sie zur Demonstration individueller Grenzen um die Sessel legte, Stiften, um das Gesagte in bunten Diagrammen zu verdeutlichen, Karten mit Sinnsprüchen, von denen ich einmal, als unser Gespräch in für sie unüberschaubare Gefilde auszuufern drohte, eine ziehen und den Spruch darauf laut vorlesen musste. Wie im Kindergarten, denke ich. Oder hatten die hölzernen Behälter schon damals, als ich noch zu ihr gegangen war, die Assoziation von Spielzeugkisten hervorgerufen? Wenn dies so gewesen war, hatte ich diesen Gedanken jedenfalls sogleich weggeschoben. Ich hatte nichts auf sie kommen lassen. Hatte alles, was sie sagte und tat, ungefiltert auf mich einwirken lassen und mir eingeredet, dass es gut und richtig für mich sei, ihr eine Rundumkompetenz eingeräumt, eine jegliche Eigenverantwortung ausschaltende Verfügungsgewalt über meine Person. Hatte mich ihrer starren, vereinfachenden Sichtweise angepasst, ihren simplen Interpretationen zu folgen versucht. Es wurde bei Begegnungen dieser Art auch von einem erwartet, für alles, was einem nahe gebracht wurde, offen zu sein, die Deutungen des Gegenübers wie ein Schwamm in sich aufzusaugen, anderenfalls galt man als uneinsichtig, und die Zweifel, die man hatte, wurden einem als ABWEHR und VERDRÄNGUNG ausgelegt. Sie hatte mir, weil sie auf diesem Gebiet wahrscheinlich eine Fortbildung absolviert hatte, Punkte im Gesicht und im Brustbereich gezeigt, durch deren Stimulation Gefühle zu beeinflussen wären, hatte vom *Bei-sich-Bleiben* und *Sich-selbst-Annehmen* gesprochen, und ich hatte mir eingeredet, dass es allein darauf ankäme. Ich war nicht mehr bei Verstand gewesen in der Zeit bei ihr, hatte jegliches Gespür für mich selbst verloren gehabt. Dass wahrscheinlich diejenigen unbeschädigt aus Gesprächen dieser Art herauskamen, die ihrer nur wenig bedurften, hatte ich häufig gedacht, die mit einer erwartungsoffenen Neugierde in sie hineingingen und sich eine gewisse Skepsis, einen Rest Unberührbarkeit bewahren konnten. Oder hatte ich ihr diese Überlegung sogar mitgeteilt und ein interesseloses „Schon möglich" zur Antwort erhalten?

Sie hätte mich nicht nehmen sollen, hatte sie, als es zwischen uns immer schwieriger wurde, häufig geklagt. Hätte gleich zu Beginn geahnt, dass es mit mir nicht einfach sein würde, dies jedoch ignoriert und nun die Quittung dafür bekommen, so dass sie nun sehen müsse, wie sie mit mir fertig würde. Am Ende hatte sie schließlich unsere unfruchtbaren Zusammenkünfte mit einem imperativen „Gehen Sie!" zu beenden versucht. Aber wie hätte ich gehen können mit dem unentwirrten Knäuel unserer Missverständnisse, wie weiterleben können mit all dem Ungesagten?

Heute erwarte ich von niemandem mehr etwas. Es hatte dieser letzten Erfahrung des erneuten Verstoßenwerdens bedurft, um den Wunsch, verstanden zu werden, endgültig aufgeben zu können. Nicht, weil ich nun zu der Einsicht gelangt wäre, dass ich, wie sie es mir vorgeworfen hatte, etwas Unmögliches verlangte, sondern, weil ich mich der Anstrengung des Micherklärens nicht mehr unterziehen wollte. Mein Leben ist einfacher geworden seitdem. Von meinem unerklärten Ich wie von einer Schutzhaut umhüllt, gehe ich meiner Wege, in der Gewissheit, dass alles, was ich tue, nur von der Außenseite sichtbar ist.

Aufregungslos, wie ein tagein tagaus dieselbe Strecke fahrender Zug, rollt mein Leben dahin, wie immergleiche Ortschaften fliegen die Tage, Wochen und Monate an mir vorbei. Es gibt nur noch wenige Entscheidungen zu treffen, kaum noch etwas, was mir wirklich wichtig erscheint. Die Zweifel früherer Tage, die Unentschiedenheiten, welcher von vielen möglichen Wege einzuschlagen sei, die sich selbst an banalen Fragen entzünden und die Wahl einer Joghurt- oder Käsesorte im Supermarkt minutenlang zu einer alles Übrige verdrängenden Größe hatten anwachsen lassen, sind einer blinden Sicherheit gewichen, einem von Gewohnheiten bestimmten, vereinfachten Handeln. Dass jegliche Unentschlossenheit auf einer ungenügenden Kenntnis der eigenen Person beruht, denke ich, auf der Angst, etwas zu tun, was einem nicht entspricht.
Ich muss an Karin, eine frühere Kollegin, denken, mit der ich, weil wir nah beieinander gewohnt hatten, oft von der Arbeit nach Hause gefahren war. Karin hatte alles erst einmal zur Probe getan, Kleidungsstücke nach ein-, zweimaligem Tragen, als nicht passend für sich empfindend, wieder in den Laden zurückgebracht, und als sie mich einmal zu sich einlud, hatte ich gesehen, dass sie in ihrer Wohnung

Regale und Bilder an provisorisch in die Wände geschlagene Nägel gehängt und Gardinen mit Reißzwecken an den Fenstern befestigt hatte, um zu testen, ob ihr die Art der Einrichtung gefiel. Auch in Fragen der grundsätzlichen Lebensgestaltung war sie voller Unsicherheiten gewesen, hatte nicht gewusst, ob sie ihre Arbeit mochte, ob sie sich eine andere Wohnung suchen, die Stadt verlassen oder in ihr bleiben sollte. Ich hatte ihr Verhalten insgeheim geringgeschätzt, weil mir dieses Ausmaß an Orientierungslosigkeit im Leben und die Wichtigkeit, die sie äußeren Dingen einräumte, schon damals fremd gewesen waren.

Mir ist, als führe mein Lebenszug immer schneller durch die Landschaften der Zeit, unbemerkter, weil ich mich in meinen Gewohnheiten eingerichtet habe und kaum noch durch ein Ereignis zu erschüttern bin. Vielleicht der einzige Nachteil der gewonnenen Selbstgewissheit, denke ich.

Die Mutter legt ihr Bettzeug zum Lüften heraus. Breitet zuerst eine Wolldecke auf dem Fensterbrett aus und schaut, auf die verschränkten Unterarme gestützt, einige Minuten lang in die Hofanlage hinaus, bevor sie das dicke Federbett aus dem Zimmerinneren holt und, es schüttelnd und darauf herumklopfend, der Fensteröffnung anpasst. Seit sie nicht mehr arbeitet, tut sie das jeden Morgen, immer zur annähernd gleichen Zeit, so dass das Heraushängen der Betten für mich zum beruhigenden Zeichen dafür, dass es ihr gut geht, geworden ist und ich mir Sorgen zu machen beginne, wenn ihr Fenster geschlossen bleibt. Ihr weißes Haar leuchtet zu mir herüber. Sie hatte ihren Aktivitätsradius mit dem Beginn ihres Rentnerinnendaseins nicht erweitert, sich keine Hobbys zugelegt, um den neuen Lebensabschnitt zu füllen; das Mehr an Zeit hatte lediglich zu einer Aufblähung des Bisherigen, einer verlangsamten, bewussteren Verrichtung des Alltäglichen geführt, was ihr aber zu genügen schien, denn sie hatte nie Anzeichen von Unzufriedenheit oder Langeweile gezeigt, sondern immer wieder erklärt, dass sie es genieße, *ganz nach ihrer inneren Uhr zu leben*. Vor ein paar Jahren hatte sie mit einer Bekannten noch Ausflüge ins Grüne gemacht und auch kleine Reisen, dies jedoch, da ihr das Laufen immer beschwerlicher wurde, nach und nach eingestellt. Mehr noch als früher bin ich der einzige Mensch, mit dem sie zu tun hat. Dass ich seit dem Erwachsenwerden von ihr weggewollt hatte, denke ich, aus der Enge unserer Zweisamkeit hatte flüchten wollen. Von Anfang an waren wir die wichtigsten Menschen füreinander gewesen, hatten, obwohl wir nie über unsere Gefühle und Sehnsüchte gesprochen hatten, instinktiv jede Befindlichkeit voneinander wahrgenommen. Dass all meine Bemühungen, einen Menschen zu finden, dem ich mich offenbaren konnte, ein Von-ihr-Wegkommen-Wollen gewesen waren, denke ich, Versuche, mir zu beweisen, dass andere mir auf ähnliche Weise nah sein konnten wie sie, und deren Scheitern jedes Mal ein Zurückgeworfensein in alte Verlässlichkeiten bedeutet hatte, dem die bittere Erkenntnis, dass niemand außer ihr meinem Leben einen Halt zu geben vermochte, beigemengt gewesen war.

Wir hatten Familie gespielt, getan, als ob niemand fehlte, unser Zu-zweit-Sein ganz normal sei. Hatten die Dreier-, Vierer- oder Fünfergemeinschaften um uns herum zu ignorieren versucht, die Vater-Mutter-Kind- oder Vater-Mutter-mehrere-Kinder-Zusammenfügungen. Ganz erschöpft war die Mutter vom immerwährenden Zudecken unserer Unvollständigkeit gewesen und davon, mich nichts entbehren zu lassen, so erschöpft, dass sie sich darüber selber ganz vergaß, nur noch zu funktionieren schien im Rhythmus ihrer von Pflichten erfüllten Tage. Ihr Gesicht war grau gewesen vor Müdigkeit, wenn sie von der Arbeit gekommen war, Einkaufstaschen hatten wie Gewichte an ihren Armen gehangen. Sie hatte sie zu Boden und sich selbst auf einen Stuhl sinken lassen und erst einmal eine Zigarette geraucht. Während sie an ihr gezogen hatte, waren ihre Wangen hohl geworden wie die einer abgemagerten Kranken. Sie waren mit blutigen und verschorften Pickeln übersät, weil sie zu unreiner Haut geneigt und sich die entzündeten Stellen bewusstseinslos immer wieder aufgekratzt hatte. „Hör auf damit!" hatte ich, wenn ich sie dabei ertappte, in befehlendem Ton gesagt, woraufhin sie schuldbewusst innegehalten und ihre Unart wenig später wieder aufgenommen hatte.

Unsere erste eigene Wohnung nach den Jahren im Untermietzimmer hatte wie alle Wohnungen sein, all das haben sollen, was gewöhnlich in eine Wohnung hineingehörte: eine Sitzgarnitur, eine Vitrine und einen Fernseher im Wohnzimmer, einen in Jungmädchenart, mit Rosentapete, kleinem Schreibtisch und Regalen an den Wänden eingerichteten Raum für mich, eine Küche mit Schrank, Herd, Kühlschrank sowie einer Essecke am Fenster und ein

Badezimmer mit Wanne, Toiletten- und Waschbecken und seitlich ausklappbarem Spiegel.

„Endlich haben wir unser eigenes Reich!", hatte die Mutter glücklich ausgerufen und allen erzählt, wie sehr sie es genieße, die Tür hinter sich zuzumachen und auf niemanden Rücksicht nehmen zu müssen.

Doch schon bald hatte das neue Heim seine Mängel zu offenbaren begonnen. Oder hatte ich mir dies nur eingebildet, in meiner übersensiblen Aufmerksamkeit für Nachgeahmtes? Aus Geldmangel hatten wir die Wohnung nur mit dem Einfachsten ausstatten können, und wenn ich mittags aus der Schule gekommen war, schien mich deren Ärmlichkeit anzuspringen wie ein bösartiges Tier. Die billige Einrichtung schien den abgenutzten Zustand bloßzulegen, in dem sich die Wohnung befand, die nur notdürftig übergestrichenen und übertapezierten Spuren unzähliger Vormieter, und sie zudem in besonderer Weise schmutzanfällig zu machen, als seien Ärmlichkeit und Schmutz etwas einander Anziehendes. Ich hatte das Nachhausekommen zu fürchten begonnen, die bange Ungewissheit, was mich dort erwarten würde; besonders an Schönwettertagen, wenn die Sonne in jeden Winkel drang und jeden Makel unbarmherzig beleuchtete. Gleich beim Türöffnen hatte mich die Unzulänglichkeit unseres Bemühens, es den anderen nachzutun, überfallen, waren meine Augen über den gesprungenen und in den Ecken schmutzverdunkelten Terrakottaboden gewandert, die unebenen, gerissenen, einer Mondlandschaft gleichenden Wände entlang, auf denen sich Mörtelspitzen wie Krater durch die Tapete gebohrt hatten. Staub hatte wie ein Mückenschwarm im Strahl der Sonne getanzt an jenen Tagen und sich als graue Decke auf die Möbel gelegt, auf den Schleiflackschrank mit den Gläsern darin, die beim Vorbeilaufen klirrten, die Armlehnen der Sessel und an den Stellen, wo kein Teppich lag, auf dem rostroten Fußboden des Wohnzimmers. Jeden Tag hatte ich, kaum dass ich meine Schultasche abgestellt und die Jacke ausgezogen hatte, den gelbkarierten Lappen aus dem Besenschrank holen und den Staub beseitigen müssen, hatte die Anzeichen einer, wie ich glaubte, beginnenden Verwahrlosung aufhalten, eilig über alle dunklen Flächen wischen, auf den Knien rutschend mit weit ausholenden Armbewegungen über den Boden fahren müssen, unter die Schränke, wo sich der Staub bereits zu kleinen, von jedem Windhauch bewegten Flocken geballt, und die Kante des abgetretenen, von den Großeltern ausrangierten Läufers entlang, an der er wie ans

Ufer gespülter Unrat geklebt hatte. Immer wieder hatte ich mir vorgenommen, es nicht zu tun, wenn ich auf dem Heimweg von der Schule gewesen war, hatte gehofft, dass es nicht nötig sein, die Wohnung sich an diesem Tage weniger verwahrlosungsanfällig präsentieren würde, denn natürlich wusste ich, dass es kein normales Saubermachen war, was ich Tag für Tag zwanghaft wiederholte, nichts, was man gewöhnlich in Wohnungen tat, sondern etwas Grundlegenderes, das unser neues Heim überhaupt erst zu einer richtigen Wohnung werden ließe. In seiner nicht zu erklärenden Unumgänglichkeit war es etwas zu Verbergendes, ja mit einem Gefühl der Scham zu Erledigendes gewesen; als träte ich für die Dauer des Herumwischens aus mir heraus, war es mir vorgekommen, schaffte die Voraussetzungen für ein Leben, in das ich danach, als hätte es diese Interventionen nie gegeben, wieder zurückkehrte. Es war eine Tätigkeit gewesen, die keine Spuren zu hinterlassen hatte, deren Folgen von niemandem bemerkt werden durften; alles hatte hinterher so auszusehen, als ob nichts geschehen wäre. Manchmal hatte mich die Vorstellung überkommen, dass die Mutter mich bei meinen Putz-attacken sähe, und wie traurig sie dies machen würde, wo sie doch glaubte, dass wir es nun endlich vollends geschafft hätten, eine Familie wie andere zu sein. Dass unsere Wohnung nur eine Filmkulisse sei, hatte ich oft gedacht, mit Möbeln aus Pappmaché, die den richtigen Möbeln zwar täuschend echt nachempfunden, jedoch nicht für den wirklichen Gebrauch bestimmt waren: Sessel mit zierlichen abge-spreizten Beinen, auf die man sich nur zaghaft zu setzen wagte, eine Couch, bei der man, wenn die Mutter sie allabendlich zum Schlafen ausklappte, fürchtete, sie bräche in der Mitte auseinander, mein Bett mit dem dünnen Schottenbezug, das laut quietschte, wenn man es aus seinem Sperrholzüberbau zog; nur eine Fassade, wie auch unsere Zweisamkeit nur ein Nachspielen echten Familienlebens war.

Sie lebt noch immer in dieser Wohnung, auch wenn sich deren Zustand im Laufe der Jahrzehnte so sehr verändert hat, dass die damalige Beschaffenheit kaum noch erkennbar ist. Es ist gut, dass ich wieder in ihrer Nähe bin, denke ich, und dass ich mir diese Nähe von niemandem mehr schlechtreden lassen werde.

Ich hinge noch an der Nabelschnur, war ein während der ersten Gespräche in der Ladenwohnung gefallener Satz gewesen, und die Wut über diese leichtfertig hingeworfene Behauptung, und auch über mich, weil ich darauf nichts entgegnet hatte, schäumt noch immer, wie aus einer Flasche herausschießende Kohlensäure, in mir hoch.

Die Orte meiner vergeblichen Suche nach einem Menschen, dem ich von mir erzählen konnte, waren zu Brachland geworden, den vom Krieg geschlagenen, Gestrüppüberwucherten Lücken ähnlich, die es zu meiner Kindheit in der Stadt noch gegeben hatte, oder sogar zu vermintem Gelände, unbetretbar, um die Schmach des Gescheitertseins nicht wieder aufleben zu lassen und den Schmerz, nicht hinein zu passen in gängige Verstehenskategorien. Wenn ich in die Nähe dieser Orte kam, durchlief ich sie im Zickzack, machte Umwege, um nicht in die Straße zu kommen, die ich einst entlang gegangen war, das Haus meiner Niederlage nicht sehen zu müssen; und obwohl es nicht viele Orte waren, die es zu meiden galt, schien mir die Stadt, in der ich lebte, von ihnen übersät zu sein.

Die Angst, nichts zu sagen zu wissen, keine Worte zu haben für das Eigene. Ihre Ungeduld heraufzubeschwören, wenn ich ihnen nichts Konkretes erzählte, nichts, was nach bewährten Mustern lösbar wäre, so dass sie mich, weil sie nichts mit mir anzufangen wussten, wieder wegschicken würden. Um sie überhaupt aufsuchen zu können, hatte ich diese Befürchtungen beiseiteschieben, mir einreden müssen, dass sie dies nicht täten, ihnen ein Vorschussvertrauen einräumen müssen. Dennoch waren sie natürlich immer da gewesen, ein permanenter Hintergrundton, der in Situationen des Schweigens oder wenn sich zwischen meinen Gedanken und dem, was ich zu sagen vermochte, ein Graben auftat, in disharmonischer Weise angeschwollen war. Ich hatte meine Mitteilungen ihren Erwartungen anzupassen, dem Muster, das ihnen geläufig war, gemäß zurechtzubiegen versucht, um sie zufriedenzustellen.

War überzeugt gewesen, dass alle anderen, die zu ihr kamen, weniger Schwierigkeiten mit dem Reden hatten als ich, weniger angstvoll waren und sich besser darstellen konnten. Hatte die Konfrontation mit der Wirklichkeit um mich herum gehasst. Dass vor dem Fenster des Zimmers, in dem wir saßen, jemand über den Hof lief, um seinen Müll wegzubringen oder sein geparktes Rad aufzuschließen. Warum musste das gewöhnliche Leben bis zu einem solchen Ort vordringen, der doch ein Freiraum sein sollte, an dem nichts vorgegeben und deshalb alles möglich war? Warum musste selbst mein Gegenüber, das doch durch seine Neutralität zu einem Spiegel werden sollte, unübersehbar erkennen lassen, dass es Teil dieses Lebens war? Wie unter einer zu kurzen Decke hatte die Wirklichkeit an allen Ecken hervorgeschaut und mich mit ihren unumstößlichen Regeln und Wertvorstellungen zum Verstummen gebracht: durch Bücherwände mit Fachliteratur, die wahrscheinlich Respekt einflößen sollten, durch Gipsfiguren in Form antiker Göttergestalten, schweren Vorhängen an Stangen mit Sonne- und Mondornamenten an den Enden und der stets in Sichtweite platzierten Uhr; durch die Art, wie sie sich kleidete, ihre rotlackierten Fußnägel in Sandalen aus schwarzem Lack an heißen Sommertagen.

Sie würde unsere Zusammenkünfte nicht beenden, nur, weil sie nicht recht wusste, woran sie bei mir war, hatte ich mir immer wieder eingeredet, würde mir geduldig zuhören und sich nach und nach alles zusammenreimen. Sie würde mich zum Sprechen bringen, das verknotete Ungesagte in mir entwirren. Aber hatte ich dies nicht jedes Mal geglaubt, war ich nicht bei jedem meiner Offenbarungsversuche von der Überzeugung erfüllt gewesen, an die richtige Gesprächspartnerin geraten zu sein? Dennoch hatte ich bei ihr zu Anfang das Gefühl gehabt, nach langer Irrfahrt endlich ans Ziel gekommen zu sein, eine Schwingung zwischen uns zu spüren geglaubt, ihr eine Sensibilität zugesprochen, mit der sie auch dem im Innern Versteckten einen Platz einzuräumen bereit wäre.

Ich hätte sie so beeindruckt, hatte sie später einmal gesagt, und dass sie mir nur deshalb so kurzfristige Gesprächstermine eingeräumt hätte. Von ihrem Geständnis berührt, hatte ich nicht danach zu fragen gewagt, was an mir sie denn so beeindruckend gefunden hatte. Aber ich hatte sowieso nie gefragt, wie sie etwas meine, ihr nie widersprochen, sondern alles, was sie gesagt hatte, hingenommen und gehofft, dass es sich mir im Laufe der Zeit erschlösse. Oft hatte ich ihre Worte als tröstend empfunden, in ihnen gebadet wie in warmem, mit duftenden Essenzen angereichertem Wasser, den Zweifel in ihrer Stimme gemocht und ihre abwägenden, mit „vielleicht" beginnenden Sätze. Manchmal waren ihre Augen hinter der schwarzrandigen Brille tränenverschwommen gewesen und ich hatte nicht gewusst, was von dem, das ich erzählt hatte, sie so berührte, doch auch dies als Zeichen unserer inneren Verbundenheit gewertet. Sie würde unsere Zusammenkünfte nicht beenden, ehe es mir gelungen war, das Ungesagte auszusprechen, hatte ich mich in Momenten ratlosen Schweigens beruhigt, wüsste, wie notwendig es für mich war, dies zu tun. Die Beine übereinandergeschlagen, hatte sie sich mir zugewandt und mich freundlich angeschaut. Als würde sie unser Beieinandersitzen ganz und gar beanspruchen, hatte sie gewirkt, wäre alles andere in jenen Augenblicken für sie ausgeblendet.

Heute weiß ich, dass dieses Verhalten nur Attitüde war, professionell eingesetzt, um eine vertrauensvolle Atmosphäre zu schaffen.

Ich war nie besonders wählerisch gewesen bei der Suche nach meinem Gegenüber, denke ich, zu schnellem Glauben an dessen Kompetenz bereit und zur Dankbarkeit dafür, dass man sich überhaupt mit mir befasste, hatte jedes Mal voller Vertrauen geglaubt, mich in all meinen Facetten zeigen zu können.

Je mehr Zeit sich zwischen meine Besuche bei ihr und die Gegenwart schiebt, desto zahlreicher werden die Beweise dafür, dass von Beginn an alles schiefgelaufen war zwischen uns. „Wie hatte ich nur drei Jahre lang all das nicht sehen können?", sage ich zu Ruth, fassungslos über meine damalige Blindheit, „mich so sehr an die Hoffnung klammern können, dass doch noch eine Verständigung zwischen uns möglich wäre, dass mir darüber die Fähigkeit zur realistischen Einschätzung unseres Verhältnisses abhandengekommen war?"

Denke daran, wie sie meine Erzählungen von Zeit zu Zeit, chloroformgetränkten Wattetupfern gleich, die einem zur Betäubung aufs Gesicht gedrückt werden, mit einem hingehauchten „Ich verstehe" kommentiert und ganz am Ende schulterzuckend gesagt hatte, eben geglaubt zu haben, dies zu tun, es in Wahrheit aber nicht der Fall gewesen sei.

„Geradezu kriminell ist es, wie diese Leute sich verhalten", schimpfe ich, „wie sie einen mit Versprechungen auf ein besseres Leben in ihre Fänge locken, ihre angebliche Seelenkundigkeit wie einen Glorienschein mit sich tragen, als undurchdringbare, autoritäts- gebietende Aura. Wie sie einen mit ihren stereotypen Lebensregeln umgarnen, ihrem angelernten Wissen, das ihnen die Unvoreinge- nommenheit geraubt und sie neugierdelos gemacht hat. Sie sind wie skrupellose Händler, die einem so lange ihre Ware aufdrängen, bis man nicht mehr entscheiden kann, ob man sie braucht oder nicht, oder sogar noch schlimmer, noch perfider als diese, weil sie einen nicht dazu überreden, sich ihnen anzuvertrauen, sondern, nachdem sie einen indoktriniert haben, siegesgewiss abwarten, bis man es von allein tut, sie um Hilfe anfleht, wie Raubtiere, die still verharren, bis sich ihnen die Beute nähert, um sich dann auf sie zu stürzen. Und wie sie einen, wenn man sich ihren Vorstellungen widersetzt, sich als zu zäh erweist, um von ihnen verschlungen zu werden, kaltblütig wieder fallen lassen und ihrer Hilfe für unwürdig erklären."

„Sie hätte mich einfach nur fragen sollen", sage ich zu Ruth, „ohne ein interpretierendes Regelwerk im Kopf immer weiterfragen. Nur verstehen wollen. Sonst nichts. Das wäre gut gewesen."

Am zierlichsten waren ihre Hände. Wie die einer Puppe, mit streichholzdünnen, zerbrechlich wirkenden, aber angesichts ihres kurzen Lebens erstaunlich langen Fingern, die in klitzekleinen Nägeln endeten und sich, wenn ich ihre Innenflächen berührte, fest um meinen Riesenfinger schlossen. Leicht wie eine Feder lag sie in meinem Arm und verzog, als sei bereits die ganze Palette menschlichen Ausdrucksvermögens in ihrem kleinen Kopf gespeichert, das Gesicht zu bewusstseinslosen Grimassen. Sanft strich ich über ihren dunklen Haarflaum, fühlte die weiche, eiförmige Stelle, unter der das Blut pulsierte. Ich konnte noch immer nicht glauben, dass es sie gab. Alle waren gekommen, um sie zu sehen, die ganze Verwandtschaft, sogar die alte Großtante aus dem anderen Teil der Stadt war angereist, saßen in meinen billigen Segeltuchsesseln und waren außer sich vor Entzücken. Jeder wollte sie einmal halten, ihre Zartheit und Hilflosigkeit spüren und einen Blick aus ihren ziellos umherwandernden Augen erhaschen. Sie hatten vergessen, dass sie mich ihretwegen noch vor wenigen Monaten mit düsteren Zukunftsprophezeiungen überschüttet hatten. Auch Reiner war da, nahm sie behutsam aus ihrem Bettchen und wiegte sie in seinen Armen hin und her. Eine unsichere Zärtlichkeit lag auf seinem Gesicht. Ich hatte keine Ahnung, wie es mit uns weitergehen würde, und es war mir auch egal. Allein dadurch, dass es sie nun gab, hatte unsere Begegnung einen Sinn gehabt. Leichtfüßig lief ich durch die Wohnung, in die ich erst vor wenigen Wochen eingezogen war, über die unter meinen Schritten knarrenden rostroten Holzdielen und den alten, verblichenen Teppich. Er war vom Vormieter, wie auch die Vorhänge aus schwerem Brokatstoff und die Einbauschränke auf dem Flur. Eine Matratze lag auf dem Boden. Tisch und Kleiderschrank waren aus meinem Zimmer bei der Mutter. Ich hatte sie weiß angestrichen. Vor das Fenster hatte ich eine Sperrholzplatte auf zwei Holzböcke gelegt und darauf meine Bücher gestellt; im kleinen Zimmer standen eine Wickelkommode und ein Kinderbett, über dem sich an Bindfäden hängende bunte Bilder im

Windzug drehten, und auf dem Balkon flatterten Strampelanzüge und winzige Hemdchen an der Wäscheleine. Es war ein sonniger Augusttag und ich hatte das Gefühl, dass mein Leben nun endlich begänne.

Ich hatte mir in all den Jahren, in denen meine Tochter ein Kind gewesen war, nicht vorstellen können, dass aus ihr einmal eine erwachsene Frau werden, sie einmal ein eigenständiges und von mir unabhängiges Leben führen würde. So lange sie klein sind, gehören Kinder ganz zu einem, sind Teil von einem selbst, eine Verlängerung des eigenen Ichs. Man kann sie seinen Vorstellungen entsprechend ausstaffieren und überallhin mitnehmen. Sie sind wie Knetmasse formbar und einem bedingungslos ergeben in ihrer Unfertigkeit, das Leben, das man ihnen vorlebt, ist noch das einzig existierende für sie. Ihre naive Neugierde hat etwas Verheißungsvolles, scheint noch alles möglich sein zu lassen.

Vielleicht hatte ich mir den Zeitpunkt, ab dem sie sich von mir abwenden und unsere Leben auf verschiedenen Gleisen weiterlaufen würden, nicht auszumalen vermocht, die Weichenstellung, die sie von mir entfernen und auf ihren eigenen Weg führen würde, gedanklich nicht vorwegnehmen können. Hatte in all den Jahren, in denen sie an meiner Seite ins Leben hineinwuchs, nicht glauben können, dass es eines Tages so weit wäre, wie ein biologisches Programm in ihr angelegt war. Natürlich hatte ich auch damals schon gewusst, dass man ein Kind nicht besaß. Dass es ein ganz eigener Mensch war und man lediglich die Aufgabe hatte, ihm den Weg in die Welt zu ebnen. Es war die Diskrepanz zwischen diesem Wissen gewesen und einer Sehnsucht nach jemandem, der mir ähnlich ist, die es mir so schwer gemacht hatte, mich mit dem Sich-von-mir-Fortbewegen meiner Tochter abzufinden, denke ich. Ich hatte den Prozess ihres Ins-Leben-Hineinwachsens, den ich selbst nie in dieser Weise durchlaufen hatte, nicht als etwas Natürliches ansehen können. Wie konnte jemand, der mir so vertraut gewesen war, ja über den ich mit Haut und Haaren verfügt hatte, plötzlich so wie alle anderen werden? War es überhaupt ein Prozess gewesen, ein sukzessives Lösen aus meiner mütterlichen Obhut, oder eher ein abruptes Abreißen all dessen, was uns bisher verbunden hatte?

Ihr Umherstreifen mit Gleichaltrigen, die ersten männlichen Freunde, blasse, höfliche Jungen, die mir fremd geblieben waren und bei denen ich nicht nachzuempfinden vermocht hatte, was sie bei ihnen suchte.

Später hatte sie dann alles anders gemacht als ich. Es hatte ihr nicht genügt, ein von mir unabhängiges Leben zu führen, sondern sie hatte ihre Abkehr von mir noch zusätzlich durch ein dem meinen entgegengesetztes Verhalten unterstreichen müssen: Wo ich Ängstlichkeit zeigte, war sie sorglos; draufgängerisch, wo ich mich zurückhielt, und während ich ein einzelgängerisches Dasein führte, suchte sie die Gemeinschaft mit anderen. Ich habe oft darüber nachgedacht, was sie so hat werden lassen, wie sie ist. Welchen Anteil ich daran habe. War ich ihr gegenüber genauso besitzergreifend gewesen wie meine Mutter mir gegenüber? Ich bin ein weißer Fleck in der Generationenfolge, erinnere mich an die ängstliche, überbehütende Fürsorge, der ich als Mädchen ausgesetzt war, und beobachte die Unkompliziertheit, mit der meine Tochter ihr Kind aufzieht, aber weiß nicht mehr, was ich selbst für eine Mutter gewesen war. Ich habe immer zwischen den Stühlen gesessen, denke ich, habe mich mal der älteren und mal der jüngeren Generation zugehörig gefühlt oder immer die Prinzipien der jeweils anderen Seite als die vertreten, in deren Gesellschaft ich mich gerade befunden hatte, bei der Mutter die optimistische, abenteuerlustige Lebensweise der Tochter verteidigt und in deren Gegenwart voller Rührung an die mütterliche Genügsamkeit gedacht.

Vielleicht war es nur die Suche nach dem eigenen Standpunkt, der eigenen Identität gewesen, die mich in die Ladenwohnung und davor an all die anderen Orte in der Stadt getrieben hatte, denke ich, die Suche nach jemandem, der mir zu einem Platz in der Welt verhalf. Bis ans Ende der Welt wäre ich dafür gegangen. Einmal hatte ich sogar erwogen, in eine andere Stadt zu ziehen, weil meine damalige Gesprächspartnerin unsere Treffen wegen eines Umzugs dorthin beenden zu müssen angekündigt hatte. Ich war zu jener Zeit aufs Kolleg gegangen und hatte, nur damit dies nicht geschähe und unsere annäherungslosen, aber von ständiger Hoffnung darauf bestimmten Dialoge fortgeführt werden konnten, Erkundigungen eingezogen, auf welche Weise der Schulbesuch in der anderen Stadt fortzuführen wäre. Ich weiß nicht mehr, woran dieses Vorhaben schließlich gescheitert war, vielleicht an einem in allerletzter Sekunde aufblitzenden Erkennen der Folgenschwere meiner Entscheidung.

Am Tag, nachdem sie mich hinausgeworfen hatte, war ich zu meiner Hausärztin gegangen, um mir etwas Beruhigendes verschreiben zu lassen. Hatte ihr in wenigen Sätzen berichtet, was geschehen war, und als ich mich bereits zum Gehen wandte, hatte sie gefragt, ob ich Pessoa kenne, sein Buch der Unruhe. Ich hatte sie überrascht angeschaut. Warum diese Frage in all den Stunden in der Ladenwohnung nie gestellt worden war, mochte ich in jenem Augenblick gedacht haben und dass es Momente gab, in denen ein anderer, ohne dass man wusste, wie er darauf gekommen war, etwas Wesentliches in einem traf, etwas einen im Kern Berührendes. Es waren seltene Momente und sie lösten ein Gefühl von Ergriffenheit aus, die alles Unwesentliche von einem abfallen ließen. Waren Momente, in denen man sich verstanden fühlte. Dass ich sie bisher nur mit anderen Menschen und nie mit jenen, denen ich mich zu erklären versuchte, erlebt hatte, war mir durch den Sinn gegangen. Wie ich Jan, der das Schreiben zu seinem Lebensmittelpunkt gemacht hatte, von meinem Vorhaben, regelmäßig in die Ladenwohnung zu gehen, berichtet und er daraufhin besorgt erwidert hatte, dass dort die Gefahr bestünde, von mir selbst weggebracht zu werden, ich aber, um schreiben zu können, ganz bei mir selbst zu sein hätte, könnte ein solcher Moment gewesen sein.

Zu Hause hatte ich das Buch aus dem Regal gezogen und hier und da darin gelesen und mich den klugen Lebensbetrachtungen des seine Heimatstadt Lissabon durchstreifenden Hilfsbuchhalters Soares aufs Neue verbunden gefühlt.

Ich hatte mich in einer Klinik angemeldet. In einer guten Klinik, nicht so einer wie die, in die ich während der letzten Wochen bei ihr für ein Wochenende geflüchtet war. Christa hatte sie mir empfohlen, nachdem sie nach einem Burnout dort mehrere Wochen gewesen war, und weil es so eine gute Klinik war, hatte es eine Warteliste gegeben; ein, zwei Monate, hatte man mir mitgeteilt, würde es dauern, bis ich einen Platz bekäme. Bis dahin hätte ich durch einen wöchentlichen Anruf mein weiterhin bestehendes Interesse daran zu bekunden. Die beiden Damen, die meine telefonischen Rückmeldungen entgegennahmen, hatten Mager und Dickmann geheißen und kurioserweise hatten ihre Stimmen den Namen entsprochen, war die von Frau Mager kühl und kurz angebunden gewesen und Frau Dickmanns mütterlich und warm. Später, nachdem das Thema Klinik für mich erledigt gewesen war, hatte ich meine dortigen Anrufe vor Freunden nachgespielt, ein fragendes „Spreche ich mit Frau Dickmann?" hervorgebracht und dann ein spitzmündiges „Nein, mit Frau Mager!"

Ich war unsicher gewesen, ob es richtig sei, mich erneut in fremde Hände zu begeben. Was wäre, wenn ich mich auch in dieser Klinik nicht aufgehoben fühlen, nicht in die Palette dessen, womit man sich dort befasste, hineinpassen würde? Ich war keine vom Schulstress ausgebrannte Lehrerin wie Christa, befand mich in keiner Sinnkrise und war auch nicht depressiv. Was wäre, wenn man auch dort wieder nichts mit mir anzufangen wüsste?

Auf einem der monatlichen Informationsabende hatte die Klinikleiterin, eine elegant gekleidete Mittfünfzigerin, über das dort herrschende Behandlungskonzept Auskunft gegeben, war wie auf einer Bühne auf dem Podium des vollbesetzten Saales hin und hergelaufen und hatte gestenreich ausgeführt, wie erfahren man in diesem Hause sei und dass man hier für beinahe jedes psychische Problem eine Lösung parat hätte. Ich hatte im Internet die lange Liste ihrer Qualifikationen gelesen, ihr von blonden Locken gerahmtes, siegesgewiss lächelndes Gesicht betrachtet und gedacht, dass sich alle im Bereich der Seelenbehandlung Tätigen irgendwie ähnlich waren.

Beim Vorgespräch, zu dem ich mich, um endgültige Klärung zu bekommen, ob ich mich der Klinikbehandlung aussetzen sollte oder nicht, noch angemeldet hatte, saß ich einem voluminösen Mann mit zerzaustem Grauhaar und Drei-Tage-Bart gegenüber, einem Doktor Soundso, dessen Namen ich vergessen habe, und wusste schon nach wenigen Minuten, dass auch er mir die Entscheidung nicht abnehmen könnte. Die Situation hatte mich auf unangenehme Weise an die Gespräche in der Ladenwohnung erinnert. Ich hatte mich, der unausgesprochenen Einladung, mich behaglich zu fühlen und mein Inneres nach außen zu kehren, zu widerstehen, nur auf die Kante des wippenden Ledersessels gesetzt, um nicht in ihm zu versinken, und mit den Händen seine hölzerne Lehne umklammert. Die Sessel in der Ladenwohnung waren mir eingefallen, aus weißem Korb, mit dicken, weichen Kissen auf den Sitzflächen, und wie ich, weil sie eher an Gartenmöbel erinnerten, bei unserem ersten Gespräch von Zweifel erfüllt gewesen war, ob dies wirklich eine ernsthafte Adresse wäre, die ich jedoch, weil sich die Sessel als sehr bequem erwiesen hatten, schon bald darauf vergessen gehabt hatte. Einige Zeit später hatte sie neue Sitzmöbel angeschafft, federleichte cremefarbene Hochlehner, und ich hatte überlegt, ob es Möbel gab, die eigens für ihre Berufsgruppe hergestellt wurden.

Wie eine Ertrinkende den Rettungsring, hatte ich das glatte Rundholz der Armlehnen umklammert, mit durchgedrücktem Rücken und eng übereinandergeschlagen Beinen dem Nach-hinten-Fallen trotzend. Doktor Soundso hatte sich, im Gegensatz zu mir, entspannt zurückgelehnt. Seine Körpermassen hatten sich, als wäre er mit dem komfortablen Sitzmöbel eins geworden, dessen Konturen angepasst und es vollständig ausgefüllt, was für ihn jedoch keine Gefahr dargestellt, sondern ihm eine seine Überlegenheit unterstreichende Lässigkeit gegeben hatte. Auch er hatte die Beine übereinandergeschlagen, den Fuß des einen über das Knie des anderen gelegt, wodurch seine helle Leinenhose hochgerutscht war und den haarigen Unterschenkel sichtbar gemacht hatte. Mir war, ohne zu wissen, woher ich ihn kannte, der Satz *Leinen knittert edel* in den Sinn gekommen und, als sei er etwas, das mein Gegenüber umfassend charakterisierte, während des ganzen Gespräches nicht mehr aus dem Kopf gegangen.

Natürlich hatte mir Doktor Soundso zum Klinikaufenthalt geraten. Dass er mir gut täte, hatte er gemeint, und verhindern würde, dass ich mich noch weiter aus der Welt zurückzöge.

Weshalb wird es eigentlich immer als etwas Negatives angesehen, wenn man sich aus der Gemeinschaft zurückzuziehen, hatte ich auf dem Heimweg verärgert gedacht. Herrschte die allgemeine Überzeugung, dass man seine persönlichen Krisen nur im Austausch mit anderen bewältigen könne, egal, wie oberflächlich oder unzulänglich dieser Austausch auch war? Und ich hatte mich an einen Traum aus jüngster Zeit erinnert, in dem ich mich in eben dieser Klinik befand: Die anderen Patienten hatten, um mich auszuschließen, in einer mir unbekannten Sprache miteinander gesprochen. Sie hatten sich zu Cliquen zusammengeschlossen, sogar Liebesverhältnisse waren entstanden, kurz aufglimmende Affären. Ich war fremd unter ihnen und versuchte immer wieder vergeblich, mich ihnen zu nähern, gegen ihre Mauer aus Abwehr anzukämpfen, die sie aus mir unbekannten Gründen errichtet hatten. Ich stand mit ihnen an einem Fenster, vor dem sich eine atemberaubende Gebirgslandschaft auftat, in die sie mit leeren, gelangweilten Blicken hineinstarrten. Plötzlich sah ich mit Entsetzen, wie von der höchsten, schneebedeckten Bergspitze ein Auto herabstürzte, sich immer wieder überschlagend in nicht auszumachende Tiefen fiel, und ich wusste in jenen Augenblicken nicht, ob ich es verstörender fand, Zeugin dieses schrecklichen Unglücks zu sein, oder dass die Gesichter der anderen, als hätten sie von alledem nichts wahrgenommen, von unveränderter Ausdruckslosigkeit blieben.

Irgendwann hatte sich die Sache mit der Klinik dann von selbst erledigt. Die Mutter war ins Krankenhaus gekommen und ich hatte den mir angebotenen Aufnahmetermin abgesagt und wenig später aus anderen Gründen noch einen zweiten, und ich weiß nicht mehr, ob es Frau Mager oder Frau Dickmann gewesen war, die mir daraufhin nahe gelegt hatte, mich von der Warteliste streichen zu lassen.

Es regnet. Die Stämme der Bäume vor meinem Fenster glänzen vor Nässe und an den Ästen hängen die Tropfen wie gläserne Perlen. Vor ein paar Tagen hat ein Sturm die letzten Blätter von den Bäumen gerissen, so dass sie nun in entlaubter Nacktheit ihre filigranen Verästelungen präsentieren. Die Mutter legt trotz des Regens ihr Bettzeug aufs Fensterbrett. Dass nun wieder die Hälfte des Jahres angebrochen ist, in der wir einander ungehindert sehen können, denke ich. Wenn in ihrer Küche die Lampe brennt, kann ich ihre langsamen, bedächtigen Bewegungen beobachten und aus ihnen die Aufmerksamkeit herauslesen, die sie den häuslichen Verrichtungen widmet. Das Gefühl, mein eigenes Leben nicht im Griff zu haben, das mich früher angesichts der gleichförmigen Ordnung des ihren immer überfallen hatte, ist verschwunden; vielleicht, weil ich mich nicht mehr als orientierungslos empfinde, nicht mehr befürchte, im Chaos einer unrealisierbaren Zukunft zu versinken. Heute tut mir die Mutter in ihrem Gewohnheitskäfig beinahe leid. Sie hat es nie gewagt, ihren eigenen Wünschen nachzugehen, denke ich, ja noch nicht einmal, überhaupt welche zu haben; hat nie den Mut gehabt, ihr Leben selbst in die Hand zu nehmen, für etwas zu kämpfen, sich nie zu wehren gewusst, wenn ihr Unrecht geschah, sondern immer alles, was ihr widerfuhr, als unabänderlich hingenommen und sich fatalistisch gefügt. Hat immer alles gemieden, was riskant gewesen wäre, die Möglichkeit des Scheiterns beinhaltet hätte. Hat keine Freundschaften geknüpft, weil sie sich nie jemandem wirklich nahe gefühlt hatte. Dass ihr Leben nur deshalb so aufgeräumt und überschaubar gewesen ist, weil sie alles Verwirrung Stiftende aus ihm verbannt hatte, denke ich.

Krähen lassen sich mit lautem Flügelschlag auf den Ästen des Baumes nieder und stoßen ihr wütendes Krächzen aus. Über dem Haus der Mutter schiebt sich die Sonne zaghaft durch graue Wolken, lässt den Himmel mystisch leuchten und den Baum-Vögel-Vordergrund wie einen Schattenriss wirken. Im Waschhaus unterhalten sich zwei Frauen miteinander. Sie stehen neben dem Tisch, auf dem man die Wäsche zusammenlegt, und nur an den gestikulierenden Händen der Redenden und an der bewegungslosen Aufmerksamkeit der Zuhörenden ist zu erkennen, wie sehr sie das verhandelte Thema in Beschlag nimmt. Es gefällt mir, sie zu beobachten. Etwas Freundliches geht von ihnen aus, etwas einander Zugewandtes, das mir beinahe wehtut. Warum fällt mir gerade jetzt ein, dass es mich immer verunsichert hatte, wenn andere zu mir freundlich waren? Sympathiebekundungen oder Lob hatten mich völlig aus der Fassung zu bringen vermocht, weil ich geglaubt hatte, dass diejenigen, die dergleichen äußerten, mich falsch wahrnähmen. Bereits das Lächeln eines anderen hatte ausgereicht, den Impuls zur Flucht in mir zu wecken, um nichts mehr geschehen zu lassen, was in ihm den Wunsch wecken könnte, es wieder zurückzunehmen. Ich hatte mich in der Überzeugung eingerichtet, dass andere grundsätzlich schlecht über mich dächten, es mir in dem Abstand, den diese Einstellung zu ihnen schuf, auf eine trotzige Weise behaglich gemacht. Eine Misanthropin war ich gewesen, denke ich, wie ein Igel in sein schützendes Stachelkleid hatte ich mich in meine Verachtung für die Lebensweisen anderer gehüllt.

Manchmal überlege ich, ob unsere Gespräche besser verlaufen wären, wenn ich mich weniger beharrlich und kompromissbereiter gezeigt hätte, in jener anspruchs- und erwartungslosen Weise mit ihr zu reden imstande gewesen wäre, in der ich es gewöhnlich mit anderen tat. Schließlich war sie mir die meiste Zeit über wohlgesonnen gewesen, denke ich dann, ja sogar über das erforderliche Maß hinaus zugetan. Hatte mir Sondertermine eingeräumt und mich abends, damit unsere Zusammenkünfte nicht abrupt abgebrochen wurden, als Letzte empfangen. Einmal war leise Meditationsmusik zu hören gewesen, als ich zu ihr gekommen war. Ich war von ihren Bemühungen, eine Wohlfühlatmosphäre zu schaffen, gerührt gewesen und hatte ihr hin und wieder einen Blumenstrauß mitgebracht. Und hatte sie mir am Ende nicht auch vorgeworfen, dass ich mich mit dem, was zwischen uns möglich gewesen war, nicht begnügt hätte?
    „So ein Unsinn", sagt Ruth am Telefon. „Wie hättest du dich denn mit etwas begnügen sollen, was dich gar nicht erreicht hatte?"

Schmerzbekämpfungsstrategien: Einfach weiterleben. Die Zeit eine Haut über das Vergangene wachsen lassen, eine anfangs noch dünne, leicht reißbare Membran, die ihm immer mehr zu trotzen vermochte. Das Geschehene wieder und wieder hochkommen lassen, es aushalten und erleben, wie sich die Sichtweise darauf verändert, es mit jedem neuen Blick darauf eindeutiger wird, als würde ich, wie aus einer Zitrone den Saft, die Essenz aus ihm herauspressen, das daraus zu Lernende. Wie ich kompromissloser werde, unbeugsamer. Mir immer näher komme.

Nie wieder werde ich mich einem anderen Menschen anvertrauen, denke ich dann. Allein der Gedanke daran lässt mich erschauern, die Anstrengung, die es kostet, mich jemandem so nahe zu bringen, dass er, was ich ihm erzähle, richtig zu deuten wüsste, und wie ich mich ihm damit auslieferte, alles von mir hergab. Und dass er es dann doch nicht verstehen, sich das Gesagte auf eine ihm passende Weise zurechtbiegen und es mir in dieser verfremdeten Form zurückgeben, wie ein Wurfgeschoss entgegenschleudern würde. Dass er mich schließlich kaltblütig fallen lassen, für verrückt erklären würde und mit normalem Verstand nicht zu erfassen, alles tun würde, um seine Verstehensunfähigkeit zu vertuschen.

Dass alles vergebens gewesen sei, hatte sie am Ende gesagt, die drei Jahre, in denen ich zu ihr gekommen war, nichts gebracht hätten.

Künftig würde ich die Außenwelt nur noch in kleinen Dosen an mich heranlassen, homöopathisch sozusagen, und mich in nichts mehr hineinziehen lassen. Ich würde eine Beobachterin sein, diese Außenposition jedoch nicht mehr, wie früher, als einen Ausdruck meiner Lebensunfähigkeit ansehen, sondern als die mir gemäße Art zu leben. Meine Erwartungslosigkeit gegenüber anderen Menschen würde mich freier und offener für Unerwartetes, für die kleinen Überraschungen im Leben werden lassen. Vielleicht würde ich hier und da meine Spuren hinterlassen, aber immer wieder zu mir zurückkehren, einen Ort haben, der nur mir gehörte. Es musste ihn geben, diesen Ort.

Lesen. In Büchern nach Personen suchen, denen ich mich verwandt fühle. Der Sprache nachspüren und der Intention des Autors, was ihn bewogen hat, etwas so und nicht anders zu erzählen. Mich mit jenen verbünden, denen das Schreiben überlebensnotwendig ist. Sätze wie kostbare Schätze mit mir tragen, wie den einer zornigen jungen Autorin, dass ihr Eindeutigkeiten unwahr erschienen, oder den von Paul Valéry, dass jede Sicht auf die Welt, die nicht befremde, falsch sei und Wirkliches, das vertraut würde, an Wirklichkeit verlöre. Keine

Geschichten. Nichts künstlich Zusammengefügtes, beschönigend Geglättetes, zu Unterhaltungszwecken Konstruiertes. Geschichten langweilen mich; sie sind alle schon erzählt, durch nichts Neues mehr an Dramatik, Tragik oder Außergewöhnlichkeit zu übertreffen. Mich geht nur das Unvermittelte, das mit ununterdrückbarer Kraft nach Ausdruck Drängende etwas an.

Immer wieder staune ich über mein neues Leben. Wie sich aus der amorphen Verzweiflungsmasse Neues geformt, die aus dem Geschehenen gewachsenen Erkenntnisse sich wie ein Räderwerk ineinander gefügt hatten.

„Wirkliche Veränderung ist nicht planbar", sage ich zu Ruth, „sie geschieht von selbst, aus dem Innern heraus, als Folge gewonnener Einsichten. Jede willentlich herbeigeführte oder einem von anderen nahegelegte Veränderung ist nur aufgesetzt und ohne dauerhaften Bestand."

Wie durch einen Garten, in dem man alle paar Schritte stehen bleibt und die Pflanzen bewundert, gehe ich durch mein neues Leben. Alles, was ich tue, auch die noch so unbedeutende Handlung, wird zu einem Pflasterstein meines eigenen Weges. War es Adorno, der festgestellt hatte, dass es kein richtiges Leben im falschen gäbe? Im Umkehrschluss dazu konnte man nichts fundamental Falsches tun, wenn man ein einem gemäßes Leben führte, denke ich, war in ihm alles von unausweichlicher Folgerichtigkeit. Wie in ein eigens für mich genähtes Kleid war ich in das richtige Leben hineingeschlüpft, ein Kleid, das schon immer in meinem Schrank gehangen und das ich bisher nicht zu tragen gewagt hatte.

Frau Weber kocht schon seit längerem keinen Kaffee mehr, wenn ich bei ihr bin. Sie erzählt auch nicht mehr aus ihrer Vergangenheit, hat vergessen, was gewesen ist. Alle benötigten Gegenstände in Griffweite neben sich, sitzt sie in ihrem Sessel und starrt ins Leere. Der Fernseher läuft, spult die Serien des Vorabends in raumfüllender Lautstärke ab, ohne dass sie dem Geschehen auf dem Bildschirm Aufmerksamkeit schenkt. Die Pflegerin, die ihr allmorgendlich beim Waschen und Anziehen hilft und das Frühstück bereitet, hat ihn angeschaltet. Nur wenn sie zur Toilette muss, hievt sie sich mühevoll hoch und schiebt sich, auf ihren Rollator gestützt, den Flur entlang, und zum Essen, wenn mir der Ausfahrer des fahrbaren

Mittagstischs eilig das warme Plastikrechteck in die Hand gedrückt hat und ich die mit einem beschönigenden Bild des Inhalts bedruckte Folie davon abgezogen und es mit Besteck und einem Glas Wasser auf den Küchentisch gestellt habe.

„Guten Appetit", wünsche ich ihr und gehe dann weiter meiner Arbeit nach, wobei ich dabei hin und wieder einen kontrollierenden Blick in die Küche werfe, weil sie so reglos dasitzt, dass ich befürchte, sie könne plötzlich, vom Rest der ihr noch verbliebenen Lebensenergie verlassen, über ihrem Essen zusammensinken oder vom Stuhl kippen. Am Nachmittag der Montage, an denen ich bei ihr bin, wird sie von einem jungen Mann zu einer Spazierfahrt abgeholt, hat jedoch jedes Mal vergessen, wann er kommt, so dass ich bei dem Sozialdienst, der dies veranlasst, anrufen und mich danach erkundigen muss. Bevor ich gehe, helfe ich ihr noch beim Schuheanziehen, presse vor ihr kniend ihre bandagierten Füße in das durch Lockerung der Schnürsenkel geweitete Leder, bis sie mir mit einem Nicken signalisiert, richtig in ihnen drin zu sein.

Immer wieder fahre ich mit der U-Bahn. Man kommt um dieses unterirdische Beförderungsmittel nicht herum, wenn man sich in dieser Stadt bewegt, sie ist zu groß, um allein auf überirdischem Wege bewältigt zu werden. Fremde Menschen sitzen oder stehen um einen herum. Unfreiwillige Berührungen, Gedränge und laute Stimmen. Scheinbare Gleichgültigkeit füreinander, als herrsche das unausgesprochene Gesetz, einander zu übersehen. U-Bahnfahren ist eine Einübung ins Unachtsamsein, denke ich. Man muss sich, um sich im Gewirr der Eindrücke nicht verlorenzugehen, den Außeneindrücken gegenüber verschließen, eine demonstrativ desinteressierte Haltung einnehmen. Dumpf vor sich hinblickend, als hätte man für die Dauer der Fahrt sein gewohntes Leben verlassen, wird bis zum Zielbahnhof verharrt. Man tippt auf iPods und Smartphones herum, telefoniert oder kapselt sich mit Ohrstöpseln von seiner Umgebung ab. Alles, was aus dem Rahmen des Üblichen fällt, wird geflissentlich ignoriert, Provokatives und Peinliches übersehen. Man tut, als höre man die Geschichten nicht, die die Bettler und Verkäufer der Obdachlosenzeitungen von ihrer unverschuldeten Not erzählen, stellt sich taub, wenn Musikanten ihre Lieder spielen, drückt höchstens ab und an jemandem von ihnen ein paar Münzen in die Hand, in einer Geste, die herablassend wirkt, und ohne ihn dabei anzusehen, als wolle man sich von seiner Anwesenheit freikaufen. Man ignoriert das Leid anderer umso rigoroser, je drastischer es zutage tritt, sperrt es, wenn es eine nicht mehr ins eigene Weltbild zu integrierende Größe angenommen hat, einfach aus seiner Wahrnehmung aus: die junge Frau mit den amputierten Unterschenkeln, die im Rollstuhl die Gänge entlang fährt, den Alten, der sich krummbeinig und so gebückt, dass man sein Gesicht nicht mehr sehen kann, voranschleppt und dabei Gedichte zitiert, die zum Skelett abgemagerte, in Lumpen gehüllte Erscheinung undefinierbaren Geschlechts, die beschwichtigend beteuert, nicht krank zu sein und dass man bei ihrem Anblick nicht erschrecken solle.

Hinter Sonnenbrillen verborgene Mienen. Geschminkte Puppengesichter. Anzugmänner. Lärmende Schüler. Selbstverständliches Unterwegssein. Ich bin noch immer nicht wie die anderen, denke ich, bin noch immer nicht so fraglos im Leben verankert wie sie. Noch immer haften mir Relikte meiner alten Persönlichkeit an, meiner Anpassungsversuche ans Allgemeinübliche. Ich sehe mich noch immer mit den Augen anderer, überprüfe mit ihnen die Glaubwürdigkeit meines Auftretens. Vielleicht müssen sich die anderen gar nicht darum bemühen, das sie Umgebende auszublenden, weil sie so sehr von sich selbst erfüllt sind, dass sie es ohnehin nicht wahrnehmen, denke ich, müssen sich gar nicht anstrengen, eine öffentlichkeitsangepasste Haltung einzunehmen, weil ihnen das In-sich-selbst-Sein etwas Naturgegebenes ist.

Die Bahnhöfe. Inseln der Gestrandeten. Graffiti an den Wänden. Eingetrocknete Spuckepfützen auf dem Boden, Zigarettenkippen und verstreuter Unrat. Überquellende Müllbehälter. Zusammengesunkene Gestalten auf Bänken und Männer, denen man Zwielichtiges unterstellt, mit lauernden, suchend umherschweifenden Blicken. Dazwischen die Eiligen.

Abends sind die Züge voller junger Leute aus aller Welt, herrscht in ihnen ein babylonisches Sprachengewirr. Seit ein, zwei Jahren ist die ehemals abseitige und für jegliche Aktivitäten unattraktive Gegend, in der ich wohne, zum begehrten Zuzugsort der Jugend geworden, haben überall in den Straßen kleine Cafés, Restaurants und Läden, die Künstlerisches darbieten, eröffnet.

Sie sind mir fremd, diese jungen Leute, denke ich, und dass es wohl ein Zeichen des Älterwerdens ist, die Jugend nicht mehr zu verstehen, und zu allen Zeiten so gewesen war. Mit einer Mischung aus Abwehr und Faszination betrachte ich ihr selbstbewusstes Auftreten, die Sorgfalt, die sie ihrer Erscheinung gewidmet, mit der sie sich selbst inszeniert haben, höre Fetzen ihrer unbeschwert dahinplätschernden Gespräche. Wie leichtfüßig sie sich durchs Leben bewegen, denke ich, und dabei den Anschein erwecken, als hätten sie alles im Griff, seien durch nichts aus der Fassung zu bringen, und erinnere mich daran, wie unsicher und zweifelbeladen ich in jenen Jahren gewesen war. Zu Orten der Geselligkeit unterwegs, halten sie Bierflaschen in den Händen, aus denen sie ab und an beiläufige Schlucke nehmen, und ihre übermütigen Stimmen erfüllen die Wagen, als sei das ganze Leben eine einzige Feier. Wie schön sie sind mit ihren unverbrauchten Körpern und in ihrer lebenshungrigen Unwissenheit, denke ich, und wie hemmungslos selbstbezogen. Ihnen gehört die Welt. An warmen Abenden sitzen sie, bis tief in die Nächte hinein, lebhaft debattierend in den Fünfziger-Jahre-Sesseln vor den kleinen Cafés, und wenn ich an ihnen vorbeilaufe, erinnere ich mich daran, dass die Straße, in der ich wohne, noch vor wenigen Jahren zu später Stunde so menschenleer gewesen war, dass ich mich gefürchtet hatte, sie entlangzugehen.

In der Regel kam man miteinander klar im U-Bahnbetrieb, verstand sich zu arrangieren, sich in die Bewegungsabläufe einzugliedern, ja es war, als durchzöge ein Gebot der Rücksichtnahme wie ein schwacher, jedoch nicht zu eliminierender Duft die Wagen, durchwehte die Bahnsteige, die Gänge, die von einer zur anderen Linie führten, und das gedrängte Treppauf und Treppab hielt wie ein Gleitmittel die permanente Bewegung aufrecht.

Manchmal bleibe ich stehen, gedankenüberwältigt oder von Scham über ein längst vergangenes Missgeschick, und werde sofort zu einer Barriere im Strom der Voraneilenden, zum verärgert zu umrundenden Hindernis. Man hat, wenn man U-Bahn fährt, nichts anderes im Kopf zu haben als das zu erreichende Ziel, denke ich dann, sich mit roboterhafter Empfindungslosigkeit ins Menschengetriebe zu fügen.

Ein Mädchen steht, die Einfahrt in den nächsten Bahnhof erwartend, vor einer der Türen, oder eher schon eine junge Frau, der Kleidung nach zu urteilen, die Sicherheit in Geschmacksfragen verrät und ohne das teenagerhafte Zuviel an verschönernden Attributen auskommt, einem karierten, mit Gürtel zum Blouson gebundenen Kurzmantel und kniehohen schwarzen Stiefeln. Sie hat etwas an sich, das mich immer wieder zu ihr hinsehen lässt. Erst nach einer Weile bemerke ich, dass ihren gesamten Körper eine rhythmische Bewegung durchläuft, ihr Kopf in kaum wahrnehmbares Nicken verfallen ist, ihre Füße in winzigen Schritten tänzeln, als würde sie von gleichmäßigen Elektrowellen durchströmt, alles an ihr in einer minimalistischen Weise zuckt oder schaukelt, und ich brauche nicht lange, um die kleinen weißen Stecker in ihren Ohren als Ursache dafür auszumachen. Es gefällt mir, dass sie auf eine so diskrete Weise Musik hört, keine überdimensionalen Kopfhörer trägt oder die Mitfahrenden mit dumpfen Bässen belästigt, wie sie sie als etwas nur ihr Gehörendes mit sich trägt. Mein Blick bleibt an ihrem Hinterkopf hängen, an ihren mit einer filigranen Silberspange zusammengesteckten blonden Haaren. Ich würde gern ihr Gesicht sehen, was jedoch in ihrer aussteigebereiten Türzugewandtheit nicht möglich ist, und es ist wohl auch gut, dass ich es nicht sehe, weil ich mir bereits ein Phantasiebild von ihr gebildet habe, das ihr wirkliches Gesicht wahrscheinlich zerstören würde. Ich muss daran denken, wie ich früher immer in Menschenansammlungen, die Hinterköpfe anderer betrachtend, bekannte Personen zu erkennen geglaubt und mich dies mit jähem Schrecken erfüllt hatte. Oder wie ich mir in Kino-, Theater- oder Konzertsälen unter den vor mir Sitzenden jemanden herausgepickt und ihn in eine nur für mich existente Verbindung zu mir gebracht hatte. Besonders in jenen Zeiten, in denen ich mich einem anderen nahezubringen versucht hatte, war ich anfällig für derartige Vorstellungen gewesen, vielleicht, um der Person, der ich in der Abgeschiedenheit eines Zimmers meine Unzulänglichkeiten offenbarte, zu demonstrieren, dass ich mich dennoch in der Öffentlichkeit zu bewegen verstand. Ich erinnere mich an die Angst, die ich auf der anderen Seite vor einem zufälligen Zusammentreffen mit diesen Personen gehabt, wie ich mir ausgemalt hatte, von ihnen bei etwas Ungehörigem oder Peinlichem ertappt zu werden. Sie, die so viel von mir wussten, würden meine Unsicherheit erkennen, hatte ich gedacht, meine Ungeschicklichkeiten und die Panik, die mich in vollen Räumen erfasste, wären nicht, wie andere, durch mein glattes, angepasstes Äußeres zu täuschen. Und natürlich waren die Phantasien, in denen ich mich ihnen in lebensbewältigender Weise zeigte, erst möglich gewesen, nachdem ich mich ihrer tatsächlichen Nichtanwesenheit vergewissert hatte.

Der plötzliche Gedanke in der Ladenwohnung, dass sie ein ganz normales Leben führte, dass sie sich, wenn sie nicht in diesem Zimmer war, wie alle anderen in der Welt bewegte, einkaufte, ins Kino ging und mit anderen Menschen zu tun hatte. Beinahe ungehörig war mir diese

Vorstellung erschienen, als schmälere ihr eigenes Leben die Fähigkeit, sich in die Belange derer, die ihr gegenübersaßen, einzufühlen, oder als sei es eine unzulässige Anbiederung von mir, in gleicher Weise wie sie am Leben teilnehmen zu wollen, mich an Orte zu begeben, an denen auch sie sich aufhalten könnte. Ich hatte geglaubt, dass mein Verfolgungswahn, wie ich diese Angst vor unerwarteten Begegnungen für mich nannte, der Tribut sei, den ich für unsere Gespräche zu entrichten hätte, und dass er verschwände, wenn ich ihn meinem Gegenüber dargelegt und wir gemeinsam die Ursachen dafür ausgeräumt hätten.

Das erste Objekt dieses Verfolgungswahnes war Angela gewesen. Hennarote Haare waren ihr in üppiger Fülle den Rücken hinab gefallen, und da sich zu jener Zeit viele Frauen die Haare mit Henna gefärbt und in solch ungezähmter Weise getragen hatten, hatte ich ihrer allerorts ansichtig zu werden geglaubt. Angela war Teil einer Welt gewesen, die mir, so hatte ich es damals schon geahnt, für immer versperrt bleiben würde. Oder hatte ich etwa gehofft, durch den Umgang mit ihr eines Tages ebenfalls dazuzugehören? Sie hatte bunt bestickte, paillettenbesetzte indische Kleider getragen, die damals in Mode gewesen waren, und mir, obwohl die Art unserer Verbindung dies nicht gebot, gleich zu Beginn das Du angeboten, vielleicht, weil man sich in den Kreisen, denen sie angehörte, gewöhnlich duzte, oder weil man in jenen Jahren des gesellschaftlichen Umbruchs generell schnell zum allgemeinen „Du" übergegangen war. Es war die Zeit der neu aufkommenden Frauenbewegung gewesen und die einer neu entdeckten Innerlichkeit. Überall waren für Männer verbotene Frauenorte entstanden — Cafés, Buchläden und Sportvereine, hatten sich Selbsterfahrungsgruppen gebildet und waren immer neue und radikalere Methoden angeboten worden, um zum Seelenheil zu gelangen. Es hatte damals im Trend gelegen, sich die eigene Person betreffenden Gesprächen auszusetzen, einen aus der Menge der bewusstseinslos vor sich hin Lebenden herausgehoben. Ich war sehr jung gewesen, als ich zu ihr gekommen war, Anfang zwanzig, und alles an ihr hatte mich mit Bewunderung erfüllt: ihre große, schlanke Erscheinung, ihre kajalummalten eisblauen Augen, die Art, wie sie sich mit gespreizten Fingern die Haare aus dem schmalen Gesicht gestrichen hatte. Sie hatte, wie sie mir erzählte, in einer Wohngemeinschaft gelebt und während unserer Sommerpause war sie mit ihrem Freund auf dem Motorrad nach Griechenland gefahren. Es war eine Zeit der verwischten Unterschiede gewesen, dass alle Frauen in gleicher Weise unterdrückt würden, hatte man geglaubt, und alles Leiden mit den gleichen Mitteln zu beheben wäre. Sie hatte sich gerade in einer Psychoanalyse befunden und manchmal von ihrer Analytikerin gesprochen. Dass sie es dort besser machte als ich bei ihr, hatte ich gedacht und sie mir auf einer gobelinbedeckten Couch liegend vorgestellt, das üppige Rothaar malerisch, wie das von Botticellis Venus, auf dem Kopfkissen ausgebreitet.

Eines Abends, wir saßen mittlerweile nicht mehr im hinteren, sondern im zur Straße hinausgehenden Zimmer der Ladenwohnung, in dem sie, um uns vor Blicken von draußen zu schützen, zu Beginn jeder Stunde, indem sie mit den Fingern darüberstrich, die Lamellenjalousie schloss, hatte ich ihr meine Verfolgungsphantasien gestanden. Sie hatte jedoch nichts dazu gesagt, sondern nur nach einem Rosenquarz aus der auf dem runden Tisch zwischen uns liegenden Steinsammlung gegriffen, ihn mir gegeben und bemerkt, dass sie, wenn ich ihn mit mir trüge, immer bei mir wäre.

Dem Vergangenen nachhorchen. Dem Leben ohne eigenen Kern, ohne den Mut, auf die innere Stimme zu hören, der Unentschlossenheit, was richtig und was falsch sei, und der Angst, mich dem Gespött der Umwelt preiszugeben. Den Jahren des blinden Nachahmens dessen, was alle taten, mit seinen ständigen Befürchtungen, mich zu verraten, durch eine Kleinigkeit erkennen zu geben, dass mein Handeln nicht dem eigenen Impuls entsprang.

Heute ahme ich niemanden mehr nach, bin durch niemanden mehr einzuschüchtern. Was war geschehen, dass alle früheren Ängste plötzlich verschwunden, wie ein bröcklig gewordener Gipsverband von mir abgefallen waren? Hatte mich die letzte Erfahrung in der Ladenwohnung, ihre fehlende Bereitschaft, sich auf mich einzulassen, und deren anschließende Generalisierung, das Erkennen, dass den meisten Menschen nur ein sehr begrenztes Verstehensvermögen innewohnte, so gestärkt?

Ich habe den Drang, mich einem anderen erklären zu wollen, verloren. Nicht, weil ich glaubte, dass dies grundsätzlich nicht möglich wäre, sondern weil ich keine Kraft mehr dazu habe. Und fühle mich dennoch weniger sprachlos als zu früheren Zeiten. Dass es eigentlich ein menschliches Bedürfnis ist, von sich zu erzählen, denke ich, die Erleichterung zu spüren, die das Reden schenkt, die Erfahrung zu machen, dass es anderen genauso oder ähnlich geht. Ich erinnere mich an Situationen, in denen andere mir ihre Seele entblättert und ihre

Vertraulichkeiten den Wunsch in mir geweckt hatten, es ihnen gleichzutun und ebenfalls mein Inneres nach außen zu kehren. Es war damals angesagt gewesen, über Persönliches zu sprechen, allgemeiner Konsens, dass man dadurch einander näher kam. Erinnere mich daran, ebenfalls nach Gleichgesinnten gesucht zu haben. Doch immer, wenn ich etwas von mir erzählt hatte, war ein Ausdruck der Verstörung, ja der Verärgerung über das Gesicht meines Gegenübers gezogen, weil er mit meinen Äußerungen nichts anzufangen gewusst hatte. Wie ich immer sofort gemerkt hatte, dass es falsch gewesen war, etwas von mir preisgegeben zu haben, dass ich mich zu weit vorgewagt hatte und dem anderen nun ausgeliefert war, er mich nun in der Hand hatte und die Informationen, die er über mich besaß, nach Belieben interpretieren, seinen Vorstellungen gemäß formen konnte. An das Schweigen, das sich nach meinen Sätzen stets ausgebreitet und wie schwere, den Atem nehmende Luft zwischen uns gelegen hatte, die fast greifbare Ratlosigkeit des anderen, wie auf sie zu reagieren sei, und daran, wie ich mir jedes Mal gewünscht hatte, sie zurücknehmen, ungesagt machen zu können. Wie ich, wenn dem anderen schließlich etwas dazu eingefallen war, allem, was er sagte, eilig zugestimmt hatte, um den durch meine Worte entstandenen Graben zwischen uns wieder zuzuschütten und mich aus dem Fokus seiner Aufmerksamkeit zu ziehen. Dass ich immer gedacht hatte, es gäbe eine allgemeine, nur mir nicht bekannte Übereinkunft, welche Themen beredbar waren und welche nicht, oder eine vorgeschriebene Sichtweise, mit der die Dinge des Lebens zu betrachten seien.

Immer häufiger lege ich Pausen ein, wenn ich in der Stadt unterwegs bin, als könne ich die Anforderungen des Alltags nur noch in Etappen bewältigen. Gönne mir nach dem Besuch beim Orthopäden, der mich gegen meine Rückenschmerzen akupunktiert hatte, einen Kaffee beim Bäcker nebenan. Der kleine Laden ist zum Café erweitert, auf dem breiten Gehsteig stehen Tische und Stühle und ein niedriger Zaun mit Pflanzenkübeln an den Ecken gibt dem Ganzen den Anstrich eines Vorgartens. Ich nehme mir eines der am Ausgang gestapelten Kissen und einen der aufgetürmten Aschenbecher und suche mir mit meiner Tasse und einem Käsebrötchen einen Tisch in dem improvisierten Garten, ziehe mein Buch aus der Tasche, Zigaretten, einen Stift und mein Notizbuch. Ein Viertelstündchen innehalten, denke ich, für ein, zwei Zigarettenlängen nur, ein, zwei gelesene Seiten oder etwas stichwortkurz Notiertes. Lange hielt man es ohnehin nicht mehr im Freien aus bei diesen spätherbstlichen Temperaturen. Zwei beleibte ältere Damen lassen sich, nachdem sie ihre Einkaufstaschen abgestellt haben, ächzend in die weißen Plastikstühle sinken. Daneben sitzen drei Männer in farbbespritzten Overalls und essen üppig belegte Brötchen, und weil sich direkt vor der Bäckerei ein Taxiruf befindet, ist sie zudem zum Treffpunkt der Fahrer geworden; der Bäckereibesitzer hat ihnen, weil sie, stets abrufbereit, keine Muße zum Hinsetzen haben, einen Stehtisch an den Zaun gestellt, der immer umlagert ist. Jedes Mal, wenn ich dorthin kam, gab es einen anderen Wortführer unter ihnen, der ausufernde, von Bewegungen seiner Hände begleitete Reden hielt; diesmal ist es ein rundlicher Endfünfziger in abgewetzter Lederjacke, gelblichweißem Haar und einem Vollbart gleicher Farbe, der mich mit seinen beschwörenden Monologen an Gert erinnert; ein Taxifahrer, wie er dem Typus dieses Berufsstandes in der Stadt entspricht, denke ich, großschnäuzig, etwas grimmig und sturköpfig auf seiner Meinung beharrend.

Am Nebentisch nimmt eine junge Frau Platz, die sofort in emsige Geschäftigkeit verfällt. In ihrem Terminkalender blätternd, trifft sie, das Telefon am Ohr, eifrige Absprachen oder erteilt, ohne dabei in Aufgeregtheit zu geraten, einer anderen Person Anweisungen. Ich bewundere, wie sicher sie sich ihrer organisatorischen Fähigkeiten ist. Ein großes Schlüsselbund liegt vor ihr auf dem Tisch und daneben steht ein Glas *Latte macciato*. Ich schätze sie auf Ende zwanzig und bin, wie immer, wenn ich selbstverständlich agierenden jungen Menschen begegne, von ihrem fraglosen Im-Leben-Sein beeindruckt. Andere Beispiele für jene, die schon in frühen Jahren ihren Weg gefunden hatten, fallen mir ein: eine ehemalige Kollegin, deren forscher Entschlossenheit ich angesichts ihrer Jugend mit Misstrauen begegnet war; Fälle früher und dennoch nie revidierter Partnerwahl und Festlegungen auf berufliche Laufbahnen. Die junge Frau hat ihre langen, in engen Jeans steckenden Beine dekorativ übereinandergeschlagen und sich beim Telefonieren leicht vorgebeugt; mit ihrer freien Hand malt sie, wie zur Verdinglichung des Gesagten, kleine Kreise in die Luft und ihre zum Pferdeschwanz gebundenen blonden Haare wippen im Rhythmus ihres Redens hin und her. Ich stelle mir vor, dass sie bereits selbständig ist, ein kleines Unternehmen leitet, in dem es eine Störung im Ablauf gegeben hat, die spontane Umplanungen erfordert. Dass sie einen Laden mit außergewöhnlicher selbstgenähter Kleidung besitzt oder mit Wellnessartikeln handelt, denke ich, auch etwas Gastronomisches wäre möglich, ein Suppenausschank oder ein Brötchenservice für die Arbeitskräfte der umliegenden Firmen. Vielleicht leitete sie auch eine kleine Reinigungsfirma und koordinierte per Telefon die Einsätze der drei, vier Angestellten. Und wie jedes Mal denke ich auch in diesem Augenblick wieder, dass man im Leben verwurzelt sein muss, um sich in dieser Weise entwickeln zu können, sich aufgehoben fühlen muss in der Welt und keine Ausgrenzung erfahren haben darf, kein Zweifel aufwerfendes Anderssein.

Einmal war eine Gruppe Jugendlicher in den Cafégarten gekommen, Jungen auf der Schwelle zu Männern, denen die Schritte ihrer Hosen in den Kniekehlen gehangen hatten und die Kapuzen ihrer Jacken wie zur Tarnung weit in die Gesichter gezogen. Sie hatten sich in die Stühle gelümmelt, ihre Rucksäcke neben sich auf den Boden geworfen und waren sofort in einen von gegenseitiger frotzelnder Anmache dominierten Wortwechsel verfallen, eine Art Lockerungsübung nach den anstrengenden Schulstunden, hatte ich gedacht. Einer von ihnen hatte meine Aufmerksamkeit besonders auf sich gezogen, so dass die anderen allmählich aus meinem Blickfeld verschwunden waren, vielleicht, weil er eine kindliche Verletzlichkeit ausgestrahlt hatte, die bei seinen Kameraden bereits männlicher Härte gewichen war. Ein dichter, bis zu den Augen fallender Pony hatte unter seiner Kapuze hervorgeschaut und war bei jeder heftigeren Kopfbewegung mitgeschwungen. Ich hatte immer wieder zu ihm hingeschaut und plötzlich gewusst, welche weit zurückliegende Begebenheit ich mit ihm in Verbindung brachte. In meiner Jugend waren die *Reader's Digest*-Hefte nach Deutschland gekommen, Sammelbände kurzer, meist amerikanischer Geschichten, die mit Zeichnungen und Fotografien illustriert gewesen waren, und in einem dieser Hefte hatte es ein Schwarzweißfoto eines Jungen gegeben, das mich auf eigentümliche Weise berührte. An die dazugehörige Geschichte hatte ich mich nicht mehr erinnert, nicht einmal mehr daran, ob ich sie überhaupt gelesen hatte, sondern nur noch an das Gesicht des Jungen, seine rundgeschnittenen, ihm wie ein Helm um den Kopf liegenden Haare und seinen unter halbgeschlossenen Lidern nachdenklich ins Leere gerichteten Blick. Auch weshalb ich mir auszumalen begonnen hatte, dass er mein Sohn sei, wusste ich nicht mehr. Vielleicht, weil ich zu jener Zeit der Überzeugung gewesen war, niemals eigene Kinder zu haben, mich niemals in der dafür notwendigen Weise mit einem Mann zusammentun zu können. Die Anbändelungen Gleichaltriger waren mir fremd gewesen, ihre kichernde Geheimnistuerei, wenn sie sich darüber austauschten, ihr verschwörerisches Köpfezusammenstecken, in dem die Ahnung künftiger Intimitäten gelegen hatte. Vielleicht hatte ich mich mit dem Bild des Jungen in ein für mich unerreichbares Leben hineinzuträumen versucht. Ich hatte ihn *Kevin* genannt, ein Name, der damals noch unbekannt gewesen war und den ich wahrscheinlich einer der Geschichten des Bandes entnommen hatte.

Dass die Jungen am Nebentisch gestern noch Kinder gewesen waren, hatte ich gedacht. Und ich schon die, die ich jetzt war. Dass sie vielleicht, während mich bereits die Dinge, die mich noch heute beschäftigten, geplagt hatten, im Kinderwagen an mir vorbeigeschoben worden waren. Dass, von mir unbemerkt, eine ganze Generation nachgewachsen war, vom Kleinkind bis zum Erwachsenen alle Entwicklungsstadien durchlaufen hatte. Und ich hatte mich plötzlich wie aus der Zeit gefallen gefühlt. Als sei mir in einem Augenblick der Schwäche die Kontrolle über mein Leben entglitten, so dass es wie ein Zug, auf den ich nicht aufzuspringen wagte, an mir vorbeiflog und mir nur die Spuren, die es hinterließ, als Existenzbeweise blieben.

Ich versuche, dem Mädchen, das ich einst gewesen war, auf die Spur zu kommen, sein Wesen, das der Ursprung meines jetzigen Ichs ist, lebendig werden zu lassen und vielleicht jenen Punkt auszumachen, ab dem sein Lebensgleis nicht mehr parallel zu denen anderer Mädchen verlaufen war.

Ein Gefühl von Freiheit steigt in ihm auf, als das große hölzerne Schultor hinter ihm zufällt und es auf die Straße mit ihrer mittäglichen Geschäftigkeit schaut. Als öffne sich einem Inhaftierten nach Monaten des Eingesperrtseins die schwere Gefängnispforte, ist ihm zumute, würde ein eiserner Ring, der ihm während der Unterrichtsstunden den Brustkorb zusammengepresst hatte, sich nun langsam zu lockern beginnen. Jeden Tag kauft es sich beim Bäcker gegenüber einen Amerikaner, immer im Wechsel einen mit Zucker- und einen mit Schokoladenguss, beißt bereits beim Verlassen des Ladens in das tellerrunde Gebäck hinein, als sei es eine dringend benötigte Medizin, ein Lebenselixier, das ihm wieder zu sich selbst verhalf nach dem versteinerten stundenlangen Sitzen auf harten Holzstühlen in dem alten Backsteingebäude, in dem es auf den Fluren nach Bohnerwachs roch und in den Klassenräumen nach den Ausdünstungen unzähliger

Mitschüler, in dem in dem einen die Lehrer schroff beim Nachnamen riefen und die Jungen, die hinter ihm saßen, ihm Bleistiftspitzen in den Rücken stachen und sich, wenn es sich zu ihnen umdrehte, als hätten sie nichts getan, in die Luft starrten. Noch heute habe ich den Geschmack dieses Gebäcks im Mund, seine schaumig-leichte Konsistenz, fast so, als bisse man in ein Nichts, die tröstende Süße, die es sogleich verbreitete, und die am Gaumen klebende Zuckerschicht.

Rundherum, ohne seine Form zu verändern, von ihm abbeißend, läuft das Mädchen die Straße entlang. Es liebt das Eintauchen in die mittägliche Betriebsamkeit, in der es, anders als in der Schule, von niemandem wahrgenommen wird, wie unsichtbar ist inmitten des eifrigen Hin und Her, Hinein und Hinaus, der ihren Einkauf in großen Taschen heimtragenden Frauen, mit klappernden Ranzen um die Wette rennenden Kinder und sich hupend an parkenden Lieferwagen vorbeischiebenden Autos. Jeden Tag genießt es den Moment des Hineingleitens in dieses Straßenleben aufs neue, das Aufgenommenwerden von der Außenwelt, die es dennoch unbehelligt, ganz für sich selbst bleiben und seinen Träumen nachhängen lässt, ja mit ihrem stetigen Bewegungsfluss den dafür nötigen Hintergrund bildet. Schon während des Unterrichts spürte es die Freude auf den Heimweg als kribbelnde Aufgeregtheit in sich. Kleine, einer an den anderen gereihte und mit ihren unterschiedlichen Waren alle Alltagsbedürfnisse befriedigende Läden gibt es in der Straße: eine Fleischerei, in der an Eisenhaken befestigte Schweinehälften im Schaufenster hängen und die Wurstscheiben fächerartig ausgelegt sind, einen Obst- und Gemüseladen, vor dem auf einem pyramidenförmigen, mit grünem Kunstrasen bedeckten Aufbau das bunte Angebot in Holzkisten lagert, einen Schuhmacher, einen Frisör und einen mit der schlichten Bezeichnung *Lebensmittel* benannten Laden, in dem es von frischer Milch über Getränke, Getreideprodukten und Süßigkeiten bis hin zu einem umfangreichen Dosensortiment alles gibt, was an Essbarem vorstellbar ist, und den man im Volksmund *Tante-Emma-Laden* nannte. Über den Schaufenstern steht in schnörkeliger Schreibschrift die Bezeichnung des Ladens, kunstvoll auf Glas oder Metall gemalt, nur das Wort *Südfrüchte* begnügt sich mit schlichter Pappe, auf den Gehsteig gestellte Kreidetafeln weisen auf aktuelle Sonderangebote hin und an den Hauswänden angebrachte Schilder auf die in Anspruch zu nehmenden Dienstleistungen: *Schlüsseldienst Partyservice Hausbesuche Dauerwelle Absätze und Sohlen*. Das Mädchen fühlt sich im anonymen Miteinander geborgen. Die unbemerkte Anwesenheit in der wirklichen ist ihm Voraussetzung für die Entfaltung seiner inneren Welt; das Herausgelöstsein aus realen menschlichen Bezügen Bedingung für seine phantasierten Zwischenmenschlichkeiten. Immer träumt es sich in das gleiche Szenario hinein, in die Kulisse einer Handlung, die es einmal in einem Film gesehen und in der eine Frau mit kupferrotem, kunstvoll hochgestecktem Haar die Hauptrolle gespielt hatte. Zu Hause hat es Bilder dieses Films aus Zeitschriften ausgeschnitten und sie, auf Pappe geklebt, über sein Bett gehängt, so dass es sie vor dem Schlafengehen anschauen kann. Hier auf der Straße, ohne die Bilder, fällt es ihm schwer, sich die Frau vorzustellen, gelingt es ihr immer nur für Momente. Und doch kommt es allein auf ihr Gesicht an in den Geschichten, die sich das Mädchen ausdenkt, auf die Vielfalt der Ausdrucksmöglichkeiten, die dieses Gesicht zu zeigen imstande ist. Von dessen Deutlichkeit hängt der Verlauf der Geschichten ab und deren Intensität: Ob sie sich wie ein schon unzählige Male gesehener Film vor seinem inneren Auge abspulten oder jenes bittersüße Gefühl in ihm weckten, das ihr eigentlicher Zweck war, für Sekunden eine wortlose Sehnsucht zu stillen vermochten. Wie mit dem Zoom einer Kamera versucht das Mädchen, das Gesicht der Frau einzufangen, doch anders als beim Fotografieren, lässt es sich nicht festhalten, taucht unvermittelt auf und verschwindet auf eine ebensolche Weise wieder, so dass es sich Tag für Tag aufs Neue darum bemühen muss, es für sich sichtbar zu machen.

Dass ich ihr von dem Mädchen erzählen, die Vergangenheit hervorholen müsste, damit sie die Gegenwart besser einzuordnen wisse, hatte ich geglaubt. Und auch, dass ich es selbst dadurch besser verstünde. Dass sie nur dann wüsste, wer ich bin, wenn sie auch das Mädchen kannte, das ich gewesen war.

„Ich will Ihnen mein Leben erzählen", hatte ich zu ihr gesagt und sie hatte genickt, nicht eben so, als sei sie neugierig darauf oder der Ansicht, dass dies nötig wäre, sondern eher, als füge sie sich in etwas Unvermeidbares. Hatte mich dann auch immer schon nach wenigen Sätzen unterbrochen, um daraus eine Art Fazit zu ziehen oder mir zu erklären, dass es ganz normal sei, was ich erlebt hatte und alle so empfänden wie ich, so dass ich geglaubt hatte, sie mit Belanglosigkeiten gelangweilt zu haben.

Nie hatte sie mir irgendwelche Fragen gestellt, und als ich mich einmal darüber beklagte, hatte sie barsch erwidert, dass sie nur dann fragen könne, wenn sie einen Impuls dazu empfände, und dass ich, wenn ich sie als Gesprächspartnerin wünschte, so zu nehmen hätte, wie sie sei. Ich hatte mich jedoch nur selten beklagt, sondern war vielmehr darum bemüht gewesen, alles, was sie mir sagte, anzunehmen und mir einzureden, dass es an meiner mangelnden Selbsterkenntnis läge, wenn sich ihre Belehrungen mir nicht erschlossen, daran, dass ich Unliebsames verdrängte. Irgendwann hatte ich meine Sätze ihren Erwartungen anzupassen, sie auf ihre Sichtweise zuzuschneiden, mit ihr wie mit einem Kind in einer ihm verständlichen, die Dinge vereinfachenden Sprache, zu reden begonnen. Hatte mir angewöhnt, dem Gesagten, wie um es zurückzunehmen oder ihr dessen Last nicht zuzumuten, ein „Ich komme schon damit klar" anzuhängen.

Worüber hatten wir in all den Stunden eigentlich gesprochen? Es ist im Nachhinein seltsam, sich über Jahre regelmäßig mit einem Menschen getroffen zu haben und danach nicht mehr zu wissen, was die gemeinsame Zeit ausgemacht hatte, dass die unzähligen gewechselten Sätze nichts hinterlassen, sich einfach in Luft aufgelöst hatten. Jedes Mal hatte ich es so erlebt. Das Gehirn speicherte aus Kapazitätsgründen nur das Wesentliche und schickte alles andere ins Meer des Vergessens, und bei all meinen Versuchen, mich einem anderen Menschen nahe zu bringen, war am Ende immer nur ein Nichts geblieben, ein Häufchen Asche meiner verbrannten Hoffnung auf Verständigung. Einzig die erfahrenen Verletzungen durch die unterschiedlichen Gesprächspartner hatten sich mir eingeprägt, deren abschätzige und ausgrenzende Worte, und natürlich ihre jeweiligen Eigentümlichkeiten: mit schneller Kopfbewegung zurückgeworfene Haare, ein zur Begrüßung rechtwinklig an den Körper gepresster Arm, die Hand, die sich zur Vermeidung entstehender Vertraulichkeit schnell der meinen entzog.

Wie hatte es überhaupt all die Male so weit kommen können? Warum hatte ich all die kostbaren Lebensjahre mit der Suche nach einem Menschen beschwert, dem ich mich anvertrauen konnte, anstatt sie in der mir gemäßen Weise zu verbringen?

Ich lese Paul Nizons letzterschienenen Band seiner Tage-buchaufzeichnungen, der den Titel „Urkundenfälschung" trägt, und erinnere mich daran, wie ich seinen vorherigen, der „Die Innenseite des Mantels" geheißen hatte, gekauft und ihr, weil ich anschließend in die Ladenwohnung gegangen war, gezeigt hatte, wohl in der Absicht, mich ihr auch durch die Offenbarung meiner Lektüre näher zu bringen, nichts unversucht zu lassen, was ihr Rückschlüsse auf mich ermöglichte.

Mir ist die vom Verstehen eines anderen abhängige Person so fremd geworden, als sei sie Lichtjahre von der, die ich heute bin, entfernt, und so unvorstellbar, wie mir einst das Weiterleben mit dem Nichtverstandenwordensein erschienen war, ist es mir heute, mich jemals wieder einem anderen in derartiger Weise auszuliefern.

Die Angst vor dem Eingesperrtsein, vor sich auf Knopfdruck schließenden Fahrstuhltüren und Toilettenkabinen mit raffinierten Schließsystemen – auch sie hatte ich als Folge meines Unvermögens, mich anderen Menschen mitzuteilen, gedeutet und geglaubt, dass man am Ungesagten, wenn es zu viel wurde, sich zu einer Parallelwelt türmte, ersticken konnte. Manchmal hatte ich befürchtet, eines Tages überhaupt keine Begrenzungen mehr ertragen, mich nicht einmal mehr in geschlossenen Räumen aufhalten zu können. Auch hier versuche ich, den Ursprung dieser Angst auszumachen, ihr erstmaliges Auftreten, als sei dies auch der Beginn der Sprachlosigkeit.

Ich erinnere mich an ein Ereignis aus der Zeit, als ich mit der Mutter auf dem Land gelebt hatte, im Haus der alten Frau, bei der die Mutter nach dem Krieg für Lebensmittel gearbeitet hatte und die mir im Laufe der Jahre zur Großmutter geworden war. An einen Sommertag, an dem wir auf ein größeres Gehöft ins Nachbardorf gefahren waren, wo die Mutter mit anderen Frauen zusammen in einem dunklen Raum Suppengrün gebunden hatte. An die Weite eines kopfsteingepflasterten Hofes und an einen in seiner Hütte liegenden Schäferhund, der, wenn man ihm zu nahe kam, mit wütendem Gebell heraussprang, so dass die Eisenkette, die ihn an die Hütte zwang, scheppernd über die Steine mahlte. An rostüberzogene Eisenungeheuer mit langen Greifarmen und spitzen Zahnreihen, die auf dem Hof herumstanden, und daran, dass es noch mehr Kinder, wahrscheinlich die der übrigen suppengrünbindenden Frauen, gegeben hatte. Vier, fünf Jahre musste ich damals gewesen sein. Ich war, von einem unbestimmbaren Gefühl der Gefahr erfüllt, hinter den anderen Kindern hergelaufen, hatte mit ihnen die den Hof umrandenden Backsteinbauten erkundet, flachdachige, aneinander gelehnte Häuschen mit schmutzblinden, spinnwebüberzogenen Fenstern, war ihnen durch sich quietschend öffnende Türen in dunstige Räume gefolgt, in denen uns ein feuchtwarmer Stallgeruch entgegengeschlagen war und die dumpfen Laute der darin untergebrachten Tiere. Hin und wieder hatten wir auch unseren Müttern einen Besuch abgestattet, waren in den sich ebenfalls in einem der Flachbauten befindenden Raum hineingerannt, in dem sie im Kreis um Körbe mit Mohrrüben, Porree, Sellerie und Petersilienwurzeln herum gesessen, in die sie nacheinander hineingegriffen und das Entnommene mit blitzartiger Geschwindigkeit mit Strippe umwickelt hatten. Sie waren in ihren bunten Schürzen und den im Nacken gebundenen Kopftüchern kaum zu unterscheiden gewesen, so dass ich Mühe gehabt hatte, die meine in dem Frauenkreis zu entdecken. Trotz ihres emsigen Arbeitens waren unablässig Worte zwischen ihnen hin und her geflogen, Bällen gleich, die sie sich zugeworfen und mit denen sie sich ihre eintönige Arbeit ertragbar gemacht hatten. Sie hatten uns kaum Beachtung geschenkt, ja uns sogar angefahren, dass wir verschwinden sollten, und ich hatte plötzlich erkannt, dass die Welt der Erwachsenen und die unsere zwei völlig verschiedene waren, zwischen denen es keine wirkliche Verbindung gab, dass Kinder mit ihrem zweckfreien Spiel in der Arbeitswelt der Erwachsenen nur störten, bestenfalls geduldet wurden und nach Belieben zurechtgewiesen werden konnten. Vielleicht hatten die anderen Kinder dies genauso empfunden und mich als jemanden auserkoren, an dem sie sich für ihre Nichtsnutzigkeit rächen konnten, war in jenen Augenblicken die Saat für das gestreut worden, was dann geschah. Die Scheune zu entdecken hatte noch ausgestanden, das große, rundgebogene Tor zu öffnen, das, zu schwer für Kinderhände, unser gemeinsames Dagegenstemmen erfordert hatte. Ein spitzwinkliger Lichtstrahl hatte sich, während alles Übrige im Dämmernebel verborgen geblieben war, auf den Boden gelegt. Ihnen blind folgend, war ich hinter den anderen Kindern in das unbekannte Scheuneninnere hineingegangen, dessen Ausmaße zu gewaltig gewesen waren, um sogleich erfasst zu werden, von schwindelnder Höhe und schier endloser Weite. Erst nach Minuten hatten die Augen deren Inneres Stück für Stück auszumachen vermocht. Auch hier hatten landwirtschaftliche Geräte herumgestanden, an in die Holzbalken geschlagenen Nägeln hatte Werkzeug gehangen, Schaufeln und Gabeln von kaum handhabbarer Größe hatten an Wänden gelehnt und dane-ben war allerlei Ausrangiertes oder einfach nur vorübergehend Abgestelltes deponiert gewesen: alte Möbelstücke, Fahrräder, diverse Haushaltsgegenstände. Wahrscheinlich war ich so sehr damit beschäftigt gewesen, das Scheuneninnere zu entdecken, dass ich nicht bemerkt hatte, was die anderen Kinder im Schilde führten. Wie sie sich stumm mit Blicken verständigten. Erst das Geräusch des über die Feldsteine schleifenden Tores und dann der Knall, mit dem sie es zustießen, hatten mich aufschrecken und es mir jäh bewusst werden lassen, dass sie mich eingesperrt hatten. Von einem Moment zum anderen war es dunkel geworden im kirchenhohen Raum und ohne die Stimmen der anderen Kinder zudem unheimlich still. Nur allmählich gelang es mir, das zuvor Identifizierte wiederzuerkennen. Dünne Sonnenstrahlen drangen durch die Dachritzen. Überall raschelte und knackte es. Unzählige Mäuse, hatte ich gedacht, die zwischen den auf halber Höhe eingezogenen Boden gelagerten Strohballen umher huschten. Ich hatte mich verloren geglaubt. Niemand, so war ich überzeugt gewesen, würde mich hier jemals finden, käme auf die Idee, an diesem Ort nach mir zu suchen, und wenn ich schrie, würde es ungehört verhallen.

Was gibt es noch, das zu erzählen wäre? Oder ist nun alles gesagt, kann die Geschichte meiner vergeblichen Verständigungsversuche endlich abgeschlossen werden? Immer häufiger verspüre ich eine Unlust, darüber zu berichten, das Vergangene wieder und wieder heraufzubeschwören, ist mir, als grüben meine Hände in nassem Meeresschlick und förderten die immer gleiche schwere graue Masse zutage. Ich habe mich bei meiner Erinnerungsarbeit wiederholt, ich weiß. Habe das Geschehene, wie ein Raubvogel seine Beute, von allen Seiten umkreist und jedem Detail, es als ein Mosaik zum Gesamtbild betrachtend, Aufmerksamkeit geschenkt. Warum bleibt dennoch das Gefühl, etwas Wesentliches vergessen oder es nicht deutlich genug beschrieben zu haben? Liegt es an der Nichtsichtbarkeit des Darzustellenden oder an seiner äußeren Folgenlosigkeit? Mir fällt ein Ausspruch von Thomas Bernhard ein, dass nur das Unsichtbare, scheinbar nicht Vorhandene, es wert sei, aufgeschrieben zu werden. Befürchte ich noch immer, dass die Ereignisse im Schlund der Zeit verschwänden oder ich sie nicht zu fassen bekäme, sie sich der Sprache entzögen, mir wie ein nasser, glatter Fisch aus den Händen glitten?

Ich spüre, wie das Bild unseres Zusammensitzens in der Ladenwohnung zu verblassen beginnt, einem in der Sonne liegenden Kleidungsstück gleich, das allmählich seine Farben verliert. Wie allein die Vergegenwärtigung einzelner Begebenheiten, ihr Herauslösen aus der in immer weitere Ferne rückenden Vergangenheitsmasse, dem Vergessen entgegenwirken kann.

Ostern im letzten Jahr unserer Treffen. Ich sitze im Zug, auf dem Weg zu Ruth. Gemeinsam wollen wir ihre Familie besuchen. Alles ist vorbereitet, die Tickets für die Fahrt in ihre Heimatstadt gekauft und ein Geschenk für ihre Mutter, die darauf brennt, mich endlich kennen zu lernen, die Tage im Kreise ihrer Brüder und deren Familien verplant. Doch die Gesprächsstunde vor der Abreise ist wieder einmal unharmonisch verlaufen, es hat einen Disput oder ein Missverständnis gegeben; worum es im Einzelnen gegangen ist, weiß ich nicht mehr, weil unsere Gespräche ja meist voller Kontroversen und Missverständnisse gewesen waren und nur deren Ausmaß und Nachwirkung von unterschiedlicher Intensität. Hätte man von der Gesamtheit aller Stunden ein Diagramm erstellt, wäre eine zackige Gebirgslandschaft entstanden und diese letzte Stunde vor der Fahrt zu Ruth eine steil über das Durchschnittsniveau hinausragende Spitze gewesen. Zudem habe ich durch die bevorstehenden Ferien nicht die Möglichkeit einer kurzfristigen Klärung. Ich halte es kaum aus auf meinem Platz, während der Zug monoton dahin rollt, ertrage kaum den Gleichmut der anderen Reisenden, ihr selbstverständliches Unterwegssein, das ein selbstverständliches Im-Leben-Sein ist, ein Dazugehören. Wie ich auf allen bisherigen Bahnfahrten immer so getan hatte, als wäre ich genauso gelassen wie sie, gehörte ebenfalls dazu, geht es mir durch den Kopf, ein Spiel, das nur in der Gewissheit gelingen konnte, dass es jemanden gab, der wusste, wie ich wirklich war. Nun, wo sich wieder einmal gezeigt hatte, dass auch sie dies nicht wusste, gibt es nichts mehr, was mich noch mit anderen verbindet. Das erbarmungslose Schleichen der Zeit: Wie die Sekunden zu Minuten werden und diese sich in Stunden verwandeln, die sich zu endlos langen Tagen gruppieren würden. Das Wissen, dass all diese Zeit durchlebt werden musste. Wieder einmal wünsche ich mir, in einen zeitüberbrückenden Schlaf sinken zu können und erst wieder zu erwachen, wenn der innere Aufruhr bewältigbar geworden ist.

Habe ich mich bereits im Zug mit den kleinen grünen Pillen betäubt oder hat erst Ruth sie, meines Zustandes ansichtig geworden, aus ihrem gutsortierten Medikamentenvorrat geholt? Gleich bei meiner Ankunft ist klar, dass ich zu dem Familienbesuch nicht fähig sein würde; mit Grüßen an all die, die mir nun weiterhin unbekannt bleiben würden, bringe ich Ruth am nächsten Tag zum Bahnhof und laufe anschließend ziellos und mit dem Gefühl, aller menschlichen Bezüge entledigt zu sein, durch die Stadt. Geschäftigkeit um mich herum, die mich in ungläubiges Staunen versetzt. Ich betrachte die Auslagen der

Schaufenster wie Kuriositätensammlungen und vermag mir nicht vorzustellen, dass der Besitz dieser Dinge für jemanden erstrebenswert sein kann. In einer Seitenstraße treffe ich auf einen Laden, der Antikes darbietet, Gerüschtes und Verschnörkeltes, das mich in seiner anachronistischen Präsenz an die Vergänglichkeit alles Bestehenden denken lässt, auch der allen Schmerzes, und ein sanfter Trost ist. Ich gehe hinein und stöbere in den auf Ständern hängenden alten Kleidern und Blusen, nehme, als wolle ich mir mein Leben mit den Utensilien der Vergangenheit noch einmal neu einrichten, kunstvoll bemaltes Porzellan in die Hand und befühle die samtigen Polster alter Sofas und Sessel.

Ruths Wohnung ist mir, allein dort, seltsam fremd, eine von Alltagsgeräuschen, wie dem Klappern der Briefschlitze, dem Ausleeren der Mülltonnen in die Stadtreinigungsfahrzeuge und denen der anderen Hausbewohner durchbrochene Stille um mich herum. Wie ein Tier in seinem Bau und ohne den geringsten tagesgliedernden Verrichtungen nachzugehen, verkrieche ich mich in ihr, verdöse die Zeit im Bett, falle hin und wieder in einen kurzen, unruhigen Schlaf, schalte den Fernseher ein, ohne das Gesehene in mich aufzunehmen, und stopfe, wenn ich Hunger verspüre, irgendetwas in mich hinein. Die grünen Pillen sorgen dafür, dass ich nie ganz wach werde; zusätzlich leere ich in jenen Tagen etliche Flaschen Wein. Und wenn selbst in dieser bewusstseinsgetrübten Verfassung die Verzweiflung durchbricht, versuche ich, ihr in E-Mails, auf die ich nie eine Antwort erhalte, meinen Schmerz zu erklären.

Hat sich die Frau, von der ich hier berichtet habe, so weit von mir entfernt, dass es für mich nicht mehr nachvollziehbar ist, was sie derart aus der Bahn geworfen hatte? Oder ist sie mir, im Gegenteil, die ganze Zeit über so nah geblieben, dass ich ihr Denken und Handeln nicht in allgemeinverständlicher Weise darzustellen vermochte? Hat die permanente Großaufnahme die Sicht auf das Gesamtbild verhindert? Habe ich sie neu erfinden und zu einer eigenständigen Person werden lassen können, oder hat mich das Geschehene noch so fest in seinen Klauen, dass sich eine ölige Betroffenheitsschicht auf meine Sätze gelegt und ihnen die Wahrhaftigkeit geraubt hat? Dass es absurd sei, das Fehlen von Worten für das Eigene ausgerechnet mittels Sprache bewältigen zu wollen, habe ich bei meiner Schreibarbeit häufig gedacht, ein Paradoxon geradezu, etwas, an dem ich scheitern würde.

Neulich habe ich beim Aufräumen des Medikamentenschrankes die grünen Pillen gefunden und sofort war wieder alles da gewesen: die Mauer, die sie gegen mich errichtet hatte, ihre Feindseligkeit und das Gefühl der Unmöglichkeit, im Unverstandengebliebensein weiterzuleben. Wenn man die Pillen aus ihrer Stanniolverschweißung drückte, sahen sie wie kleine Brote aus mit ihrer ovalen Form und den drei waagerechten Einkerbungen, an denen sie zu teilen waren. Ich hatte sie ganz geschluckt damals, oder sogar zwei von ihnen, wodurch meine Bewegungen verlangsamt und mein Gang schwankend geworden war, wie der einer Betrunkenen, und die Menschen, auf die ich traf, gemerkt hatten, dass mit mir etwas nicht in Ordnung war. Als meine Hausärztin sie mir nicht mehr verschreiben wollte, hatte ein mit einem Apotheker befreundeter Bekannter sie mir ohne Rezept besorgt. Ihr Haltbarkeitsdatum war inzwischen abgelaufen, dennoch zögerte ich einen Moment lang, sie wegzuwerfen, als ginge dadurch etwas das Geschehene Dokumentierendes verloren.

Ich legte sie zu den anderen Dingen aus jener Zeit, in den Karton mit meinen Briefen an sie, unserem E-Mail-Wechsel, den ich ausgedruckt habe, und den drei vollgeschriebenen Kladden. Irgendwann, nehme ich mir vor, wenn eine noch dickere Schicht des sprichwörtlichen Grases über die Geschichte gewachsen sein wird, werde ich alles noch einmal lesen und mich ungläubig und voller Mitleid an die Person erinnern, die ich damals gewesen war.

Ein neuer Sommer in Ruths Stadt. Wir liegen auf der Wiese im Südpark, nahe ihrer Wohnung. Ruth auf dem Rücken, mit geschlossenen Augen, tief und geräuschvoll ein- und ausatmend, ich bäuchlings, das Kinn auf die Handteller gestützt, mit einem Buch vor mir, auf dessen Seiten die Sonne Lichtflecken tanzen lässt. Wie ein riesiger grüner Teppich, in dem die anderen Frischluftgenießenden bunte Muster bilden, erscheint die Wiese aus meinem Blickwinkel. Es ist still, obwohl die Sonne viele Menschen herausgelockt hat, nur die Vögel sind zu hören und das Rauschen der Bäume. Ich lasse meine Augen nach links und rechts zu den im Umkreis Liegenden wandern, junge Leute zumeist, wahrscheinlich Studierende, die auch das sonstige Bild der Universitätsstadt bestimmen, die aus allen Teilen des Landes oder sogar aus der ganzen Welt für ein paar Jahre hierhergekommen sind und sich in Kreisen ihresgleichen zusammengefunden haben. Ärgere mich gleich darauf darüber, dass ich so leicht vom Lesen abzulenken bin. Wie zu Hause in der U-Bahn, denke ich, wo mich auch die Menschen um mich herum immer mehr interessierten als das Buch, mit dem ich die Fahrzeit füllen wollte, was mich dann jedes Mal auf den Gedanken brachte, dass ich noch immer auf der Suche nach einem Platz zwischen ihnen war, mich noch immer mit ihren anstatt mit meinen Augen wahrnahm.

Wie umstandslos sie miteinander umgehen, denke ich im Park. Dazukommende, ob erwartet oder unerwartet, in ihrem Kreis aufnehmen und auf eine fast beiläufige, jedoch nie in Gleichgültigkeit umschlagende Weise zu einem Teil der Wiesengruppen werden lassen, sich mit unverstellter Herzlichkeit begegnen. Ich erinnere mich an meine eigenen Geselligkeitserfahrungen in jenem Alter, wie ich mein Unvermögen, mich im Kreise anderer wohlzufühlen, als persönlichen Makel, ja als eine unter allen Umständen zu verbergende Charakterschwäche empfunden hatte. Nicht einmal mir selbst hatte ich dieses Unzugehörigkeitsgefühl eingestehen dürfen, weil ich keine Erklärung dafür gehabt und es einen Schwanz weiterer unangenehmer Dinge, für die es ebenfalls keine Lösung gab, nach sich gezogen hätte. Daran, wie weh es mir immer getan hatte, die Vertrautheit der anderen mit anzusehen.

Hier und da sitzen junge Mütter auf der Wiese, deren Kleinkinder erkundungsversessen durchs Grün krabbeln. Obwohl im gleichen Alter wie die meisten anderen Frauen hier, wirken sie ernsthafter als ihre kinderlosen Geschlechtsgenossinnen; als hätte ihnen die Weitergabe des Lebens eine besondere Würde verliehen, strahlen sie jene umweltblinde Gewichtigkeit aus, die von der Bedeutsamkeit ihrer Aufgabe überzeugten Menschen eigen ist. Manche von ihnen haben sich mit ihresgleichen zusammengefunden, Mütterkreise gebildet auf der Wiese, und verfolgen mit stolzer Aufmerksamkeit die Aktivitäten ihres Nachwuchses; vereinzelt entdecke ich auch traditionelle Familiengefüge, Mutter, Vater und Kind oder mehrere Kinder, die, von Kühltaschen und verstreutem Spielzeug umgeben, den Eindruck erwecken, als müssten sie das Familiesein mit einer Vielzahl von Gegenständen inszenieren.

Als wollte er den demonstrierten Gemeinsamkeiten entfliehen, wandert mein Blick den Einzelnen zu, die sich still und unauffällig einen Platz auf der Wiese gesucht haben und denen eine entrollte Bastmatte oder ein Handtuch für einen Freiluftnachmittag ausreicht.

Viele von ihnen lesen und scheinen so sehr in ihre Lektüre vertieft zu sein, dass sie nichts anderes mehr wahrnehmen; einige haben einen Stift in der Hand, mit dem sie Textstellen anstreichen oder sich Notizen machen, wieder andere sitzen mit einer Kladde auf den Knien, in die sie umgebungsblind etwas hineinschreiben, an einen Baumstamm gelehnt. Nur ganz wenige haben sich dem Nichtstun hingegeben, die Augen geschlossen in vermeintlichem oder tatsächlichem Schlaf.

Achtlos ins Gras geworfene Räder. Ruths Atmen neben mir, das Zischen, mit dem sie den Luftstrom entweichen lässt, das Auf und Ab ihres Brustkorbes. Sie hat ihre Yogaübungen gemacht und entspannt sich nun davon. Ich betrachte ihr Gesicht, das mir auf einmal fremd erscheint in seiner Versunkenheit, und schließe dann ebenfalls die Augen. Spüre den Wind über meinen Körper streichen. Gedämpft wie durch Watte die Geräusche von ringsumher. Später trinken wir Kräutertee aus der Thermoskanne, essen unsere mitgebrachten Brote, und ich versuche, mich in der Überzeugung zu wiegen, dass wir zusammengehören.

Ein Paar hat sich wenige Meter vor uns niedergelassen, Mann und Frau mittleren Alters. Langjährig Verheiratete, denke ich, die etwas Verdrossenes ausstrahlen, stumm nebeneinander auf einer karierten Decke sitzen, als sei der Nachmittag im Park eine von vielen in ihrer Lebensgemeinschaft zu absolvierenden Pflichten. Mir fällt sogleich die Selbstverständlichkeit ihres Zusammenseins auf, wie sie die Relikte einstigen Angezogenseins voneinander in Form vertrauter Gleichförmigkeit leben. Beide sind nicht besonders attraktiv und eher nachlässig in ihrem Äußeren; das Gesicht der Frau ist picklig, sie trägt ein weißes Hängekleid und hat ihr dünnes halblanges Haar hinter die Ohren geklemmt, dem Mann sind die fleckigen Jeans bis unter die Hüften gerutscht und sein Hemd verdeckt nur unzulänglich den sich darüber weißhäutig wölbenden Bauch. Fettige schwarze Haare fallen ihm strähnig in die Augen. Wie schon unzählige Male zuvor, registriere ich mit einer gewissen Verwunderung, dass auch von der Natur nur spärlich mit Schönheitsattributen ausgestattete Menschen in der Lage sind, sich zu Paaren zusammenzufinden. Als setzten sie sich, triebhaft dem Verlangen ihrer makelbehafteten Körper folgend, über ein nicht zu ignorierendes Hindernis hinweg, war es mir immer erschienen, oder sogar, als maßten sie sich etwas an, was ihnen nicht zustand. Ich hatte schon früh erkannt, dass das Aussehen für die geglückte Zweisamkeit nur eine untergeordnete Rolle spielte, und die Vielzahl an Gründen, aus denen sie nicht zustande kam, als ein nicht zu entwirrendes Ursachengeflecht beiseitegeschoben. Dennoch tut mir die Anwesenheit der beiden gut. Auch sie passen nicht recht zu den anderen hier, denke ich, sind trotz ihres Zuzweitseins Außenseiter in ihrem lustlosen Bemühen, an der allgemeinen Unbeschwertheit teilzuhaben.

Je weiter der Tag sich seinem Ende zuneigt, desto mehr verwandelt sich die Wiese von einem Ort der Erholung in einen emsiger Aktivitäten. Überall werden nun Vorbereitungen zum Grillen, diesem in den letzten Jahren in allen Bevölkerungsschichten in Mode gekommenen Freiluftvergnügen, getroffen, werden Tüten mit Bratgut, Schüsseln mit Salaten und sperrige Getränkekisten angeschleppt. Bald erfüllt der Geruch von Holzkohle und garendem Fleisch den Park, steigen Rauchwolken in den Himmel und unter den Zusammensitzenden wächst die Ausgelassenheit. Immer mehr Leute kommen hinzu, so dass sich die einzelnen Gruppen immer weiter ausdehnen, das Wiesengrün zu einer von sich stetig vergrößernden bunten Flecken überwucherten Fläche wird. Küsschen werden getauscht und Umarmungen, an deren Innigkeit sich der Grad der Vertrautheit ablesen lässt. Geschäftigkeit, Gelächter, Stimmendurcheinander. Man kommt sich näher, zeigt ein unverhohlenes Interesse füreinander. Was für eine gute Figur sie alle machen im Miteinander, denke ich, wie sie sich, um die eigene Ausstrahlung wissend, in Szene zu setzen verstehen, ganz unverstellt sein und sich in Gesprächen selbstbewusst behaupten können. Vereinzelt glaube ich, Zeugin sich knüpfender Liebesbande zu werden, ausgesandter Signale des über das übliche Maß hinausgehenden Interesses an einem anderen und deren Empfang, sich im ausgelassenen Beieinandersein entspinnender Flirteleien, all dies mit fragloser Leichtigkeit geschehend und, als sei alles nur ein Spiel, ohne sichtbare Regung, wenn ein Annäherungsversuch unerwidert bleibt. Wie aufgehoben sie sich in ihrem Leben fühlen, diese jungen Leute, denke ich wieder einmal, und dass sie sich nur deshalb so selbstbewusst verhalten können, weil ihre Wege schon von unzähligen anderen zuvor gegangen worden, breit und ausgetreten sind und das Eigene auf ihnen nur Beiwerk, gefahrlose Vergewisserung ihrer Individualität ist, einer schmückenden Kette gleich, die man zur Kleidung anlegte.

Mir fällt plötzlich ein, wie ich vergeblich versucht hatte, den Führerschein zu machen, neben dem vor männlicher Attraktivität strotzenden Sohn des Fahrschulbesitzers in dem roten VW-Käfer gesessen hatte. Meiner Jugendlichkeit wegen hatte dieser zunächst ein Flirtobjekt in mir vermutet, eine Schülerin der Sorte, die ihm seinen Beruf angenehm machte, jedoch bald erkennen müssen, dass ich die Verheißungen meines Äußeren nicht einzulösen vermochte, so wortkarg und verkrampft, wie ich hinter dem Steuer saß und mit meinen nicht einschätzbaren Reaktionen seine Geduld auf die Probe stellte. Ich war Anfang zwanzig und vom Tempo und von der Unüberschaubarkeit des städtischen Straßenverkehrs hoffnungslos überfordert gewesen. In der Prüfung, die ich so oft, wie es möglich gewesen war, wiederholt hatte, war mir dann auch jedes Mal in einer entscheidenden Situation alles zu viel gewesen und ich hatte entweder gar nichts mehr oder in einem Anfall von Panik das Falsche getan. Eigentlich hatte ich auch nur Autofahren lernen wollen, um wie die anderen Frauen meines Alters zu sein. In dem Kindergarten, in den ich meine Tochter brachte, hatte es etliche Frauen gegeben, die, wie ich, alleinerziehend gewesen waren und, so hatte ich geglaubt, alles ihnen Auferlegte mühelos bewältigten. Sie waren voller Energie gewesen. Ihre Kinder waren morgens mit um den Hals hängenden Brottaschen aus den Hintertüren ihrer kleinen, schnittigen Autos geklettert und hatten sich, wenn sie sie nachmittags abholten, widerstandslos von ihren Spielen gelöst, um mit ihnen nach Hause zu fahren. Trotz ihres ausgefüllten Alltags hatten diese Frauen eine unstillbare Unternehmungslust besessen, sich miteinander zu Ausflügen mit ihren Kindern verabredet und, im Unterschied zu den Verheirateten, waren sie regelmäßig auf den Elternversammlungen anzutreffen, ja vielfach sogar in mitbestimmenden Gremien vertreten gewesen. Sie hatten für Feste Kuchen gebacken und Salate zubereitet und sich mit den Erzieherinnen geduzt. Es war in jener Zeit angesagt gewesen, sein Kind vaterlos aufzuziehen; die erblühte Frauenbewegung hatte die alleinlebenden Mütter aus der Ecke schuldhaften Versagthabens herausgeholt und ihnen den Stolz eines eigenständig, ohne männliche Bevormundung geführten Lebens verliehen, ihnen das Etikett des Emanzipiertseins aufgedrückt. Obwohl meine äußeren Lebensumstände die gleichen gewesen waren, hatte ich mich ihnen fremd gefühlt und war deshalb umso dringlicher bemüht gewesen, wie sie zu sein. Ich hatte mein Leben ebenso selbst- und zielbewusst in die Hand nehmen wollen, hatte auch mit einem kleinen Auto vor dem

Kindergarten halten wollen, um meine Tochter am Morgen dort abzuliefern und nachmittags wieder abzuholen. Nur deshalb hatte ich den Führerschein machen wollen.

Manchmal hatten sie müde ausgesehen, diese tatkräftigen Frauen, hatte ich einen Hauch von Bitterkeit in ihren Gesichtern bemerkt, der, so hatte ich geahnt, von einer missglückten Liebe herrührte, und ohne mir dies einzugestehen, hatte ich gespürt, dass es dies das Eigentliche war, was mich von ihnen trennte: Dass sie jemanden begehrt, sich auf einen anderen Menschen eingelassen hatten und in ihrer Hingabe enttäuscht worden waren.

Der Abend verändert den Park. Rückt das Geschehen in ihm zusammen, als habe die Dunkelheit eine Wand um ihn gezogen, die das Draußen auslöscht, so dass nichts anderes mehr als die von Stimmen und Gelächter erfüllte Wiesengeselligkeit existiert. Die Einzelnen, die hier Ruhe und Erholung suchten, sind verschwunden; am Abend gehört der Park den Vielen. Sie haben Fackeln angezündet und sich Rücken an Rücken gesetzt. Hier und da küssen sich zwei. Musik ist zu hören. Ruth greift nach meiner Hand und gibt mir damit einige Minuten lang das Gefühl, nicht allein zu sein. Dann sehe ich, dass auch das Paar neben uns mit Grillvorbereitungen begonnen, der Mann einen Rost zwischen seine Knie geklemmt hat und ihm die stählernen Beine ansteckt und die Frau ein weißes Tuch über die Karodecke gebreitet hat, auf dem sie Pappgeschirr und Besteck verteilt. Ich habe mich in ihnen getäuscht, denke ich, auch sie sind wie die anderen, wie sie sich nun, als sei auch dies etwas Unumgängliches, ebenso wortlos, wie sie beieinandergesessen haben, den Vorbereitungen für einen geselligen Abend widmen, sind ein perfekt eingespieltes Team; folienverschweißtes Fleisch wird aus seiner Verpackung geholt und auf dem Rost verteilt, Getränke bereitgestellt, und dann kommen auch schon die ersten Freunde, werden Hände geschüttelt, Bierflaschen geöffnet und prostend aneinandergeschlagen und alles ist so, wie ich es schon Dutzende Male gesehen habe, ein unkompliziertes, wie von selbst ablaufendes Miteinander.

Ich würde es aufzuschreiben haben.

Sach- und Fachbücher
- Gesellschaftskritik
- Frauen-/ Männer-/ Geschlechterforschung
- Holocaust/ Nationalsozialismus/ Emigration
- (Sub)Kulturen, Kunst & Fashion, Art Brut
- Gewalt und Traumatisierungsfolgen
- psychische Erkrankungen

sowie
... junge urbane Gegenwartsliteratur,
   (Auto-)Biografien

... Art Brut und Graphic Novels,
   (queere) Kinderbücher

www.marta-press.de

Mein kaputtes Heldentum

Katharina Körting

Ich funktioniere so gut, dass ich vergesse, wer ich bin. Dann falle ich aus: Ich ticke zu schnell. Die Schnelligkeit um mich herum spiegelt sich in meiner eigenen. Beide blenden mich. Verblendet funktioniere ich. Manchmal tut es gut, meistens tut es weh, wie bei jedem Heldentum.

Marta Press 2019, 200 Seiten
ISBN: 978-3-944442-19-8
18,00 € (D), 20,00 € (AT), 22,00 CHF UVP (CH), 26,00 US$, 18,00 GBP, 38,00 AU$